诗经评注

绿净 评注

北京联合出版公司
Beijing United Publishing Co.,Ltd.

目录

国风・鄘风

国风・卫风

国风·王风

国风·郑风

国风·齐风

国风·秦风

国风·陈风

国风·桧风

国风·曹风

国风·豳风

小　雅

大　雅

前　言

《诗经》是我国一部古老而珍贵的书籍，是中国古典诗歌现实主义的滥觞，与《楚辞》并称先秦诗歌的双璧。它对中国古典文学的发展影响深远，历代文人均受它的滋养熏陶。同时它也是世界文学宝库中的瑰宝，散发着夺目的光彩。

《诗经》是我国第一部用汉字记录的诗歌总集，春秋时代编纂而成，诗歌创作时间跨越西周初叶到春秋中叶的漫长时期，即公元前 1100 年到公元前 600 年左右。但它绝不是我国最早的文艺作品，在此之前，已经产生了诸多口头创作的民歌、谣谚等，因各种条件所限，并未遗留下来。口头文学源远流长，《诗经》中的诗歌也大都是口口相传。等到周朝的采诗官收集整理并用文字记载下来时，许多民歌早已散佚，记录下来的只是九牛一毛，沧海一粟。

《诗经》共三百零五篇，除了少数诗篇知道作者之外，多数诗歌为“不识字的无名氏作品”（鲁迅），或由一些王公贵族、宫廷诗人参与创作、编纂与修订。诗歌内容反映了古代人民多方面的生活面貌，广泛涉及农事、狩猎、恋爱、婚嫁、战争、徭役、政治、建筑、自然灾祸，等等。

《诗经》分为风、雅、颂三部分，每一部分的风格、内容有较大区别。

“风”为十五国风。十五国分别为周、召、邶、鄘、卫、王、郑、齐、魏、唐、秦、陈、桧、曹、豳，区域大致包括黄河流域至汉江流域之间，涵盖了今陕西、山西、河南、河北、山东及湖北北部。“风”中的诗篇，许多是民间歌谣，也有士大夫收集而来再度艺术加工的作品。“感于哀乐，缘事而发。”它内容广泛，书写人们对劳动、生活的热爱，对黑暗社会的控诉，对奴隶主的谩骂与讽刺，对战争的态度，以及恋爱婚姻的苦与乐，弃妇们的哀与怨，小吏们的辛酸与无奈等。语言质朴，词汇丰饶，节奏鲜明，比喻形象生动，多用比兴的艺术手法。

“雅”有《小雅》和《大雅》，“雅则燕享朝会公卿大夫之作”（朱熹），占较大比例的是宫廷和贵族举行典礼或宴会时所唱的雅言和正声。有庙堂之歌《鹿鸣》《伐木》《鱼丽》《湛露》等；有讴歌君子、诸侯、嘉宾等人物，如《蓼萧》《庭燎》；也有不少诗篇如《黄鸟》《节南山》《十月之交》《雨无正》等揭露了黑暗政治，诉说了下层人民的疾苦；有反映与外族矛盾的史诗，如《出车》《六月》《采芑》等；也有农事诗，如《七月》等。整体上语言不如“风”质朴，叙述较多，抒情较少。

“颂”有《周颂》《鲁颂》《商颂》，“颂则鬼神宗庙祭祀歌舞之乐”（朱熹），以祭祀为中心，祭祀祖先、天地、山河时的乐歌。各种各样的祭祀活动，反映了奴隶主贵族的生活。“颂”基本上是宫廷诗人奉命而做的阿谀奉承之辞，但也有不少农事、畜牧之诗。整体上语言堆砌，辞藻富丽，内容较为空泛，缺少感染力，但其所涉及的内容很有史学价值。

《诗经》的三种主要表现手法是赋、比、兴。赋：直截了当地铺陈、叙述，表达作者的态度。“雅”“颂”多中长篇，运用赋比较多，叙事中夹以说理。比：比喻，比拟，“以彼物比此物也”（朱熹）。兴：托物起兴，“先言他物引起所咏之辞也”（朱熹）。常常是比、兴兼用，且多用叠章叠词，反复咏叹，以令音韵和谐，感情强烈。

《论语·阳货》：“小子何莫学夫诗？诗可以兴，可以观，可以群，可以怨。迩之事父，远之事君，多识于鸟兽草木之名。”孔子用“兴、观、群、怨”四字全面概括了诗的审美效果和社会功能。

《诗经》最初是用于配乐、配舞的乐歌，基本作用是“献诗陈志”和“赋诗言志”。后来孔子将其整理编修，推行诗教，用作儒家教化，成为影响最大的儒家学派的经典之一。自汉代以后，《诗》被尊之为经，后世文人无不研习。但同时遭到儒生们的断章取义、穿凿曲解，被用来作为“先王之道”

的教条，成为封建伦理的教科书，以致唐代以后，无论是汉学还是宋学，《诗经》均为维护封建制度而服务。

本书注重《诗经》的本来面目，忠于原作，吸取历来各种解读的精粹，辩证分析现当代各位学者的研究，不拘泥于一家之言，以真诚而谨慎的态度对这本古老而珍贵的著作做了开放式的解读。因《国风》具有强烈的艺术感染力和巨大的文学与思想价值，本人选注时，将《国风》基本篇目收入。《小雅》中也多有内容迥异的诗篇，因此小部分收入。《大雅》只选取具有代表性的第一篇。因篇幅限制，未收录"颂"诗，是为憾事。每首均配有白话译诗和一篇鉴赏文章。本书的编排顺序根据通行的《毛诗》排定。书中使用简体字，在可能产生歧义时，酌用繁体字或异体字。

本书的译注，参考了余冠英、程俊英、蒋见元、袁梅等多位学者的研究成果，在此对于这些学者表示深深的敬意和感谢。疑难字词除采用通用说法外，也多处注明了具有争议的解释，不少注释亦杂有个人观点。由于本人才疏学浅，虽然想尽可能做出详细、通俗易懂的解释，但难免有偏颇之处，恳请广大读者批评、指正。

绿净

2013年3月

国风·周南

关　雎

关关雎鸠[①]，在河之洲[②]。窈窕淑女[③]，君子好逑[④]。
参差荇菜[⑤]，左右流之[⑥]。窈窕淑女，寤寐求之[⑦]。
求之不得，寤寐思服[⑧]。悠哉悠哉[⑨]，辗转反侧[⑩]。
参差荇菜，左右采之。窈窕淑女，琴瑟友之[⑪]。
参差荇菜，左右芼之[⑫]。窈窕淑女，钟鼓乐之[⑬]。

注释

①关关雎鸠 jūjiū：关雎鸟不停地对唱和鸣。关关，象声词，水鸟的叫声，雌雄鸟相对时的和鸣音。雎鸠，水鸟名，一名王雎。一般认为是鱼鹰。

②河：黄河。洲：河中沙洲，水中的陆地。

③窈窕 yǎotiǎo：美心为窈，美状为窕，娴静美好的样子。淑女：指美好的姑娘。淑，善，好。

④君子：古代对男子的美称。好逑：指追求对象，希望与之成亲。逑，配偶，此处用作动词。

⑤参差：长短不齐。荇 xìng 菜：多年生草本植物，叶略呈圆形，浮在水面，根生水底，夏天开黄花，结椭圆形果实。全草可入药。

⑥左右流之：在船的左右两边捞取。流，顺水之流而取之。

⑦寤 wù：醒来。寐 mèi：睡着。

⑧思服：挂念，想念。思，语气助词，无实义。服，思念、想念。

⑨悠：忧思貌，指思念如水，绵绵不绝。

⑩辗转反侧：指心绪不宁，翻来覆去睡不着。辗，半转。反侧，义同“辗转”。

⑪琴瑟友之：弹琴鼓瑟表示亲近。琴，五弦或七弦乐器。瑟，二十五弦乐器。友，亲近。

⑫芼 mào：摘取，拔。

⑬钟鼓乐之：指结婚时击打乐器，取悦爱人。钟，金属打击乐器。鼓，皮革打击乐器。乐，愉悦。

译文

雎鸠关关地鸣唱，在那河中的小洲上。娴静美好的女子啊，君子中意把她求。

长短不齐的荇菜，船的左右两边采摘。娴静美好的女子啊，日日夜夜把她想。

追求不到啊，每日每夜都想着她。悠悠思念无尽头，翻来覆去睡不着。

长短不齐的荇菜，船的左右两边采摘。娴静美好的女子啊，弹琴鼓瑟情笃交好。

长短不齐的荇菜，船的左右两边采摘。娴静美好的女子啊，击打钟鼓把她娶回家。

赏析

孔子说:“《诗》三百,一言以蔽之，曰‘思无邪’。”

诗歌唱自民众之口，诗情发自肺腑，历经几千年历史的涤荡，仍然闪耀着熠熠的光辉。

《关雎》是诗经的第一篇，历来为人们传唱，妇孺皆知,反映了这首民歌的动人之处及其重要性。它生动、坦率地描写了男子对美妙女子的相思之苦。这位女子采摘水草的曼妙姿态映入男子的眼帘，从此之后就让他朝思暮想。但遗憾的是追求不得，这思念折磨得他越发难受，“悠哉悠哉，辗转反侧”，心绪不宁，无法入眠。他幻想着、渴望着与她成亲及“琴瑟友之”的亲近情景，又甜蜜又苦涩。这种迷惘感伤、渴求而不得的心理，刻画得细腻又真实。

葛　覃

葛之覃兮[①],施于中谷[②],维叶萋萋[③]。黄鸟于飞[④],

集于灌木，其鸣喈喈[5]。

葛之覃兮，施于中谷，维叶莫莫[6]。是刈是濩[7]，为絺为绤[8]，服之无斁[9]。

言告师氏[10]，言告言归[11]。薄污我私[12]，薄澣我衣[13]。害澣害否[14]，归宁父母[15]。

注释

①葛：植物名，葛藤，多年生蔓草，花紫红色，茎可做绳，纤维可用来织布。覃：延长。一说作“藤”。

②施：蔓延，移。中谷：谷中。

③维：发语词，无实义。萋萋：草木茂盛的样子。

④黄鸟：黄雀，或黄鹂。

⑤喈 jiē 喈：象声词，禽鸟鸣叫声。

⑥莫莫：义同“萋萋”，草木茂盛的样子。

⑦刈 yì：割。濩 huò：煮。

⑧絺 chī：细葛布，也指用细葛布织成的衣服。绤 xì：粗葛布，也指用粗葛布织成的衣服。

⑨服：穿着。无斁 yì：不厌恶，不厌倦。

⑩言：一说发语词，无实义；一说第一人称。师氏：保姆。

⑪归：指回娘家。

⑫薄：发语词，没有实义。污：洗去污垢。私：这里指贴身的内衣。

⑬澣 huàn：同“浣”，洗衣服。衣：上曰衣，下曰裳。

⑭害：通“曷”，疑问词，哪些。否：不。

⑮归宁：指回娘家问候父母。宁，省视。

译文

长长的葛藤呀，蔓延在山谷之中，叶子繁盛又茂密。黄雀翩翩起飞，聚集在灌木丛上，鸣声悦耳又动听。

长长的葛藤呀，蔓延在山谷之中，叶子繁盛又茂密。割来葛藤去蒸煮，织成粗布和细布，用它做衣不厌弃。

我把心事告诉保姆，说我就要回娘家。洗净我的内衣，洗净我的上衣。什么当洗什么不当洗，我要回家问候父母。

赏析

这首诗反映了古代女子回娘家的喜悦之情，穿插对农活的描写，富有生活情趣。

古时候的女子一旦出嫁，便以丈夫为中心，回家一趟很不容易，《国风》中便有许多远嫁女子思归的诗。所以回家看望父母，对于她们来说，就像过节一样值得庆贺。

本篇虽然表达了女子回娘家的喜悦之情，但是并没有直抒胸臆，而是从写景开始，写到了漫山遍野茂盛的葛藤，叽叽喳喳鸣叫的鸟儿，描绘了一幅生动明媚的景象。这就是《诗经》中典型的“兴”的写法，往往“兴”还兼有“比”，合称“比兴”。

卷 耳

采采卷耳①，不盈顷筐②。嗟我怀人③，寘彼周行④。

陟彼崔嵬⑤，我马虺隤⑥。我姑酌彼金罍⑦，维以不永怀⑧。

陟彼高冈，我马玄黄⑨。我姑酌彼兕觥⑩，维以不永伤⑪。

陟彼砠矣⑫，我马瘏矣⑬。我仆痡矣⑭，云何吁矣⑮！

注释

①采采：一说色彩鲜明的样子；一说采了又采。这种叠词在《国风》中常出现，一是形容反复的动作，二是便于乐歌押韵。卷耳：植物名，即苍耳，菊科草本植物，嫩苗可食。

②不盈顷筐：采了半天还装不满浅浅的竹筐，可见诗

中女子无心采摘野菜。盈，满。顷筐，一说浅而容易装满的竹筐；一说斜口的筐。

③嗟：叹词，感叹声。怀人：怀念远行之人。怀，想，想念。

④寘彼周行：把它放在大道旁。寘，搁置。周行，大道。

⑤陟 zhì：登，升。崔嵬 wéi：山势高低不平。

⑥虺隤 huītuí：精疲力竭而生病的样子。

⑦姑：姑且。罍 léi：器名，青铜制作，深腹，圆口，圈足，用以盛装酒和水。

⑧维：发语词，无实义。永怀：长久思念。

⑨玄黄：马过劳而视力模糊，眼花缭乱。

⑩兕觥：青铜制的牛形酒器，一说野牛角制的酒杯。

⑪永伤：长久思念，深深地怀伤。

⑫砠 jū：上面有土的石山；一说为上面有石的土丘。

⑬瘏 tú：马疲劳而生病。

⑭痡 pū：人疲劳而生病。

⑮云何：奈何。吁：忧伤。矣：叹词。

译文

手将卷耳把把采，采来采去没满筐。哎，想他呀那个远方的人，竹筐丢在大路旁。

登上那崎岖的土石山，我的马儿疲劳至极。我姑且斟满了青铜杯，希望不要长思念。

登上高高的山冈，我的马儿眼中模糊。姑且斟满了牛角杯，宽慰心头相思愁。

登上高高的山头，马儿疲惫倒在地。仆人累得走不动，奈何如此让人悲伤！

赏析

这是一首女子思怀之作。思妇诗与弃妇诗是《诗经》中重要的题材，在《诗经》中占据着重要的地位。大量的诗歌都描写了这种“剪不断，理还乱”的思愁。

在战乱时期，男子常被抓壮丁参军远行作战，妻离子散，有家不能回，很多夫妻因此相隔千里，只能对着那山重重、水迢迢而抒发悲苦之情了。

本诗第一章表现女子采摘着卷耳，心不在焉，有心一把，无心一把，因为她内心惦记着远行的那个人。采呀采呀，采了半天，虽然那个竹筐浅又浅，也采不满一竹筐，足见她怀人之深之切。

诗歌到这里类似于电影中的蒙太奇手法，在女子痴痴望着远方的山头时，镜头切向了她正想的那个人儿。

于是，我们看到后三章写征夫远行的疲旅之苦。他行进在崔嵬的山间，高山险阻，马累人疲，内心愁苦，也只好饮酒自宽。

那么，这颠簸的旅途到底是什么样子的呢？旅途的辛苦通过马儿的状态来间接表现，“虺隤”“玄黄”“瘏”这些表现马的病极疲惫之词，又何尝不是行人的感受呢？说不尽的苦思之情，道不完的思归惆怅，在几分醉态中，在对高山险峻的描摹、仆人和马的状态的描写中淋漓尽致地表现出来。

樛　木

南有樛木①，葛藟纍之②。乐只君子③，福履绥之④。
南有樛木，葛藟荒之⑤。乐只君子，福履将之⑥。
南有樛木，葛藟萦之⑦。乐只君子，福履成之⑧。

注释

①南：南山。樛 jiū：树枝向下弯曲的树。

②葛：多年生草本植物，茎可编篮做绳，纤维可织布。块根肥大，称“葛根”，可制淀粉，亦可入药。藟 lěi：藤。纍 léi：缠绕，攀缘。

③乐：和乐。只：语气助词。君子：此指结婚的新郎。

④福履：犹福禄。绥 suí：安乐。

⑤荒：掩盖，覆。

⑥将：扶助，帮衬。一说“大”。

⑦萦：缠绕，回旋。

⑧成：就，靠近，亲近。

译文

南山树枝向下弯曲，葛藤野藤蔓攀缘它。新郎快乐幸福，福禄安康尽享有。

南山树枝向下弯曲，葛藤野藤蔓覆盖它。新郎快乐幸福，福禄安康来护佑。

南山树枝向下弯曲，葛藤野藤蔓缠绕它。新郎快乐幸福，福禄安康皆降临。

赏析

有人说这是一首贵族阶级互相祝祷的靡靡之音，也有人将“君子”看成是新郎，认为这是一首祝贺新郎新婚的喜庆民歌。

《国风·周南》前几首均表现家庭生活，这首取新郎贺歌之意被很多学者认可。在古人的婚姻庆贺、宾客往来中，会有一串串朗朗上口的吉言吉语祝祷歌颂。这首诗歌和后面紧接着的《螽斯》《桃夭》，便是用于祈福求禄的祝祷之语，口口相传，流传广泛。以婚姻家庭为主题的诗歌屡屡出现，说明三千年前，人们对于家庭就已经很重视了。

诗人以缠绕在樛木上的葛藤，来隐喻女子嫁给了男人，攀附于他。在以男性为中心的社会中，女子出嫁后经济不能独立，必须以丈夫为中心，嫁鸡随鸡，嫁狗随狗，诗歌将这种依附情态贴切地比喻成藤萝依附大树，暗示了这是一首新婚新禧的祝祷之诗。之后是对新郎的诚挚祝福，希望他们家世中兴，夫荣妻贵，生活幸福。

螽　斯

螽斯羽①，诜诜兮②。宜尔子孙③，振振兮④。
螽斯羽，薨薨兮⑤。宜尔子孙，绳绳兮⑥。
螽斯羽，揖揖兮⑦。宜尔子孙，蛰蛰兮⑧。

注释

①螽 zhōng 斯：一种蝗虫，身体绿色或是褐色，善于跳跃。一说是蝈蝈。因产卵较多，故用来比喻女子善生育。一说“斯”为语气助词。羽：翅膀。

②诜 shēn 诜：同“莘莘”，众多、群集的样子。兮：语气助词，相当于现在的“啊”“呀”“呵”等叹词。

③宜：多。

④振振：繁盛的样子。

⑤薨 hōng 薨：一说众多；一说象声词，形容螽斯的齐鸣声、群飞声。

⑥绳绳：连绵不绝的样子。

⑦揖 yī 揖：群聚众多的样子。

⑧蛰 zhé 蛰：众多的样子。

译文

蝗虫扇动翅膀，一片挤挤攘攘。你的子孙众多，兴旺又繁盛。

蝗虫扇动翅膀，飞得密密麻麻。你的子孙众多，福祚绵延不绝息。

蝗虫扇动翅膀，只见遮天盖地。你的子孙众多，群聚欢集在一堂。

赏析

以蝗虫来比喻生殖力的强盛，祝福对方多子多孙、儿孙满堂，是这首诗的主题。

在《诗经》的那个时代，医疗技术落后，因为战争、生产力低下等各种原因，人口增长缓慢，因此婚后祈祷多子多孙是人们共同的美好愿望，绵延子嗣、后继有人，是每个家庭的希望。多子多福的思想观念，在那个时代已经深入人心，成为中国的传统观念。

螽斯本是害虫，但因为繁殖能力极强，因此被用来作“比”，祝祷多子多孙，多福多禄。诗歌用“诜诜”“薨薨”“揖揖”来描摹螽斯群聚的热闹之态，用“振振”“绳绳”“蛰蛰”来形容相应的子嗣繁盛景况，用词丰饶，生动求变，浑然天成。

桃　夭

桃之夭夭①，灼灼其华②。之子于归③，宜其室家④。
桃之夭夭，有蕡其实⑤。之子于归，宜其家室。
桃之夭夭，其叶蓁蓁⑥。之子于归，宜其家人。

注释

①夭 yāo 夭：桃花含苞貌。形容茂盛而艳丽。一说是树枝弯曲倾斜、摇曳的样子。

②灼 zhuó 灼：指花朵开得鲜明耀眼。华：通“花”，木本花卉。

③之子：这个女子，指出嫁的女子。归：女子出嫁。

④宜：和顺，和善。室家：家室，指夫妇、家人。

⑤蕡 fén：果实多而肥大的样子。

⑥蓁 zhēn 蓁：草叶茂盛的样子。

译文

桃树枝繁叶茂，桃花绚烂而明艳。姑娘出嫁了，夫妻和美又幸福。

桃树枝繁叶茂，果实累累又硕大。姑娘出嫁了，夫妻和美又幸福。

桃树枝繁叶茂，树叶柔嫩又青翠。姑娘出嫁了，夫妻和美又幸福。

赏析

同前两首诗歌一样，这首诗歌也是在婚礼上歌唱，祝福女子出嫁，婚姻幸福美满。

观览《国风》，那些来自心底最真挚的祝福，往往都是最朴实无华的语言，但具有极强的艺术感染力。

全诗共三章。第一章用绚烂的桃花比喻新娘的娇美，第二章以桃树之果祝福新娘早生贵子，多子多孙多福禄。从开花到结果，比喻由新婚到生子，比喻生动，具有层次感。第三章以茂盛的树叶祝福婚后家庭和睦幸福、家族兴旺。这三章，意义层层递进。诗歌中没有浓墨重彩，没有夸张铺垫，却极富有生活情趣。

此诗以桃树的花、果、叶起兴，再加之简短而鲜明的修饰词，既描绘了桃树繁茂、桃花盛开、硕果累累的画面，让人仿若置身于画面中，又激起人们对婚礼的联想和对婚后生活的憧憬。那婀娜多姿、娇羞俏丽的新娘，那家庭和美、幸福安乐的生活，何尝不让人向往呢？

“桃之夭夭”与其后的“杨柳依依”，为《诗经》中可以互相媲美的名句，艺术魅力经久不衰。

兔　罝

肃肃兔罝[①]，椓之丁丁[②]。赳赳武夫[③]，公侯干城[④]。
肃肃兔罝，施于中逵[⑤]。赳赳武夫，公侯好仇[⑥]。
肃肃兔罝，施于中林[⑦]。赳赳武夫，公侯腹心[⑧]。

注释

①肃肃：形容网目细密。兔罝 jū：捕兔的网。罝，捕兽的网。

②椓 zhuó：敲击。丁 zhēng 丁：象声词，伐木声。

③赳赳：威武雄壮的样子。

④公侯：爵位，包括公、侯、伯、子、男五等，这里

泛指贵族统治阶级。干城：比喻卫城。干，盾牌。

⑤施：设置，安放。中逵：谓道路交错之处。

⑥好仇 qiú：好伴侣，好同伴。

⑦林：牧外谓之野，野外谓之林。

⑧腹心：指亲信。

译文

捕兔网整齐严密，敲击木桩丁丁响。雄赳赳的武士，是公侯卫国的盾牌屏障。

捕兔网整齐严密，放在宽阔的岔路口。雄赳赳的武士，是公侯亲信的助手。

捕兔网整齐严密，放在广袤的郊野中。雄赳赳的武士，是公侯亲信的心腹。

赏析

这是一首赞美武士的诗歌。

诗歌充满了紧张的气氛。"兔罝"前加入"肃肃"二字形容，整饬严密，显示了捕猎者的经验和才干。再加之敲打木桩的丁丁声响，矫健强壮、训练有素的武士紧张忙碌的场面跃然纸上。《诗经》中很多诗歌在进行场面描写的时候，声色俱备，且常常能抓住重点，寥寥几笔，已有全貌。

后两章中写到将“兔罝”安放的地点。雄赳赳的武士们将兔网布置在岔路口或者是密林之中，兔子无论跑往何处，恐怕都难以逃逸，表现了武士们的智慧和才能。不仅如此，他们还是公侯亲信的卫国之士，是其心腹与助手。

全诗洋溢着赞美、自豪之情，表达了对勇猛武士的称颂之情。因有美化的意味，所以一般认为这是古时乐师所作。

芣　苢

采采芣苢①，薄言采之②。
采采芣苢，薄言有之③。
采采芣苢，薄言掇之④。
采采芣苢，薄言捋之⑤。
采采芣苢，薄言袺之⑥。
采采芣苢，薄言襭之⑦。

注释

①采采：一说色彩鲜明的样子；一说指反复采摘的动作。芣苢 fúyǐ：植物名，即车前子，因多生于道路

旁，故名车前草。种子和全草可入药，相传有宜子之效。

②薄言：发语词，无实义。采之：指刚开始采摘车前草。

③有：采摘，摘取。

④掇：拾取。

⑤捋 luō：用手握着物体顺着摘取，这里指把车前草的种子从草茎上抹下来。

⑥袺 jié：用衣襟兜着。

⑦襭 xié：翻转衣襟插在腰带上用以兜东西。

译文

茂密鲜艳的芣苢，采呀采呀采不停。
茂密鲜艳的芣苢，摘呀摘呀摘不尽。
茂密鲜艳的芣苢，拾呀拾呀拾不完。
茂密鲜艳的芣苢，捋呀捋呀捋下来。
茂密鲜艳的芣苢，手捏衣襟兜起来。
茂密鲜艳的芣苢，掖起衣襟兜起来。

赏析

这是周代南方妇女在采摘芣苢时所唱之歌。芣苢即车前草，妇女采撷芣苢是一种古老的习俗，相传芣苢的功用利于妇女，有利于诞育子嗣。我们在《螽斯》一首中已经知道，多子多福是那个时代人们的共同愿望，因此，这不仅仅是一首纯粹表现妇女们劳动的欢歌，也表现了这些成群结队、愉快采摘芣苢的妇女心中所怀有的快快生子的美好期望。

这首诗简单明了，节奏明快，反复吟咏采摘，配合劳动节奏，给人一种欢快、紧张之感。虽然没有对芣苢以外任何景物的表现，但以白描手法勾勒了一幅动人的画面：在茂盛的芣苢中，妇女们成群结队，撩起衣襟，踏歌而行，漫山遍野都是她们的身影和清亮的歌声，意境深远清新，使人恍若身临其境。

通篇只有六字变换，而“从事始终，一一如绘”。诗歌以其简练的文字，采用章、句重叠复沓的手法，层层递进地描绘了劳动生活的场景，诗中有画，画中有诗，让读者也不禁心情明快，心旷神怡。

汉 广

南有乔木[1]，不可休思[2]。汉有游女[3]，不可求思。
汉之广矣，不可泳思[4]。江之永矣[5]，不可方思[6]。
翘翘错薪[7]，言刈其楚[8]。之子于归[9]，言秣其马[10]。

汉之广矣，不可泳思。江之永矣，不可方思。

翘翘错薪，言刈其蒌[11]。之子于归，言秣其驹[12]。

汉之广矣，不可泳思。江之永矣，不可方思。

注释

①乔木：高大的树木。

②休：休息。思：语气助词。

③汉：汉水，汉江。游女：在汉水岸边出游玩耍的女子。

④泳：游水。

⑤江：江水，即长江。永：长。

⑥方：桴，筏。这里用作动词，指乘筏渡河。一说丈量。

⑦翘 qiáo 翘：指杂草丛生茂盛。一说高大的样子。错薪：丛生的杂草。错，错杂。

⑧言：语助词。刈 yì：割。楚：灌木的名称，指荆条，开紫色的小花，种子可以入药。

⑨归：古代女子出嫁。

⑩秣 mò：用谷草喂牲口。

⑪蒌 lóu：蒌蒿，一种白蒿，在水边湿地中生长，嫩时可食用，老则为柴薪。

⑫驹：小马。

译文

南方有高大的乔木，不可以歇息在树下。汉江边有游玩的姑娘，不可以将她追求。

汤汤的汉江水宽又宽，不能游过去。悠悠的长江水长又长，不可以丈量。

茂密丛生的荆棘，用刀将它们砍掉。姑娘嫁给我吧，快快将马儿喂饱。

汤汤的汉江水宽又宽，不能游过去。悠悠的长江水长又长，不可以丈量。

茂密丛生的白篙，用刀将它们砍掉。姑娘嫁给我吧，快快将小马驹喂饱。

汤汤的汉江水宽又宽，不能游过去。悠悠的长江水长又长，不可以丈量。

赏析

在悠悠流淌的河水边，一位正在砍柴的樵夫偶然遇见了一位美丽的女子，顿时对她一见钟情。虽然他钟情于她，但是难遂心愿，得不到她。明知这是不可能如愿以偿的单相思，却情思缠绕，难以忘怀，便对着这浩渺的江水，以一首歌唱出了内心深处的痴情、惆怅和痛苦。于这渺渺河水之畔，怅惘心思唱成了清婉的歌声，方玉润说："文在雅俗之间，而音节则自然天籁也。"那古朴的山歌，大概是天籁之音。

"南有乔木，不可休思。"诗歌以乔木起兴，乔木十分高大，树叶又少，因此不能在下面休憩，让人充满遗憾和失落。接着便以不可追求的江边女子和不能渡过的浩瀚宽阔的江河为比喻，让人只能望洋兴叹、无可奈何。

虽然是不可得，樵夫内心却充满了幻想。"之子于归"，幻想着如果美丽的女子嫁给了他，得赶快割草喂饱马儿来迎接她。这是一幅多么喜庆、多么让人激动的画面，但这毕竟只存在于他的幻想中，是他的一往情深，是他的痴话。

汝坟

遵彼汝坟①，伐其条枚②。未见君子③，惄如调饥④。
遵彼汝坟，伐其条肄⑤。既见君子，不我遐弃⑥。
鲂鱼赪尾⑦，王室如燬⑧。虽则如燬，父母孔迩⑨。

注释

①遵：循，沿。汝：汝河，出自今河南，至今安徽入淮，为淮河支流。坟：河堤，水岸。

②条：小枝。一说山楸树。枚：树干。

③君子：这里指歌者的心上人、丈夫。

④惄 nì：忧愁。一说饥之义，比喻如饥似渴的相思之情。调："朝"的假借字，早晨。一说重的意思。

⑤肄 yì：树砍后再生的小枝。

⑥不我遐弃：远相抛撇；远相离弃。

⑦鲂 fáng 鱼：鳊鱼。赪 chēng：浅红色。

⑧燬 huǐ：火。

⑨孔：很。迩 ěr：近。

译文

循着河岸走，去砍那山楸树。没有见到君子，忧愁煎熬似饥渴。

沿着河岸走，去砍那嫩树条。已经见到了君子，不要丢弃我。

鲂鱼劳累尾巴红，王室朝政如火焚。虽然暴政如火焚，家人很近快回家。

赏析

暴政之下，人们骨肉分离，流离失所，苦不堪言。这首诗歌咏唱的便是在这样的社会背景下，一个长期在外服役的男子，回家重聚的悲欢离合。

第一章以家中的妻子的口吻，抒发了对在外服役的丈夫的思念。首章和第二章的起兴还起到了交代时间的作用。第一章中，砍伐的是山楸树干，第二章中，砍伐的是山楸树的嫩树条，暗示时间已经过去很久，到了春来发芽的时候，丈夫侥幸从远方的战场回来了。这种亲人重见的狂喜，久久激荡着妻子的内心。我们可以想象这样一幅图景：她紧紧抱住了丈夫，激动得眼泪盈眶，祈祷着丈夫再也不要离开她，再也不要丢弃她。

最末一章则是丈夫的心声，以劳累的鲂鱼自比，虽然在外辛苦奔波，虽然暴政似火烤，但幸好父母家人离得近，得以回家团圆。

在他的这种侥幸心理下，我们可以想象，离家近的尚且如此，那些离家千里的征夫呢？他们所遭受的折磨将比这更深重。

麟之趾

麟之趾①，振振公子②，于嗟麟兮③。
麟之定④，振振公姓，于嗟麟兮。
麟之角，振振公族，于嗟麟兮。

注释

①麟：麒麟，古代传说中的一种动物。形状像鹿，头上有角，全身有鳞甲，尾像牛尾。古人认为它是仁兽、瑞兽，拿它象征祥瑞。这首诗中把它比作公子、公姓、公族。

②振振：诚实仁厚的样子。

③于嗟：叹词，表示赞叹。

④定：额心。亦可通“腚”，指臀部。

译文

麒麟的脚趾不踢人，仁德厚义的公子，就是麒麟啊！

麒麟的额头不撞人，仁德厚义的公姓，就是麒麟啊！

麒麟的犄角不顶人，仁德厚义的公族，就是麒麟啊！

赏析

诗歌语言极其简练，措辞不多，但是赞誉之情，溢于言表。诗歌以麒麟作比，给予贵族公子最大的美誉，是一种阿谀之词。麒麟在古人心目中的地位极高，是一种“不践踏生草、不屡生虫”的神兽，脾性仁厚，深得人们的喜爱。以此来作比，也蕴含了对贵族公子品性的期望。反复歌咏，喜庆中自有一种庄重肃穆的意味。

国风·召南

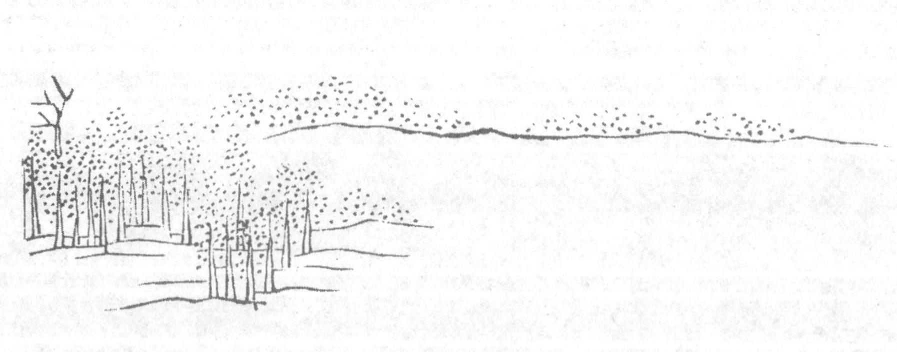

鹊　巢

维鹊有巢[①],维鸠居之[②]。之子于归[③],百两御之[④]。
维鹊有巢，维鸠方之[⑤]。之子于归，百两将之[⑥]。
维鹊有巢，维鸠盈之[⑦]。之子于归，百两成之[⑧]。

注释

①维：发语词。鹊：喜鹊，善于在树上筑巢。有巢：比喻男子已建造家室。

②鸠：杜鹃，俗称布谷鸟，自己不筑巢，占用别的鸟雀的巢。这里用来比喻女子来把男子的家室占据。

③之子：这个女子。归：古时女子出嫁。

④百：虚数，指数量多。两：通“辆”，一辆车。御：迎接。

⑤方：占据。

⑥将：送走。

⑦盈：满。

⑧成：迎送成礼，迎送成婚。

译文

喜鹊筑的巢，布谷鸟飞来住。姑娘出嫁了，众多马车去迎接。

喜鹊筑的巢，布谷鸟把它占。姑娘出嫁了，众多马车去迎送。

喜鹊筑的巢，布谷鸟全住满。姑娘出嫁了，众多马车去迎娶。

赏析

这首诗是描写女子出嫁的。从诗中奢华的出嫁场景描写来看，百辆婚车迎送，出嫁的规格很高，出嫁女子当不是寻常百姓，应是奴隶主贵族阶级。

诗歌以喜鹊筑好巢，布谷鸟飞来占有它，比喻男子有家室欢迎女子前来住，既有一种喜庆欢乐的气氛，又趣味十足。古人作比时，往往取他们生活中之所见，形象生动、耐人寻味。

在诗人的描写下，我们便看到这样一幅女子出嫁的场景：锣鼓喧天，马蹄翻飞，百辆装饰精美的婚车浩浩荡荡地驶在路上，在田间劳作的人们纷纷驻足观望，好一派热闹风光！

采　蘩

于以采蘩[1]，于沼于沚[2]。于以用之[3]，公侯之事[4]。
于以采蘩，于涧之中[5]。于以用之，公侯之宫[6]。
被之僮僮[7]，夙夜在公[8]。被之祁祁[9]，薄言还归[10]。

注释

①于以：疑问词，于何处、往哪儿。一说语气助词。蘩 fán：白蒿。一名艾蒿，俗呼蓬蒿。

②于：到，往。一说语助词，无实义。沼：沼泽。沚 zhǐ：水中的小洲。

③于以用之：用之于何，拿它做什么。

④事：这里指祭祀之事。

⑤涧：夹在两山间的水沟。

⑥宫：宗庙。

⑦被 pī：首饰，亦用于编发。僮 tóng 僮：首饰繁盛的样子。一说发髻高而蓬松。

⑧夙夜：早晨和晚上，日日夜夜。在公：参加祭礼。

⑨祁 qí 祁：形容首饰繁盛的样子。一说梳高髻的女奴很多。

⑩薄言：薄，通“迫”，匆匆忙忙。一说为发语词。

译文

在哪儿采摘白蒿呢？到那沼泽和沙洲上。拿它做什么呢？用于公侯祭祀宴飨。

在哪儿采摘白蒿呢？到那深山溪涧里。拿它做什么呢？用于公侯庙堂祭拜。

她的发髻高而蓬，每日每夜侍奉祭礼。她的首饰真繁多，事完匆忙回家去。

赏析

祭祀在中国古代是一件大事，庄重肃穆。“颂”基本上写的都是祭祀活动，各种祭祀名目繁多，礼仪慎肃。在《国风》中也有很多写祭祀活动的诗篇，然而与宫廷诗人颂圣而作的谀辞不同，它们大多表现奴婢们的辛苦劳累。这首诗表现的是最早时期仆女参加祭祀活动的情况。从祭祀前采摘白蒿的忙碌，到盛装参加祭礼，再到祭祀结束后匆忙回家。既写出了祭祀活动的端庄肃穆，又写出了女子匆忙劳碌的辛苦，祭祀结束后，她们还要匆匆地赶回家里去，因为家里还有一堆事情等着她们去做。“被之僮僮”“被之祁祁”以发髻写出仆女匆忙劳碌之态，用语巧妙。

她们辛苦在外采摘白蒿，为的是王公贵族的祭祀之礼；她们盛装打扮，为的也是迎合祭祀中庄重的气氛。

她们日夜操持，不堪重负。不仅仅是祭祀活动，宴飨宾客等各种活动也都是大肆铺张，受苦受累的是那些奴隶们。可见，即便在这平淡的叙述之中，我们依然能感受到女奴们不堪劳瘁的哀怨愤恨之情。

草　虫

喓喓草虫①，趯趯阜螽②。未见君子，忧心忡忡③。亦既见止④，亦既觏止⑤，我心则降⑥。

陟彼南山⑦，言采其蕨⑧。未见君子，忧心惙惙⑨。亦既见止，亦既觏止，我心则说⑩。

陟彼南山，言采其薇⑪。未见君子，我心伤悲。亦既见止，亦既觏止，我心则夷⑫。

注释

①喓 yāo 喓：昆虫鸣叫的声音。草虫：一种能叫的蝗虫，即蝈蝈。

②趯 tì 趯：昆虫跳跃的样子。阜螽：一种蝗虫，蚱蜢。

③忡忡：心神烦躁不安的样子。

④止：语气助词。一说代词，指代“君子”。

⑤觏 gòu ：遇见，看见。

⑥降：放下，安定。

⑦陟：升，登高。

⑧言：发语词，没有实义。一说“我”。蕨：植物名，嫩叶可食。

⑨惙 chuò 惙：心慌气短的样子。

⑩说：通“悦”，喜悦。

⑪薇：豆科草本植物。又名巢菜，野豌豆苗。

⑫夷：喜悦。

译文

蝈蝈在喓喓地鸣叫，蚱蜢在蹦蹦又跳跳。没有见到心上人，忧思愁绪将人扰。已经见到了他，已经遇到了他，心中才平静安宁。

登上那南山，采摘鲜嫩的蕨菜。没有见到心上人，忧思愁绪多烦恼。已经见到了他，已经遇到了他，心中才喜悦欢乐。

登上那南山，采摘绿绿的薇菜。没有见到心上人，忧思愁绪多悲伤。已经见到了他，已经遇到了他，心中才欢快舒畅。

赏析

这首诗歌将思妇那种情丝缠绵、深切动人的细腻情感表露无遗。

这首诗的魅力首先来自现实和幻想之间的巨大落差。现实里，妇人因为思念远在天边的丈夫而异常揪心，为排遣相思之苦，她去采蕨、采薇，然而，这并不能消除她内心的忧思。幻想中，与心上人相遇相偎，是一幅多么让人心驰神往的温情画面。越是幻想，与现实的差距越大，失望之情也越是紧紧揪住她的内心。

这首诗的魅力还表现在情感的真挚和对真情的婉转吐露。对于心上人的思念并不是直白倾吐，首先是以昆虫的聒噪和蚱蜢的蹦跳起兴，在茫茫的山野中，这单调的声音更加突显了她的清冷孤独；接着便写到她采蕨、采薇，蕨、薇一般在仲春采撷，正是青年男女相慕相求的时节，可是在这样大好的春光里，爱人在哪里呢？这也无疑透露了这样的信息：登上那高高的南山，她真的是为了去采摘野菜吗？大概只是想登上高高的山头，极目远眺，期盼能看到心上人归来的身影吧？这种曲折的写法，一唱三叹，写出了思妇内心的忧愁、期盼、祈祷、失落等极其复杂和细腻的心思，因而具有极大的艺术魅力。

采　蘋

于以采蘋[1]？南涧之滨[2]。于以采藻[3]？于彼行潦[4]。
于以盛之[5]？维筐及筥[6]。于以湘之[7]？维锜及釜[8]。
于以奠之[9]？宗室牖下[10]。谁其尸之[11]？有齐季女[12]。

注释

①于以：疑问词，在何处、在哪儿。蘋：多年生水草，叶浮出水面，花黄而小，可以食用。

②南涧：南山之涧。涧，夹在两山之间的水沟。

③藻：植物名，丛生水底，即水藻，可以食用。

④行潦 lǎo：沟中的积水，水沟。行，水沟。潦，路上的积水。

⑤盛之：把它装起来。

⑥维：发语词。筥 jǔ：圆形的竹筐。方形称筐，圆形称筥。

⑦湘：烹煮。

⑧锜 qí：三脚锅。釜：无足锅。

⑨奠：放置。

⑩宗室：宗庙，祠堂。牖 yǒu：天窗。

⑪尸：主持。

⑫有：语助词，无实义。齐 zhāi：斋戒。季女：最小的女儿。季，排行最后的。

译文

去哪儿采蘋？南山水涧之滨。去哪儿采藻？在那浅沟积水里。

用什么来盛它们？用那方筐和圆箩。用什么来煮它们？用那三脚锅和无脚锅。

祭品放在哪儿？放在祠堂窗户下。谁来主持祭祀礼？是那斋戒的少女。

赏析

根据《礼记·昏义》的记载，古代女子在出嫁前三个月，需要恭恭敬敬地到宗庙祭祖，以示饮水思源之意。一方面表示不忘祖先，另一方面由女教师进行一次教育，学习“妇德、妇言、妇容、妇功”等婚后的相关礼节，“以便婚后能循规蹈矩，言行合度，得宠于夫家”。

这首诗便是写在祭祀的时候，女仆采办祭品、设置祭坛、烹煮祭品的劳动过程。

全诗采用问答的方式叙述祭祀的全过程，全诗三章共六个设问句，“去哪儿采蘋？”“南山水涧之滨。”……通过这一问一答的方式，将繁复、冗杂的祭祀程序井然有序地表现出来，“五用‘于以’字，有群山万壑赴荆门之势”，手法高明。

甘 棠

蔽芾甘棠[1]，勿翦勿伐[2]，召伯所茇[3]。
蔽芾甘棠，勿翦勿败[4]，召伯所憩[5]。
蔽芾甘棠，勿翦勿拜[6]，召伯所说[7]。

注释

①蔽芾 fèi：树木高大、葱茏茂盛的样子。甘棠：即棠梨，俗称野梨。相传召公曾在甘棠树下理政，他去世后百姓很怀念他，一直不忍心砍掉那棵甘棠树，并作《甘棠》之诗歌咏他。后遂以“甘棠”称颂循吏的美政和遗爱。

②翦：通“剪”，修剪。伐：砍伐。

③召伯：也称召康公，辅佐父兄消灭了商纣，建立周朝，创建了“成康盛世”。茇 bá：在草舍住宿。

④败：毁坏，折。

⑤憩：休息。

⑥拜：屈，弯。这里是拔掉、剖开的意思。

⑦说 shuì：停止，休息。

译文

棠梨树葱茏茂盛，不要修剪莫要砍伐，召公曾经在树下歇息。

棠梨树葱茏茂盛，不要修剪莫要损毁，召公曾经在树下休憩。

棠梨树葱茏茂盛，不要修剪莫要劈开，召公曾经在树下停留。

赏析

据《史记·燕召公世家》记载，召公在南巡之时，不扰民众，不入住民众之家，只在棠梨树下停车安顿，听政判案。他清正廉洁、公正无私、体恤民间疾苦、为百姓排忧解难的美谈，为人们传颂。

古代立社时，必择修茂之树，植于社前。古人迷信社木为“神灵”所依。棠梨树枝繁叶茂，笔直高大，在古代是听案断狱的场所所在。这首诗以“甘”字修饰棠梨，倾注了作者对棠梨树的溢美之情，表达了人们对召公的思念敬仰和对棠梨树的爱护。因此，这是一首缅怀召公、颂扬德政的诗篇。然而，它究竟是人们发自内心的歌唱，还是奴隶主阶级的自我美化，众说纷纭，没有定论。

行露

厌浥行露[①]，岂不夙夜[②]？谓行多露[③]。
谁谓雀无角[④]？何以穿我屋？
谁谓女无家[⑤]？何以速我狱[⑥]？
虽速我狱，室家不足[⑦]！
谁谓鼠无牙？何以穿我墉[⑧]？
谁谓女无家？何以速我讼[⑨]？
虽速我讼，亦不女从！

注释

①厌浥 yàyì：沾湿，潮湿的样子。行露：道路上的露水。行，路。

②岂不夙夜：难道不想早早赶路。

③谓："畏"的借字，害怕，惧怕。与下一个"谓"意义不同。

④角：鸟喙。

⑤女：通"汝"，你。无家：没有成家，没有娶妻。家，妻室。一说作动词用，成家。

⑥速：招，致。狱：案件，打官司。

⑦室家不足：婚配成亲的理由不充分。室家，指夫妇。古代男子有妻称之为有室，女子有夫称之为有家。

⑧墉 yōng：高墙。

⑨讼：打官司，在官府中争辩是非。

译文

道路上露水湿重，怎会不想早些走？只怕路上露水重。

谁说麻雀没有嘴？为何啄破我的屋？
谁说你还没家室？为何让我吃官司？
即使让我吃官司，想将我娶白日梦！
谁说老鼠没牙齿？为何洞穿我的墙？
谁说你还没妻室？为何让我上公堂？
即使让我上公堂，我也绝不依从你！

赏析

宁为玉碎，不为瓦全。这首诗反映了一个贞洁而又有骨气的女子，坚决拒绝一个已有家室的男子的强娶。纵使男子造谣诽谤、无中生有，甚至用强暴手段——以官司相逼，女子也决不妥协。这种维护自身尊严、捍卫人格独立、绝不屈服于淫威之下的气节，可歌可赞。

首句以充满露水的道路开章，点出女子抗争之路的艰辛曲折，暗示她所处的环境险恶丛生，面临被恶霸强占的厄运。接着以几个反问句加强语气，使得诗歌有一种锋芒凌厉、斩钉截铁的气质，语调高昂、愤慨，强烈怒斥了有权有势男子的恶劣行径！全诗一气呵成，情绪跌宕起伏，一个弱女子拍案而起、愤然抵抗的形象便跃然纸上。

羔　羊

羔羊之皮①，素丝五纥②。退食自公③，委蛇委蛇④。
羔羊之革⑤，素丝五緎⑥。委蛇委蛇，自公退食。
羔羊之缝⑦，素丝五总⑧。委蛇委蛇，退食自公。

注释

①羔羊：小羊。皮：羔羊皮，指古代官吏所穿的便服。

②素：白色。丝：帛。五：交叉。纥 tuó：古代量词，五丝为一纥，亦有“缝”的意思。

③食 sì：吃东西。公：衙门，官府。

④委蛇 wēiyí：这里指大摇大摆、悠然自得的样子。

⑤革：皮。

⑥绒 yù：缝制。

⑦缝：缝皮合之以为裘。

⑧总：合众皮为一。一说为系的纽结。

译文

羔羊皮穿在官员身上，白色丝线交叉纽结。退出官府吃饭去，摇摇摆摆真闲适。

羔羊裘穿在官员身上，白色丝线交叉纽结。洋洋自得真悠闲，退出官府吃喝去。

羔羊裘穿在官员身上，白色丝线交叉纽结。大摇大摆真舒适，退出官府吃喝去。

赏析

这是一首讽刺官僚的诗歌，仅仅是通过退出官府、身穿皮裘、吃饱喝足、大摇大摆、洋洋得意这一系列生活片段，便勾勒出官员们吃喝享乐、尸位素餐的丑态。本诗采用白描的手法，对官员的衣着、动作、神态进行了精确又生动的描写，官吏们那种优哉游哉、酒足饭饱、心满意足、晃晃悠悠、目中无人、神气十足的愚蠢形象跃然纸上，绝妙地讽刺并揭露了腐朽的统治阶级。

殷其雷

殷其雷[①]，在南山之阳[②]。何斯违斯[③]，莫敢或遑[④]？振振君子[⑤]，归哉归哉！

殷其雷，在南山之侧。何斯违斯，莫敢遑息？振振君子，归哉归哉！

殷其雷，在南山之下[⑥]。何斯违斯，莫或遑处[⑦]？振振君子，归哉归哉！

注释

①殷 yǐn：象声词，殷殷雷声。

②阳：山的南面。

③斯：指示词，此。

④遑 huáng：闲暇。

⑤振振：勤奋的样子。一说忠诚老实的样子。

⑥下：山麓。

⑦处：居，止，停息。

译文

轰隆隆的雷声，响彻南边的山坡。为什么刚来又离去？是不敢有稍许的懈怠吗？忠心耿耿的夫君，归来吧！归来吧！

轰隆隆的雷声，响彻南边的山两旁。为什么刚来又离去？是不敢有稍许的歇息吗？忠心耿耿的夫君，归来吧！归来吧！

轰隆隆的雷声，响彻南边的山麓。为什么刚来又离去？是不敢有稍许的停留吗？忠心耿耿的夫君，归来吧！归来吧！

赏析

前文已提到过，在古代奴隶社会，战争不断，壮丁经常被征服役，这就造成了很多人背井离乡，夫妻长期分开的局面。百姓饱受战争、徭役之苦，从而诞生了思妇闺怨题材的诗。这种主题的诗歌在诗经里比比皆是，并对后来的诗歌产生了深远的影响。

这是一首妇人盼望远役丈夫早早归来的诗作。诗中以轰隆隆的雷声起兴，营造出思妇在等待中的焦灼感和阴晦的心情。更有一说是认为思妇因思之深，心神恍惚，错把雷声当作车声，以为丈夫回来了。她惊喜地从屋内跑了出去，发现家门前的道路上什么都没有，只是天空乌云密布，原来是那雷声在轰鸣。当思妇明白后，她失望至极，直接喊出了心声：我那忠心耿耿的夫君，你快快回来吧！为什么刚来又要离去呢？情感如泣如诉，让人心中凄然。在《诗经》诸多思妇诗中，要么是漫长的等待没有结局，要么等到的只是丈夫冷冰冰的尸体，要么终于等到了丈夫完好归来。而这首诗中，女子还来不及为丈夫归来而高兴，他便又匆匆远去。她也明白那是因为国家的需要，不能埋怨丈夫，知道丈夫也身不由己，无可奈何。

这首诗歌直抒胸臆，毫不掩饰，语言简练，一唱三叹，连续叠句更是增强了思妇的衷情，表达了思妇那坦诚直率的情感呼唤。

摽有梅

摽有梅①，其实七兮②。求我庶士③，迨其吉兮④。
摽有梅，其实三兮。求我庶士，迨其今兮⑤。
摽有梅，顷筐塈之⑥。求我庶士，迨其谓之⑦。

注释

①摽 biào：一说坠落；一说掷、抛。

②七：虚数，古人以七到十表示多，三以下表示少。一说梅子只有十分之七了。

③庶：众多。

④迨 dài：及，趁。吉：好日子。

⑤今：现在。

⑥顷筐：一说浅而易装满的竹筐；一说斜口浅筐。

塈 jì：取。

⑦谓：告诉。

译文

梅子纷纷投掷过去，箩筐中还留有七分。追求我的众多小伙子啊，可千万别贻误了时机。

梅子纷纷投掷过去，箩筐中只剩下三成。追求我的众多小伙子啊，今天正是良辰吉日。

梅子纷纷投掷过去，竹筐中的全部都给他。追求我的众多小伙子啊，就等你说想娶我。

赏析

诗歌表现了一个急嫁的女子热切大胆又矜持的求爱心理。少女憧憬着真爱，她坦率地表明心迹，对众多男子敞开心扉，就等着那一个真心喜欢她的人开口说一声。可似乎庶子们有点呆头呆脑，并不知道她的心思，竹筐里的梅子越来越少了，少女愈加心切，干脆将浅口竹筐的梅子都丢与他们。但是少女特有的矜持，又不得不让她等待着男子的主动。

暮春时分，梅子已黄熟。古代民间，在仲春时节有男女相会的风习，未婚男女，“相奔者不禁”，礼虽不备，却可以在仲春的舞会上，掷物击人。这里是用梅子击人，自由地选择爱人。“梅”与“媒”同音，蕴意深刻，少女投掷梅子，想必小伙子不可能不明白其心意。

少女敏锐地感觉到时光荏苒，青春恍惚一瞬间，待嫁的好时机已经过去大半，如今还没有适宜的夫君，怎能不感到焦急期盼？

小　星

嘒彼小星①，三五在东②。肃肃宵征③，夙夜在公④。寔命不同⑤！

嘒彼小星，维参与昴⑥。肃肃宵征，抱衾与裯⑦。寔命不犹⑧！

注释

①嘒 huì：星光明亮的样子。一说星光微小的样子。

②三五：三五个成群，闪烁在空中。一说参宿和昴宿。

③肃肃：疾速的样子。宵征：夜行。

④夙夜：朝夕，指日日夜夜。

⑤寔 shí：是，实。

⑥参 shēn：星宿名，二十八宿之一。昴 mǎo：星宿名，二十八宿之一。

⑦抱衾 qīn 与裯 chóu：指匆匆忙忙揭开被单，起床去办公。抱，抛，抛弃。衾，被子。裯，被单。

⑧不犹：不同。

译文

小小星儿微微闪烁，三五个嵌在东边天空。匆匆忙忙赶夜路，早早晚晚在办公。彼此命运真不同。

小小星儿微微闪烁，原来是那参星与昴星。匆匆忙忙赶夜路，抛开被单去从公。我的命运实在不如别人。

赏析

《诗经》中既有大腹便便、轻裘肥马的达官贵族，又有位卑职微、寄人篱下、仰人鼻息的小吏。都是奴隶主阶级，命运却大为不同。高层贵族们不劳而食，小吏们却日夜忙碌，没有人身自由，同那辛勤操劳的奴仆们又有什么区别呢？这也从侧面反映了当时奴隶主阶级内部矛盾的尖锐。

诗歌最为精妙的地方在于开头的比兴，烘托了一种奇妙的让人怅惘的意境，回味无穷。小吏终日忙碌，无论忙完公事回家还是从家中赶往公府，与他相伴的永远都是天空中那几颗朦朦胧胧、闪着微弱光芒的小星星。星星似乎被赋予了人的感情，悲悯着他的劳苦命运，安慰着这个疲于奔命的小吏。除此之外，小吏的辛劳与孤苦又能向谁倾诉呢？

虽然都是写星星，但第二章与第一章并不相同。第一章中，小吏还没睡醒便糊里糊涂地奔走在路上，他望了望天空，有三五个模糊的星星。第二章里，等到他疾行了一阵后，意识清醒，才认出原来那是参宿与昴宿。小吏因公事晚睡早起、精神恍惚的情态显露无遗。

以星光的微弱比喻自己的卑贱，以黄昏和黎明还没有隐退的星辰喻示自己工作时间之长久，还能有比这更恰当的比喻吗？

江有汜

江有汜①，之子归②，不我以③！不我以，其后也悔④。
江有渚⑤，之子归，不我与⑥！不我与，其后也处⑦。
江有沱⑧，之子归，不我过⑨！不我过，其啸也歌⑩。

注释

①江：本义是长江的古称，此泛指大河。汜 sì：水流分流后又汇合，此指江中长洲。

②归：指娶妻。

③不我以：不需要我。以，需要。

④悔：后悔。

⑤渚 zhǔ：水中的沙洲。

⑥不我与：即不与我，不同我亲近。与，亲近，交好。

⑦处：无作为，即无法再娶。

⑧沱 tuó：泛指江水的支流。

⑨不我过：不到我这里来。

⑩啸：一说对天长叹；一说号哭。

译文

滔滔江水有长洲，那人娶妻了，从此不再需要我！从此不再需要我，之后你会后悔莫及。

宽阔江水有沙洲，那人娶妻了，从此不再亲近我！从此之后不交往，之后你会打光棍。

悠悠江水有支流，那人娶妻了，从此不再来看我！从此之后把我丢，之后你会号哭。

赏析

简而言之，这是一首失恋之歌，是弃妇之诗。当心爱的人离自己而去的时候，心中的难过与悲伤、酸楚与苦涩交织迸发。薄情郎离自己而去，在伤心哀怨之时，最终生出失望、绝望和愤怒之情！她发出铿锵之声：弃我而走，你终将后悔，自尝恶果！

诗歌以江水起兴，并以江水比喻爱情，在古今民歌中屡见不鲜。女子和夫君本来恩爱如江流，哪知道半途出现支流，出现沙洲，夫妻的恩情也因此告终。夫君离开了女子，头也不回地随新欢而去，如此恩断义绝！有了新欢，从此不再需要“我”，不再亲近“我”，早把“我”丢在了脑后，多么无情无义！

野有死麕

野有死麕[①]，白茅包之[②]。有女怀春[③]，吉士诱之[④]。
林有朴樕[⑤]，野有死鹿。白茅纯束[⑥]，有女如玉。
舒而脱脱兮[⑦]，无感我帨兮[⑧]，无使尨也吠[⑨]。

注释

①麕 jūn：獐子。哺乳动物，形状像鹿而较小，身体上面黄褐色，腹部白色，毛较粗，没有角。

②白茅：植物名，多年生草木，花穗上密生白色柔毛。包：包裹。

③怀春：少女思慕异性。

④吉士：美好的男子。一说猎人。诱：求，指求婚。

⑤朴樕 sù：小木，灌木。

⑥纯束：捆扎。纯，捆。

⑦舒：舒缓。脱脱：缓慢的样子。

⑧无：通“毋”，表示劝阻或禁止。感：通“撼”，动摇。帨 shuì：佩巾。

⑨尨 máng：多毛的狗。

译文

山野中躺着死獐子，用白丝茅裹住它。女子春心荡漾，英俊男子诱惑她。

林间丛丛小树木，山野里躺着死鹿。用白丝茅捆住它，女子娴静美貌如玉。

轻轻地、悄悄地呢呢喃喃：“可别碰到我的佩巾，可别让狗儿汪汪叫！”

赏析

这是一首优美的、带有浓郁乡村气息的爱情诗，叙述了青年男女从相识到亲近的情感历程。

在丛林旷野间，英俊的男子捕获一只獐子。他在林中遇见了美妙如玉的女子，便用白丝茅紧紧裹住獐子，白丝茅象征着纯洁，他将其送给少女来讨好、挑逗她。怀春少女对这个英俊的男子也是怦然心动。要不是这个男子是个“吉士”，恐怕就算是建好巢室，鸠占鹊巢般请姑娘入住，姑娘也不见得答应。要是那种满脸横肉，腆着大肚皮“委蛇委蛇”的愚蠢汉子，恐怕诱惑的结局就像《召南·行露》中一般，惹得姑娘一顿臭骂：“虽速我讼，亦不女从！”

双方都对彼此有情意，一来二去，两个人也就熟了，要不是对他芳心暗许，一往情深，女子怎么会把他带到自己的家中？为怕惊动家人，女子叮嘱男子可别那么鲁莽，要轻轻地、悄悄地，可别碰到了“我”的佩巾，可别让狗吠叫，惊动了他人。

这首诗率真朴实，意深词婉。在这种真挚、纯洁、羞涩而又大胆活泼的爱情叙事诗里，表达了人们对于纯朴、至善至美的爱情的向往。

何彼襛矣

何彼襛矣[①]，唐棣之华[②]！曷不肃雝[③]？王姬之车[④]。

何彼襛矣，华如桃李[5]！平王之孙，齐侯之子[6]。

其钓维何[7]？维丝伊缗[8]。齐侯之子，平王之孙。

注释

①何彼襛 nóng 矣：形容衣饰颜色美丽。襛，繁盛的样子。

②唐棣 dì：树木名，似白杨，果实近球形或扁圆形，树皮可供药用。又作棠棣、郁李。一说指车帷。华："花"的古体字。

③曷 hé：何。肃：庄严，庄重。雝 yōng：通"雍"，和谐。

④王姬：美女的代称。

⑤华如桃李：形容女子美艳犹如桃李。

⑥平王、齐侯：非实指，指谁无定说。

⑦其钓维何：钓鱼用的是什么。

⑧缗 mín：钓鱼绳。

译文

颜色绚烂多美丽，车帷锦绣如繁花。怎不肃重又雍容？美女乘坐那马车。

颜色绚烂多美丽，车帷锦绣如桃李。天子平王的孙女，嫁与齐侯的儿子。

钓鱼用的是什么？合股丝绳用来钓。他是齐侯的儿子，迎娶平王的孙女。

赏析

“平王”“齐侯”指的是谁，尚无定论，但我们从诗歌极尽铺陈的场面描写中，知道这首诗写的是一个贵族女子出嫁的场景。

这首诗犹如电影片段，采取不同的角度切换的方式，从不同方面表现了奢华的出嫁。先从繁复鲜艳的颜色上，赞美了婚车之美，实质上也暗喻车中的新娘容貌娇艳。接着从婚礼上的气氛着笔，充满欢歌笑语，一派热闹喜悦。最后点出了新娘的尊贵身份，新娘新郎门当户对。最后一章以钓鱼为兴，古代民歌中多用鱼来比喻爱情配偶，寄托对男女双方幸福美满的祝福。

驺　虞

彼茁者葭①，壹发五豝②，于嗟乎驺虞③！
彼茁者蓬④，壹发五豵⑤，于嗟乎驺虞！

注释

①茁：草木初生茂盛的样子。葭 jiā：初生的芦苇。

②壹：发语词。发：射中。一说引申为生出小猪。豝 bā：母猪。

③驺虞 zōuyú：掌管鸟兽的牧官。一说传说中的义兽名。

④蓬：蓬蒿。

⑤豵 zōng：小猪。兽一岁曰豵，二岁为豝。

译文

初生芦苇茂密繁盛，五只小猪生出来。吁！牧猎官真可恶。

初生蓬蒿茁壮成长，五只小猪生出来。吁！牧猎官真可怕。

赏析

对于这首诗歌，一种解读，认为“发”是射中的意思，从而体现猎人高超的技术和收获的喜悦；另一种解释认为，这首诗是在表现奴隶社会的放牧小童常常受到牧猎官的欺压。

同是畜牧之歌，与《小雅·无羊》大为不同，《无羊》赞扬了牛羊繁多，充满了劳动的欢愉喜悦。而这首诗歌却充满了劳动者的苦痛辛酸，由此也可辨别“风”与“雅”之不同。小童备受欺凌，因此，他一看到刚刚生出来的小猪，就想到了牧猎官那凶神恶煞的样子。我们从《国风》不少诗篇里，都可窥见那个时代奴隶们穷苦困厄、备受欺凌的场景。这篇没有直接写贵族们是如何欺压奴隶的，但是仅仅通过见到小猪就怕牧猎官的心理活动，即可见贵族们嗜血般的残酷压迫。

国风·邶风

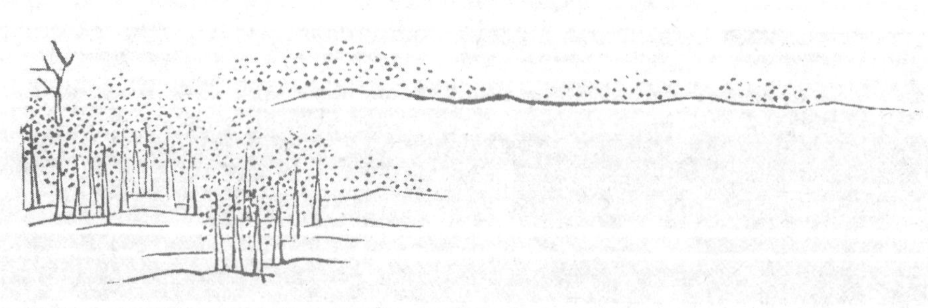

柏舟

泛彼柏舟[1]，亦泛其流[2]。耿耿不寐[3]，如有隐忧[4]。微我无酒[5]，以敖以游[6]。

我心匪鉴[7]，不可以茹[8]。亦有兄弟，不可以据[9]。薄言往愬[10]，逢彼之怒。

我心匪石，不可转也。我心匪席，不可卷也。威仪棣棣[11]，不可选也[12]。

忧心悄悄[13]，愠于群小[14]。觏闵既多[15]，受侮不少。静言思之[16]，寤辟有摽[17]。

日居月诸[18]，胡迭而微[19]？心之忧矣，如匪澣衣[20]。静言思之，不能奋飞[21]。

注释

①泛：荡，随水冲走、漂浮的样子。柏舟：柏木做的船。

②流：中流，水中间。

③耿耿：指眼睛明亮。寐：睡着。

④隐忧：内心里的忧愁、忧痛。

⑤微：非，不是。

⑥敖：漫游，闲游。

⑦匪：非。鉴：铜镜。

⑧茹：通“如”，本义为“像”。诗旨意为照镜子可照到人的是非善恶，引申为辨清是非。一说为“忖度”。

⑨据：依靠。

⑩薄言：语助词。愬 sù：同“诉”，告诉，倾诉。

⑪威仪：仪表威武严肃。棣 dì 棣：雍容娴雅的样子。

⑫选：屈挠退让的样子。一说指选择爱人。

⑬悄悄：忧愁的样子。

⑭愠 yùn：恼恨，怨恨。群小：众小人。

⑮觏 gòu 闵既多：遭逢的忧患苦难很多。觏，遇，遇见。闵，凶丧。

⑯静言思之：静静地想一想。

⑰辟：通“僻”，捶胸。摽 biào：捶打的样子，捶胸。

⑱居、诸：语助词。

⑲迭：更迭，更替。微：昏暗不明。

⑳澣 huàn：同“浣”，洗涤。

㉑不能奋飞：不能像鸟一样振翅高飞。

译文

划着小小柏木船，随波漂荡河水中。忧愁烦恼不能睡，满怀痛苦与忧伤。不是我没美酒喝，姑且闲游去散心。

我心不是明镜，内心真挚情感难明了。纵有骨肉亲兄弟，冷漠不可将他们依靠。想要对他们诉苦衷，恰逢他们发脾气。

我心不是石头，不能任人去翻转。我心不是芦席，不能随意去翻卷。举止庄严又雍容，不能任意去屈从。

忧心忡忡又苦闷，怨恨众多奸佞小人。遭遇苦难非常多，受到侮辱也不少。静下心来细细想，醒来捶胸长叹息。

太阳下山月亮出，为何明暗相交替？忧心忡忡气难平，好像未洗的脏衣服。静下心来细细想，不能奋翅而高飞。

赏析

诗中没有明确作者为何而忧，但不难看出，这是一首抒发郁郁不平之志，表达内心强烈的忧愁、痛苦、忧愤的诗。诗歌风格沉郁、情感真挚，虽是写愁苦郁闷之情，却有激昂高亢之格调。也有很多人认为，这是一首关于失恋的爱情诗歌。女子想与心上人成百年好合，但是遇到了父母和兄弟的阻挠，因此心中烦闷，唱出不能获得自由及爱情的哀歌。

全诗共五章。第一章以飘荡在江河上的小小柏木船起兴，暗示了自己无所依傍以及愁苦之情蔓延飘荡的心境，也有以柏木自比坚贞的意思。接着以“忧”点明全篇，它成为全篇的诗眼。“忧”之深之沉，不是美酒可以消除，也不是消遣散步可以抹去的。

第二章写自己的执拗和亲属的不可依靠。“我”又不是明镜，不可能将内心真情照给对方看。即使“我”有骨肉兄弟，也不能依靠。本以为可以向他们倾诉衷肠，终归落得不被理解反被怒斥的结果。忧愁便因此更深一层。

第三章写自己高尚的志节和坚强的意志。“我”温文尔雅、行为端正，并不是那可以任人翻滚的石头和任人翻卷的芦席，“我”有“我”的原则和尊严，怎么可能任人欺凌?

第四章写自己受制于环境郁郁不乐的心情。周遭充满了小人，受制于群小的压制，遭遇坎坷，半夜孤枕难眠，想来便是气愤难当，只能捶胸长叹!

第五章写深受烦闷缠绕，渴望摆脱忧愁的幻想。这种“忧”已无法忍受，真希望振翅而飞，可是又明知不能!这种剪不断理还乱的忧愁啊，真让人无法排遣，无法消解!

绿　衣

绿兮衣兮[①]，绿衣黄里[②]。心之忧矣，曷维其已[③]！
绿兮衣兮，绿衣黄裳。心之忧矣，曷维其亡[④]！
绿兮丝兮，女所治兮[⑤]。我思古人[⑥]，俾无訧兮[⑦]！
絺兮绤兮[⑧]，凄其以风[⑨]。我思古人，实获我心[⑩]！

注释

①衣：上曰衣，下曰裳。

②里：外曰衣，内曰里。

③曷：通“何”，怎么。维：语助词，没有实义。已：停止，结束。

④亡：一说停止；一说通“忘”，忘记。

⑤女：通“汝”。治：犹“制”，此处指染织。

⑥古人：故人，已经亡故的人，这里指亡妻。古，通“故”。

⑦俾 bǐ：使。訧 yóu：通“尤”，过失，过错。

⑧絺 chī：细葛布，也指用细葛布织成的衣服。绤 xì：粗葛布，也指用粗葛布织成的衣服。絺、绤都是夏天穿的衣料。

⑨凄其：凄凄。以：因为。

⑩获：得到。

译文

绿衣啊，绿色的外衣黄色的里衣。心中伤感忧愁啊，何时能止息！

绿衣啊，绿色的上衣黄色的下衣。心中伤感忧愁啊，何时会停止！

绿色的丝线啊，是你亲手缝制。睹物怀恋亡妻，生前相助使我无过失。

细葛布啊粗葛布，寒风吹拂真凄冷。睹物怀恋故人，已深深攫住我心！

赏析

这是一首诗人睹物思人、思念亡妻的诗作，诗中情意缠绵。《诗经通论》："先从'绿衣'言'黄里'，又从'绿衣'言'丝'，又从'丝'言'絺绤'，似乎无头无绪，却又若断若连，最足令人寻绎。"那种凄婉深沉的感情，让人回味隽永。

第一章写诗人拿起衣服，里外摩挲翻看着，想起这就是他已故妻子缝制的衣服，便勾起了对爱妻的无限思恋之情。第二章则是对这一动作的重复，起到了加强情感的作用，想起爱妻，心中的悲伤便无法抑制。

第三章由密密缝制的衣服，想到妻子对自己的叮嘱，勾起了日常生活中的点滴回忆。妻子的叮嘱何尝不是曾经在一起的全部？妻子的细心与温柔曾经带给自己莫大的幸福，可是这一切都已经不存在了，不能不让人惆怅心伤。

第四章写在凄凉的风中，摩挲着手里的衣服，手中拿的是夏天的衣服，而现在正是寒风凛冽的冬天，想必对爱妻的思念已不是第一次，而是天长日久。他倾泻出内心最真切的呼唤：爱妻！你是我心中挚爱的人！你已经深深印刻在我心里，抹也抹不掉！情感一泻而下，达到全诗的高潮。

这千恩万爱，这难言的悲痛，这绵绵无绝期的思念，怎能不紧紧攫住读者的内心？

燕　燕

燕燕于飞[①]，差池其羽[②]。之子于归[③]，远送于野[④]。瞻望弗及[⑤]，泣涕如雨[⑥]。

燕燕于飞，颉之颃之[⑦]。之子于归，远于将之[⑧]。瞻望弗及，伫立以泣[⑨]。

燕燕于飞，下上其音[⑩]。之子于归，远送于南[⑪]。

瞻望弗及，实劳我心[12]。

仲氏任只[13]，其心塞渊[14]。终温且惠[15]，淑慎其身[16]。先君之思，以勖寡人[17]。

注释

①燕燕：燕子。于飞：飞翔。于，助词。

②差 cī：参差。

③于归：古时女子出嫁。

④野：郊野。

⑤弗及：不及，指看不到。

⑥泣涕：眼泪。

⑦颉 xié：向上飞。颃 háng：向下飞。

⑧于：往。将：送。

⑨伫：长久站着等待。

⑩下上其音：燕子飞动时发出的声音。

⑪南：指卫国都城以南的地方。一说林，野外。

⑫劳：忧伤。

⑬仲：排行第二，古代称次子、次女为仲。一说指少女。任：姓氏。只：语助词，没有实义。

⑭塞 sè：诚实。渊：深远，渊博。

⑮终：既，已经。惠：和顺。

⑯淑：善，美。

⑰勖 xù：勉励。寡人：寡德之人，古代君主的谦称。

译文

燕子双双展翅飞，尾翼舒展似剪刀。姑娘出嫁了，远远送到城郊外。目送直到看不见，泪落如雨泣涕不断。

燕子双双展翅飞，上下翻飞好翩跹。姑娘出嫁了，远远送到郊野外。直到遥望看不见，长久伫立泣涕不断。

燕子双双展翅飞，鸣声时低又时昂。姑娘出嫁了，远远送到城南外。直到遥望看不见，惆怅无比心忧伤。

任姓的少女呀，秉性诚实又忠厚。温柔和顺又贤惠，为人淑婉又谨慎。可要时常念先父，寡人与妹共相勉。

赏析

《燕燕》是中国文学史上最早的送别诗，因其无出其右的文学地位，被历代文人称赞。“万古送别之祖”“真可以泣鬼神！”“语意沉痛，令人不忍卒读。”均是对它至高的评价。情感哀婉可诵，令人怅惘欲涕，对后来的送别之作产生广泛而深刻的影响。

有人将这首诗看作是男女送别之诗，男子眼睁睁看着心爱的女子远嫁他方，无能为力，心中忧痛。但一般认为这首诗是卫女远嫁薛国（薛为任姓，故云“仲氏任只”)，其兄为之送别而作。

古时女子远嫁之后，往往难以回家，《诗经》中便有很多已嫁女子怀念家乡的诗作。别时容易见时难，同胞别离时如此依依不舍，如此忧伤怅然。送了一程又一程，还是舍不得离去，长久地伫立在山冈上，遥望着马车远去的方向，直到青山遥遥，什么都望不见时，才知道妹妹真的已经走了，那一霎心似乎被掏空了。此去经年，他日相见不知何时？此时，诗人才发现自己已经泪水涟涟，如断了线的珠子，抹也抹不断。

最末一章写对妹妹的赞美，她诚实、温柔、和顺、为人谨慎，用这些极高的评价，说明在哥哥眼中妹妹一直就是天下最好的女孩子。其兄妹之间的缱绻深情可见一斑，想必在平时，哥哥一直疼爱照顾妹妹，现在她远嫁他方，作为兄长，再也不能顾及她了，不知她会不会照顾好自己呢？会不会受委屈呢？哥哥只能谆谆叮嘱道：在远方可要时常思念父亲，你我一起共勉。这其中有着兄长深深的担忧和厚爱，读来真是让人黯然感伤。

日 月

日居月诸①，照临下土。乃如之人兮②，逝不古处③。

胡能有定[4]？宁不我顾[5]。

日居月诸，下土是冒[6]。乃如之人兮，逝不相好[7]。胡能有定？宁不我报[8]。

日居月诸，出自东方。乃如之人兮，德音无良[9]。胡能有定？俾也可忘[10]。

日居月诸，东方自出。父兮母兮[11]，畜我不卒[12]。胡能有定？报我不述[13]。

注释

①居、诸：语气助词，没有实义。

②乃：竟，竟然。之人：这个人。

③逝：发语词。一说及。古处：和从前一样的态度相处。一说故居。

④胡：何，怎么。定：安定，安稳，指心定，心安。

⑤宁：何，乃。顾：顾及，顾念。

⑥冒：盖，蒙。

⑦相好：相爱。

⑧报：理睬，回复。

⑨德音：犹德言。一说好听的话。

⑩忘：忘忧。一说为“望”的假借字。

⑪父兮母兮：女子哀求无助时，向父母哭诉。

⑫畜：养育。一说爱。卒：终究，终于。

⑬述：循，顺行。

译文

太阳和月亮，光辉照临大地。竟有这种人，对我不再像从前好。何时能定心？竟然不再顾念我。

太阳和月亮，光辉覆盖大地。竟有这种人，对我不再两相好。何时能定心？竟然不报我恩情。

太阳与月亮，光辉出自东方。竟有这种人，品德名誉败坏。何时能定心？使我将他忘光光。

太阳与月亮，东方升起光辉。父亲和母亲啊，丈夫爱我不终。何时能定心？待我全然不讲理。

赏析

这是一篇控诉丈夫遗弃女子的诗歌。诗歌以一个女子的口吻，诉说了丈夫朝三暮四、朝秦暮楚，对她侮辱、虐待并最终遗弃的痛苦悲歌。

诗歌开篇以日月开头，便能想象孤独的女子无处可以倾诉，便只能对着日月倾情相告。明明的光辉照耀在大地，而她的心情却是如此阴晦。她的丈夫竟然是这种品行不良的人，薄情寡义，朝三暮四，与她恩情不再，让她受尽辛酸，她多么想遗忘这个人，这样的话，痛苦再也不用忍受！

终生可以托付的人背叛“我”而去，世上便只有自己的父母最亲近。“父亲、母亲，当初你们让女儿嫁给他是错误的抉择，丈夫不愿意搭理我，真的很想回到你们的身边，重新找回曾经的幸福。”

当一个人受尽委屈与辛酸无处可告时，才会对着天地、对着父母哭诉。一个女子遭到遗弃后悲苦凄凉、委屈怨愤的心理感受让人心肝欲摧。

然而，我们对这个被遗弃的女子“哀其不幸、怒其不争”。她既有对丈夫冷漠无情的谴责和控诉，又希冀丈夫回心转意，其态度远不如《召南·江有汜》中的女子铿锵决绝。

终　风

终风且暴①，顾我则笑②。谑浪笑敖③，中心是悼④。

终风且霾⑤，惠然肯来⑥。莫往莫来⑦，悠悠我思⑧。

终风且曀⑨，不日有曀。寤言不寐⑩，愿言则嚏⑪。

曀曀其阴⑫，虺虺其雷⑬，寤言不寐，愿言则怀⑭。

注释

①终风：大风，暴风。

②顾我则笑：指丈夫一见到她就笑闹不休。

③谑：尽兴地游乐。浪：放荡，放纵。

④中心：心中。悼：悲伤，哀念。

⑤霾 mái：阴霾。大风刮得尘土飞扬。

⑥惠然：顺从的样子。惠，和顺。

⑦莫往莫来：指丈夫来往不定。

⑧悠悠：指对丈夫的思念绵绵不断。

⑨曀 yì：阴沉而有风；昏暗。

⑩寤：醒着。寐：睡着。

⑪嚏 tì：打喷嚏。

⑫曀曀：指天阴暗的样子。

⑬虺 huǐ 虺：形容雷声。

⑭怀：思念。

译文

狂风阵阵迅疾吹，见到我他就笑嘻嘻。嘲弄戏谑，放荡不休，心中害怕好悲伤。

狂风阵阵天阴晦，样子和顺来看我。不要随来又急去，心中怀念思悠悠。

狂风阵阵蔽天日，天刚放晴又转阴。睁眼醒着难入睡，愿他喷嚏知我想。

天色蒙蒙真阴沉，雷声轰轰催人急。睁眼醒着难入睡，愿他怀念旧情将我想。

赏析

这是一首女子遭到丈夫遗弃的哀怨之诗。又说是卫庄姜所遇不淑，伤心所作。

朱熹认为，庄姜是中国历史上第一位女诗人。根据朱熹考证，《诗经》中有五首诗乃是出自庄姜之手：《燕燕》《终风》《柏舟》《绿衣》和《日月》。庄姜是春秋时齐国公主，卫庄公的夫人。她出身显贵，美貌惊人，《硕人》中描写庄姜时说："手如柔荑，肤如凝脂，领如蝤蛴，齿如瓠犀，螓首蛾眉。巧笑倩兮，美目盼兮。"

庄姜出嫁非常风光，但这却是她痛苦命运的开端，嫁到卫国之后不久便遭受到卫庄公的遗弃，再加上她无子，更难得到庄公宠爱。庄公对她粗暴无礼，放浪戏谑。他后来娶了陈国之女厉妫，和厉妫的妹妹戴妫，庄姜的日子便更加难过了。

昔日那个风光出嫁、美艳绝伦的新娘，怎么也不会想到，自己会沦落到如此境遇。

诗歌以狂风肆虐、雷声轰鸣、日月无光等画面比兴，既暗示了女子悲惨的命运，又喻指男子性情暴戾，狂放不羁，喜怒无常。我们怒其不争，该男人如此薄幸可恶，为什么女子还如此爱他呢？通过诗歌不难发现，该男子有时对女子甚好，对她表现出微笑、顺从的样子，使得女子对他产生了好感和依恋。可是有时，他便调笑、戏谑女子，性情乖张多变，随便过来又随便离去，让女子丢了魂儿一般，骂他无情但又爱得无法自拔。若是一直对女子打骂、冷漠，久而久之，女子肯定不会对他念念不忘，怪就怪在诗中男子犹如猫玩老鼠般，在暴戾中又时常有温情，将女子的情绪弄得如团团糨糊。女子虽然悲伤哀怨，却辗转不能入眠，愁绪牵肠，希望男子还惦记着她，想念着她，心理活动十分复杂。

诗歌一方面塑造了温婉和顺、善良痴怨的女子形象，另一方面塑造了暴戾无常、灵魂丑陋的男子形象。痴情女子负心汉，通过对比，表现了那个时代里普遍存在的婚姻矛盾以及女性的悲剧。

击　鼓

击鼓其镗①，踊跃用兵②。土国城漕③，我独南行。
从孙子仲④，平陈与宋⑤。不我以归⑥，忧心有忡⑦。
爰居爰处⑧？爰丧其马⑨？于以求之⑩？于林之下。
死生契阔⑪，与子成说⑫。执子之手，与子偕老⑬。
于嗟阔兮⑭，不我活兮⑮。于嗟洵兮⑯，不我信兮⑰。

注释

①镗 tāng：鼓响声。

②踊跃：形容跳跃击刺的样子。用兵：演武，操持兵器。

③土国：在国内服役做土功。土，土功，治水、筑城等工程。国，国都。城漕：在漕地修筑城池。

④孙子仲：卫国的将领。

⑤平：和，和二国之好。陈、宋：诸侯国名。

⑥归：回来。

⑦有忡：忧愁的样子。

⑧爰 yuán：“于是”，在何处。

⑨丧：丧失。此处指跑掉、丢失。

⑩于以：于何。

⑪契阔：聚散。

⑫子：指妻子。成说：成言，指结成誓约。

⑬偕老：特指夫妻相偕到老。

⑭于嗟：叹词，表示悲叹。阔：疏远，离别。

⑮活：聚会，相会。

⑯洵：远。一说久留。

⑰信：一说古“伸”字；一说守约。

译文

战鼓声音镗镗响，踊跃操持练刀枪。大兴土木筑城漕，独我从军去南方。

跟从军帅孙子仲，调停陈国和宋国。不让我们回家乡，心中愁苦忧忡忡。

在哪儿居住哪里歇？我的马儿丢何处？去哪儿寻得到呢？原来它就在树林下。

无论生死与聚散，与你立下此誓约。紧紧牵着你的手，与你恩爱白头直到老。

唉，相隔千万里，难以与你再相聚。唉，离别太长久，使我无法守信约。

赏析

诗歌表现了一位卫国兵士，因远戍陈、宋，久役不得归，而怀念妻子，并回忆临行与妻子诀别的情形，进而抒发怨愤，对国君好大喜功、穷兵黩武的政策进行了有力的批判。

第一章先声夺人，以镗镗的战鼓声点出了出征前紧张的气氛。国家大量征兵，壮士们踊跃操练，修筑城池、兴建土木的繁忙景象迎面扑来。而“我”却对正在服劳役的他们生出了艳羡之情，好歹他们忙活了一天，无论多么辛苦，都能回到家中与家人聚在一起，而“我”

要独自南行去参加战斗，从此天地茫茫，要与爱妻长久分隔。

第二章写我去参加征战的情况。战争起因是去调停陈国和宋国。跟随着将军孙子仲，却无心战斗，因为长久回不了家，已经是忧心忡忡、苦闷之至！

第三章通过细节点出士兵们的厌战情绪。这支军队纪律涣散，秩序混乱，因为得知不能回去，心神不宁，连战马都跑丢了，到处找啊找，不经意间，原来就在那个树林中。

第四章从现实写到了回忆。回忆中，与妻子立下生死相守、白头到老的约定，既点明了夫妻之间恩爱情深，也突出了现实的残酷。

第五章又回到了冰冷的现实，面对着无家可归的现状，"我"只能长叹，相隔遥远，分别已久，此生恐怕再难与"你"相见，难以实现"我"的誓言。诗歌如泣如诉、字字血泪，士卒长期征战之悲之痛，到此已无以复加。

式　微

式微式微[①]，胡不归？微君之故[②]，胡为乎中露[③]？

式微式微，胡不归？微君之躬[4]，胡为乎泥中[5]？

注释

①式：发语词，没有实义。微：昧，黄昏。

②微君之故：非君之故。微，非。君，指奴隶主。

③胡为乎：为什么。中露：即露中，露水中，倒文以协韵，《诗经》中多次使用这种手法。

④躬：身体。

⑤泥中：泥地里。

译文

已到黄昏，已到黄昏，为何还没有回家去？要不是侍奉你们，我为何要在雨露中辛苦劳作？

已到黄昏，已到黄昏，为何还没有回家去？要不是伺候你们，我为何要在泥淖中辛苦劳作？

赏析

人民行役，颠沛流离，有家不可归，实际上可能是已经无家可归。他们长年累月在艰苦的环境中劳作，刮风下雨、道路泥泞也不停歇，而这一切全都是为了服务奴隶主。要不是这吃人的奴隶主，他们怎么可能会面对如此不幸的遭遇？

诗歌短小精悍，叠唱求变，体现了民歌特色，其中饱含悲愤之情，对统治者发出怨恨不平的控诉。

旄　丘

旄丘之葛兮①，何诞之节兮②？叔兮伯兮③，何多日也④？

何其处也⑤？必有与也⑥！何其久也？必有以也！

狐裘蒙戎⑦，匪车不东⑧。叔兮伯兮，靡所与同⑨。

琐兮尾兮⑩，流离之子⑪。叔兮伯兮，褎如充耳⑫。

注释

①旄 máo 丘：前高后低的土山。葛：多年野生植物，长而坚韧，茎皮纤维可制成葛布，块根可以食用，花可以解酒毒。

②节：竹子或草木茎分枝长叶的部分。

③叔、伯：此指卫国大臣。一说是女子对爱人的昵称。

④多日：指多日不见。

⑤处：安居。

⑥与：盟国。一说“以”，缘故，原因。

⑦蒙戎：蓬松，杂乱。

⑧匪：非。一说通“彼”。

⑨靡：无，没有。同：同心。

⑩琐：细碎，细小。一说年少。尾：通“微”，微小，卑贱。

⑪流离：鸟名，即枭。一说漂泊流离；一说琉璃。

⑫褎 yòu：一说聋；一说华服盛装；一说嬉笑的样子。充耳：塞住耳朵。

译文

山坡上的葛藤啊，为什么枝节那么长？卫国的叔啊伯啊，为什么多日不帮忙？

为什么安居不出门？一定有原因在其中。为什么拖延这么久？一定有苦衷在其中。

身上穿着蓬松的狐裘，坐着车子不向东。卫国的叔啊伯啊，你与我不同心。

我们渺小又卑微，颠沛流离无所居。卫国的叔啊伯啊，好似耳聋不闻不问。

赏析

对于此诗的主旨，有三种说法：一说是女子被遗弃，她的丈夫对他的哀怨不闻不问、冷漠无情；一说是黎国君臣流亡到卫国，请求卫国帮助复国，但是卫国贵族却拖延不肯相助；一说是流亡到卫国的人，希望得到卫国的救助。诗歌产生的年代和背景已经无从考据。一般认为是流亡到卫国、寄希望被救助而不得的叹息之作。

开篇以长长的葛藤起兴，看似与诗没有什么联系，却以葛藤长长的枝节，暗示流亡者已经在卫国待了很长时间，卫国的贵族们，拖延了这么久都还没来救济。紧接着，诗歌的第二章便对叔伯们不来相救的原因进行揣测，他们也许是有苦衷的吧，也许不久后，他们终会来帮助自己的，流亡者姑且这么想，聊以自慰。第三章写到现实中的事打破了流亡者的幻想。穿着蓬松狐裘的贵族坐着车子来了，但是他们的车子并不是朝着“我”的居所来的，这一现实彻底打破了流亡者的幻想。第四章写梦醒后的自嘲与叹息，“我们”现在是卑微渺小、流离失所的人，卫国的叔伯怎么可能会帮助“我们”呢？一种凄凉萧索、世态炎凉的况味，到此不难体味。

简　兮

简兮简兮①，方将万舞②。日之方中③，在前上处④。
硕人俣俣⑤，公庭万舞⑥。有力如虎，执辔如组⑦。

左手执籥[8]，右手秉翟[9]。赫如渥赭[10]，公言锡爵[11]。

山有榛[12]，隰有苓[13]。云谁之思[14]？西方美人。彼美人兮，西方之人兮。

注释

①简：一说鼓声；一说威武的样子。

②方：正，且。将：统率。万舞：舞名。先是武舞，舞者手拿兵器；后是文舞，舞者手拿鸟羽和乐器。

③日之方中：指太阳正在中天，正午时分。

④在前上处：在前列的上头。

⑤硕：大。俣 yǔ 俣：英武魁梧的样子。

⑥公庭万舞：在宗庙公庭表演舞蹈。公庭，宗庙。

⑦辔 pèi：马缰绳。如组：像织丝线一样井然有序。组，丝绳。

⑧籥 yuè：古代乐器名，管状，形似排箫。

⑨秉：拿。翟 dí：翟羽，古代乐舞所执雉羽。

⑩赫：红色。渥 wò：厚。赭 zhě：赤褐色。

⑪锡：赐。爵：青铜制酒器，用以温酒和盛酒。

⑫榛 zhēn：落叶灌木。花黄褐色，果实为榛子，一种坚果，果肉肥白，可以食用。

⑬隰 xí：低湿地。苓 líng：甘草。一说苍耳；一说黄药。

⑭云谁之思：即思之云谁，所思念的人是谁。云，发语词。

译文

鼓声咚咚响不停，他将指挥跳万舞。太阳正是当空照，舞师站在最前列。

身材魁梧又健美，公堂前面跳起舞。力量强大如猛虎，手把缰绳像织布。

左手拿着管弦吹，右手拿着野鸡羽。脸色红润像赭土，卫公高兴赏酒喝。

榛树生在高山上，草苓长在湿地里。朝思暮想他是谁？是那美丽的西方人。那美丽的人啊，是那西方的人。

赏析

在一场卫国宫廷的万舞表演中，舞师高超的舞技和魁梧健美的身材，引起了一个女子的爱慕。

此诗前三章着重表现舞师舞蹈的场景。第一章点明了舞蹈的地点、时间和排场。以咚咚的鼓声先声夺人，万舞热烈的现场气氛给人留下深刻的印象，接着便似电影中的全景镜头推向特写一般，在众多舞者中突出了舞蹈的领队，他站在队伍最显眼的地方。第二章浓墨重彩地对这位舞师进行赞美，他的身材魁梧挺拔，跳起舞来，一会儿勇猛如虎，一会儿迅捷灵敏，风度翩翩，舞姿震撼人心。第三章写武舞之后，舞师又开始了文舞，拿着管弦与鸡毛，在悠扬的音乐中，激烈的舞蹈也趋于舒缓，他的脸色犹如赭土一样布满了红润的光泽，凛凛一躯，多才多艺。第四章是全诗最重要的一章，点出了诗人对舞师的爱慕之情。这种爱慕在前面观看舞师表演时一直深藏不露，当舞蹈高潮结束时，女子完全被这个健壮的男子征服了。她发出爱的倾诉，反复吟咏“彼美人兮，西方之人兮”，率真坦白，毫不矫情。

第四章以高山上的榛树和湿地里的草苓起兴，貌似与诗歌主旨无关，实际为隐喻。高山上的榛树雄伟健壮，湿地里的草苓阴柔弱小，分别隐喻魁梧的舞师和娇柔温顺的女子，如果他们结合在一起，郎才女貌，将是多么适合的一对。

泉　水

毖彼泉水[①]，亦流于淇[②]。有怀于卫[③]，靡日不思[④]。娈彼诸姬[⑤]，聊与之谋[⑥]。

出宿于泲[7]，饮饯于祢[8]。女子有行[9]，远父母兄弟[10]。问我诸姑[11]，遂及伯姊[12]。

出宿于干[13]，饮饯于言[14]。载脂载辖[15]，还车言迈[16]。遄臻于卫[17]，不瑕有害[18]？

我思肥泉[19]，兹之永叹[20]。思须与漕，我心悠悠[21]。驾言出游[22]，以写我忧[23]。

注释

①毖 bì：泉水冒出、流淌的样子。

②淇：河流的名称。

③怀：怀念。卫：卫国。

④靡：没有。思：思念。

⑤娈 luán：年轻美好。诸姬：众姐妹。这里指随嫁或陪嫁的众多女子。

⑥聊：一说原，一说姑且。与之谋：跟她们谈论、商量。

⑦出：出行。泲 jǐ：河流名，即济水，在今河南济源一带。

⑧饯：饯行，设酒食送行。祢 nǐ：父亲的宗庙。

⑨行：女子出嫁。

⑩远：远离。父母兄弟：指女子娘家的父母兄弟。

⑪诸姑：姑姑辈的家长。或指与婆母同辈的女家长。

⑫遂：因。伯姊：大姐。

⑬干：地名。

⑭言：地名。

⑮载：发语词。脂：油脂。辖 xiá：车轴两头的销钉。脂、辖在此处用作动词，做好回家的准备。

⑯还车：回转车。迈：远行。

⑰遄 chuán：快，疾速。臻：到，到达。

⑱瑕：无。

⑲肥泉：与下文的须、漕皆为卫国的城邑。

⑳兹之永叹：更加长久地叹息。兹，通“滋”，增加。一说此。

㉑悠悠：愁思悠长不断。

㉒言：语助词，无实义。

㉓写：通“泻”，排遣，宣泄。

译文

那泉水涓涓地流，奔流直到淇水中。想念家乡卫国，没有一日不惦记。同来姐妹真美丽，且和她们共商榷。

当初出宿在济水，离别饯行在父庙。姑娘出嫁了，远离父母和兄弟。临行问候姑姑们，还有大姐勿相忘。

当初出宿在干地，离别饯行在言城。涂好油脂上好钉，驾车回家快快跑。快点回到卫国去，回去看看有何妨？

我思念故乡的甘泉，不禁长长叹息。想念故乡须与漕地，心中愁思长悠悠。驾着车子去出游，排遣心中愁与忧。

赏析

这是一首女子出嫁后怀恋故乡、渴望回到故土的诗篇，有人认为是许穆夫人的诗作。

诗歌有着完整的层次结构。以源源不断的泉水起兴，勾起女子的思乡之愁，魂牵梦绕，恰如这泉水绵延不断，无法停息。思乡之情无法排遣，无可奈何中，姑且找来一同陪嫁的姑娘聊聊天，好歹自己还不是形单影只，听着熟悉的乡言，心中多少有些宽慰。

第二章回忆出嫁时的情景。出嫁时经过济水，到父亲的宗庙前告庙，千里迢迢一路奔波，远嫁他方，自知以后与父母亲人难得一见，依依惜别、恋恋不舍的情景仍历历在目。

既然路途遥远，难得再回故乡，姑且畅想一下回家的情形吧。第三章便写到回家的幻想。马车涂好油脂上好钉，快快跑回家乡卫国。由此可见，女子想回家的急切心情。但是幻想终归会破灭。

第四章写女子知道自己的梦想无法实现，便跌入到无可奈何的现实中，她长长叹息，故乡的肥泉啊，浸润着嫁女记忆中的每一片故土啊！叫她如何不想呢？“抽刀断水水更流，举杯消愁愁更愁”，只能驾着车儿去悠游，聊以排解这思乡之情吧。

这首诗歌可与《周南·葛覃》进行比照阅读，一个是不能回家的缱绻思愁，一个是马上就能回娘家的轻松愉快。

北门

出自北门①，忧心殷殷②。终窭且贫③，莫知我艰④。已焉哉⑤！天实为之，谓之何哉⑥！

王事适我⑦，政事一埤益我⑧。我入自外，室人交遍谪我⑨。已焉哉！天实为之，谓之何哉！

王事敦我⑩，政事一埤遗我⑪。我入自外，室人交遍摧我⑫。已焉哉！天实为之，谓之何哉！

注释

①出自北门：自北门出。

②殷殷：忧伤貌。

③终：既。窭 jù：贫寒，困窘。

④莫知我艰：没有人知道我的艰难。

⑤焉哉：两个语气词连用，以加强语气。

⑥谓之何：即如之奈何，奈何不得之义。谓，犹“奈”。

⑦王事：王家之事，应指征兵作战。适：投掷。

⑧一：完全，都。埤益：谓大大增加。

⑨室人：家里的人。谪：谴责。

⑩敦：敦促、逼迫。

⑪政事：义同“王事”。埤遗：犹厚加。

⑫摧：讽刺。一说摧残，折磨。

译文

步履沉重走出北门去，心中烦恼多忧愁。生活饥寒潦倒，没人知道我艰辛。罢了吧！老天这样对待我，我又何必去说它！

王朝兵役掷给我，繁忙徭役全给我。我从外面回家里，家人全都斥责我。罢了吧！老天这样对待我，我又何必去说它！

王室差事逼迫我，种种苦役全给我。我从外面回家来，家人全都讥讽我。罢了吧！老天这样对待我，我又何必去说它！

赏析

这首诗歌同《召南·小星》一样，是穷困潦倒、孤独劳累的小官吏的怨诗。通过一个小官吏之口，反映了当时统治阶级内部矛盾激化的情形。一个小官吏尚且如此艰辛，更别说受到统治阶级欺压的广大人民，他们生活之水深火热可窥一斑。

这个小官吏每天从城北门进进出出，勤勤恳恳、辛苦劳碌，王事、政事一并交给他，但他生活十分贫寒，没有人能理解他，回到家中，妻子儿女不但不宽慰，还纷纷指责、埋怨他。生活窘困艰难，看不到任何希望。无处诉说的小官吏只能对天长叹，这是老天爷的安排吧！

他是辛劳的，也是孤独的，小人物无法驾驭自身命运的无可奈何，怎不让人悲戚？

北　风

北风其凉，雨雪其雱①。惠而好我②，携手同行③。其虚其邪④？既亟只且⑤！

北风其喈⑥，雨雪其霏⑦。惠而好我，携手同归⑧。

其虚其邪？既亟只且！

莫赤匪狐[9]，莫黑匪乌[10]。惠而好我，携手同车[11]。其虚其邪？既亟只且！

注释

①雨 yù：作动词，下雨，落下。雱 páng：雪很大的样子。

②惠：爱，友爱。

③携手同行：手拉手一起跑。

④虚：通“舒”，迟缓，缓慢。邪：通“徐”，缓，慢慢的。

⑤亟：急，紧急。只且：语气助词。

⑥喈 jiē：疾速的样子。

⑦霏：雪盛貌。

⑧同归：义同“同行”。

⑨莫：无，没有。匪：假借为“非”。

⑩莫黑匪乌：没有不黑的乌鸦。

⑪同车：同车离去。与“同行”“同归”义同。

译文

北风呼呼凉飕飕，下雪满天白茫茫。你与我和善友好，携起手来一起走。不要迟疑再犹豫，情况紧急赶快逃。

北风呼呼冰冰凉，雨雪满天白茫茫。你与我和善友好，携起手来一起跑。不要迟疑慢悠悠，时局危急快逃归。

天下狐狸一样红，天下乌鸦一般黑。你与我和善友好，携起手来同车跑。不要徘徊慢腾腾，事情紧急快逃跑。

赏析

这是一首以卫国政治动乱为背景，描写百姓惊惧，相携离去的诗篇。诗歌反复描写北风凌厉、雪花纷纷扬扬之景，开头便给人肃杀惊惧之感。不仅描绘出百姓相携逃难的险恶环境，同时也点出了当时阴暗惨淡、紧张危急的政治氛围。在暴政的肆虐下，百姓受不了重重压榨，惊恐万分，纷纷而逃。

“惠而好我”寥寥几字点出了这冰天雪地中的一抹温情，患难之中见真情，逃难的人们给予彼此温暖，彼此敦促着“快跑啊！快跑啊！”为什么要没命地跑？前两章设下了悬念，第三章给出了原因，天下乌鸦一般黑，天下狐狸一般红！在统治阶级的压迫下，不得不逃！

诗歌反复用“既亟只且”，渲染了急促紧张而恐怖的气氛，表现了古代劳动人民对剥削阶级的反抗。

静　女

静女其姝①，俟我于城隅②。爱而不见③，搔首踟蹰④。

静女其娈⑤，贻我彤管⑥。彤管有炜⑦，说怿女美⑧。

自牧归荑⑨，洵美且异⑩。匪女之为美⑪，美人之贻⑫。

注释

①静：娴雅温柔。姝 shū：美好。

②俟：等候。城隅：城角隐蔽处。

③爱而：隐藏的样子。

④踟躇 chíchú：犹豫徘徊的样子。

⑤娈：义同"姝"，年轻美丽。

⑥贻：赠送。彤管：红管的笔。一说义同"荑"，白嫩的茅草。

⑦炜 wěi：有光彩。

⑧说怿 yuèyì：喜悦。女：通"汝"，你。

⑨自牧归 kuì 荑：把从野外采来的白茅芽送给"我"。牧，郊野，野外。归，通"馈"，赠送。荑，茅草

的嫩芽。

⑩洵：实在，诚然。美且异：美丽且奇特。

⑪匪：不，不是。

⑫贻：赠送。

译文

娴雅的姑娘温婉美好，约我来到城角楼。故意躲着不见我，让我抓耳挠腮又徘徊。

娴雅的姑娘温婉美好，赠我一束红管草，红草鲜艳光彩夺目，真心喜欢你美丽非凡。

送我一把郊野柔荑，的确美丽又珍奇。不是你这柔荑长得美，而是柔荑为美人所赠送。

赏析

诗歌表现青年男女在城角楼约会的场景。

以一个男子的口吻，生动地描绘了男子前去赴约的过程。女子娴静温婉，约会定在僻静的城角。等到“我”去的时候，却见不到人，让“我”搔首弄耳，心急如焚又不知所措。原来调皮的女子故意躲起来，想看看“我”的窘态。大概那躲在暗处的女子看到“我”如此焦急，会忍不住扑哧一笑吧。

终于见面了，女子送“我”一束红管草，“我”一心想要赞叹女子美貌似花，但又不好意思开口，便赞叹这草真是美极了，实质上是赞叹给“我”送草的女子啊。女子又送给“我”从野外带来的柔荑，柔荑是纯洁的象征，她在告诉“我”她对“我”的感情也是纯贞的。因为是美人送与“我”的，爱屋及乌，所以我视此物如珍异，觉得这草更加美了。《诗集传》云：“然非此荑之为美，特以美人之所赠，故其物亦美耳。”

物以人重，人以情贵。爱情最美好的，不过是你情我愿。

寥寥几笔，将一个天真烂漫有些顽皮的少女和憨厚痴情的男子形象刻画出来，将男女约会的场面写得妙趣横生，充满生活气息。

新　台

新台有泚[①]，河水泼泼[②]。燕婉之求[③]，蘧篨不鲜[④]。
新台有洒[⑤]，河水浼浼[⑥]。燕婉之求，蘧篨不殄[⑦]。
鱼网之设[⑧]，鸿则离之[⑨]。燕婉之求，得此戚施[⑩]。

注释

①新台：新楼台，卫宣公为霸占儿媳，骗娶齐国之女

所建。泚 cǐ：鲜明华丽的样子。

②河水：黄河。瀰 mǐ 瀰：大水茫茫的样子。

③燕婉：仪态安详温顺。婉，和顺有礼。

④籧篨 qúchú：本为竹席名。此处指卫宣公矮胖、佝偻、鸡胸，像个癞蛤蟆的模样。鲜：善，好。

⑤洒 cuǐ：高峻。

⑥浼 měi 浼：形容水盛大的样子。

⑦殄 tiǎn：善。

⑧鱼网之设：比喻男女求偶。

⑨鸿：蛤蟆。离：义同“丽”，附着。

⑩戚施：驼背。一说蛤蟆。

译文

新台富丽堂皇，河水涨满白茫茫。原本以为嫁个和顺佳公子，但却嫁了个鸡胸癞蛤蟆。

新台巍峨高峻，河水流淌水潺潺。原本以为嫁个潇洒佳公子，但却嫁了个矮胖癞蛤蟆。

铺开渔网去捞鱼，却捞上个癞蛤蟆。原本以为嫁个翩翩佳公子，但却嫁了个驼背癞蛤蟆。

赏析

卫宣公准备为儿子娶齐国之女，但听说此女子乃天姿国色，意欲强占，于是在河滨筑富丽堂皇的楼台，迎娶该女子。这种丑闻弄得举国皆知。这首诗歌借齐国女子的口吻，写出了众人对卫宣公劣行的厌恶。

新台修筑得富丽堂皇，然而新娘却并没有一丝喜悦，以“河水浼浼”暗喻新娘泪流如决堤河水，哀伤不止。本以为新郎年轻英俊，安娴文雅，没想到嫁了个又老又丑的癞蛤蟆！新娘大失所望，与她携手一生的人怎么变成个猥琐的老头？命运捉弄人，不能自主，等待她一生的，注定是郁郁寡欢的日子。

二子乘舟

二子乘舟①，泛泛其景②。愿言思子③，中心养养④！

二子乘舟，泛泛其逝⑤。愿言思子，不瑕有害⑥？

注释

①二子：卫宣公的两个儿子，伋和寿。

②泛泛：水波荡漾。景：通“憬”，远行的样子。一说通“影”，河水里的倒影。

③愿：思念。

④中心：心中。养养：忧愁不安貌。养，通“恙”。

⑤逝：往，去。

⑥不瑕：不远行。有害：有何危险。害，何。

译文

兄弟两人乘小舟，波水荡漾现倒影。思念你们啊！心中忧愁难排遣。

兄弟两人乘小舟，波水荡漾船远行。想念你们啊！不去怎会有危险？

赏析

关于本诗有个历史典故。

因为信于诬陷，卫宣公想要杀害自己的亲生儿子伋，派他出使齐国，以便在路途中将他杀死。伋对此全然不知。寿，即宣姜的儿子，伋同父异母的弟弟，得知此消息后，赶往哥哥伋出使的道路上报信，不幸行迹暴露，两人先后被杀死在路上。卫宣公自知罪孽深重，不久后也撒手西归。

卫民感怀二子，痛恶卫宣公的禽兽行径，作此诗以缅怀。

国风·鄘风

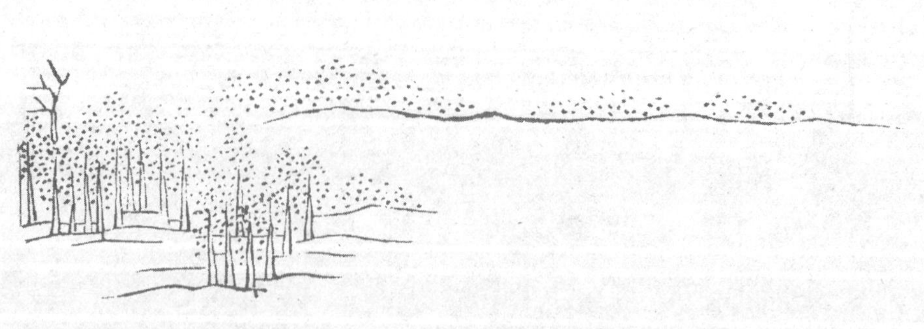

柏　舟

泛彼柏舟[①]，在彼中河[②]。髧彼两髦[③]，实维我仪[④]。之死矢靡它[⑤]。母也天只[⑥]！不谅人只！

泛彼柏舟，在彼河侧[⑦]。髧彼两髦，实维我特[⑧]。之死矢靡慝[⑨]。母也天只！不谅人只！

注释

①泛：漂浮。柏舟：柏木船。

②中河：河中。

③髧 dàn：头发下垂的样子。两髦 máo：古代一种儿童发式，发分垂两边至眉。

④仪：配偶。

⑤之：到。矢：誓。靡它：没有贰心。

⑥也、只：语助词，无实义。

⑦河侧：河边。

⑧特：配偶，匹配。

⑨慝 tè：奸邪，邪恶。这里指改变，变心。

译文

柏木船儿在飘荡，在那河水的中央。那个蓄分头的少年啊，是我心仪的人儿。誓死也没有二心。娘啊！老天啊！为何对我不体谅？

柏木船儿在飘荡，漂到河水的岸边。那个蓄分头的少年啊，正是我的好夫君。到死也不改衷肠。娘啊！老天啊！为何对我不体谅？

赏析

古人称妇人丧偶为“柏舟之痛”，寡妇守节为“柏舟之节”，典故来自于这首诗歌。但诸多学者并不认为这首诗是贞妇之誓，而是写了一个对爱情执着的少女，想要挣脱母亲的羁绊、束缚，追求自由的爱情婚姻，表现了她争取婚姻自由的斗争意志和反抗不合理制度的顽强精神。

诗歌以飘荡的柏舟起兴，暗示女子的婚姻不能自作主张，而是要听命于人的摆布。但即使这样，她也毫不动摇、抗争到底，她心仪的对象是那个还未行冠礼的男子，与她天生是一对，这种炽热的爱情、忠贞的决心到死也不会改变。

诗歌对父母包办婚姻、压制人性的做法表现了强烈的不满和控诉。它所塑造的大胆热烈、勇于反抗和追求幸福的女子形象，在中国文学史上有深远的影响。

墙有茨

墙有茨[①]，不可埽也[②]。中冓之言[③]，不可道也[④]。所可道也[⑤]，言之丑也[⑥]。

墙有茨，不可襄也[⑦]。中冓之言，不可详也[⑧]。所可详也，言之长也[⑨]。

墙有茨，不可束也[⑩]。中冓之言，不可读也[⑪]。所可读也，言之辱也[⑫]。

注释

①茨 cí：蒺藜。一年生草本植物，茎横生在地面上，开小黄花，果实也叫蒺藜，有刺，可以入药。

②埽：通“扫”，打扫。前两句比兴，喻指宫中有丑闻，不可告人。

③中冓 gòu：宫室的深处。

④道：说。

⑤所：若，如果。

⑥丑：丑恶。

⑦襄：同“攘”，扫除。

⑧详：传扬，指讲话。

⑨长：指话长。

⑩束：捆束。

⑪读：指公开地说出来。

⑫辱：耻辱。

译文

墙上被蒺藜覆盖，不可以扫除。内室中的那些乱伦啊，不可以去说它。若是说起来，那可真是丑闻啊。

墙上被蒺藜覆盖，不可以扫除。内室中的那些丑闻呀，不可以详细去说它。若是细细说起来，那可就说来话长啦。

墙上被蒺藜覆盖，捆也捆不完。内室中的那些丑闻啊，不可以去公开它。若是公开了，那可真是耻辱啊！

赏析

这首诗歌以犀利之笔讽刺了统治阶级的糜烂生活和腐朽统治。一说这首诗讽刺了卫宣姜与卫惠公的庶兄公子顽的乱伦之事。卫宣公死后，宣姜又嫁给了公子顽，与他生有五个子女。国人不齿，遂作此诗。然笔者认为卫宣姜命运、婚姻不能自主，嫁给公子顽多有不得已的苦衷。

诗歌以墙上的蒺藜起兴，暗示了统治者妄图掩盖自己的丑闻。宫中充斥污秽与丑闻，以扫不掉的墙上的蒺藜去掩饰。接着，作者故弄玄虚，宫中这些事说不得的啊！为什么说不得，原来如果说起来的话，那可是说不完道不尽，宫中的秘密全都是丑闻和让人感到耻辱的事情。这种一问一答的方式无疑加强了语气，对肮脏的统治阶级进行了有力的讽刺与批判。

在《诗经》中，设问、反问、反诘等手法多有被用到，为短小的诗歌增添了无限艺术魅力，而讽刺诗这时已经达到很高的水平，对后来讽刺文学的创作影响深远。

君子偕老

君子偕老①，副笄六珈②。委委佗佗③，如山如河④，象服是宜⑤。子之不淑⑥，云如之何⑦？

玼兮玼兮⑧，其之翟也⑨。鬒发如云⑩，不屑髢也⑪；玉之瑱也⑫，象之揥也⑬，扬且之晳也⑭。胡然而天也⑮？胡然而帝也⑯？

瑳兮瑳兮⑰，其之展也⑱，蒙彼绉絺⑲，是绁袢也⑳。子之清扬㉑，扬且之颜也㉒。展如之人兮㉓，邦之媛也㉔！

注释

①君子：指的是卫宣公。偕老：指夫妻相亲相爱到老。

②副、笄：古代贵妇人的头饰。六珈：笄饰，用玉做成，有六颗垂珠。

③委委佗 tuó 佗：步姿端庄美丽、雍容自得的样子。

④如山如河：比喻步态如山深沉如水渊然，庄重娴雅。

⑤象服：古代后妃、贵夫人所穿的礼服，上面绘有各种物象作为装饰。宜：合身。

⑥子：古代对人的尊称，男女通用，这里指宣姜。淑：善，好，端庄。

⑦云：句首发语词。如之何：怎么样，怎么办。

⑧玼 cī：花纹绚烂。

⑨翟：绣着山鸡的象服。

⑩鬒 zhěn：头发又黑又密。如云：发美长貌。

⑪不屑：不用。髢 dì：假发。

⑫瑱 tiàn：冠冕上垂在两耳旁的玉，用来塞耳。

⑬象：象牙。揥 tì：用象牙或兽骨制作的发钗一类的首饰。一说可用于搔头。

⑭扬：额角。且：语助词，无实义。皙 xī：白皙。

⑮胡：文言疑问词，为什么，何故。然：这样。而：如，像。天：天仙，仙女。

⑯帝：义同“天”。

⑰瑳 cuō：鲜艳靓丽。

⑱展：会见宾客所穿的衣服。

⑲蒙：罩着。绉絺 zhòuchī：一种薄的绉纱。

⑳绁袢 xièfán：夏天所穿的薄衣。袢，白色细葛的内衣。

㉑清扬：目清眉扬。一说指眼睛发亮。

㉒颜：指女子的额头方正丰满。

㉓展：诚然。

㉔媛：美女。

译文

那是与宣公偕老的爱妻，首饰玉簪插满头。步态雍容又端庄，如山凝重如河渊然，穿上礼服正适宜。可是这人不淑美，对她又如何？

服饰鲜艳花纹绚烂，她的衣服上绣着山鸡。乌黑头发美如云霞，不屑用假发去装饰；美玉耳饰叮当碰撞，象牙发钗戴头上，额角白嫩又光滑。莫非天仙降人间？莫非女神来尘世？

美艳啊真美艳，穿着鲜亮的外衣，罩上薄薄的葛衫，凉爽内衣正贴身。双目清澈眉毛扬，额角方正又丰满。诚然像这样的女子啊，是国家的天资美女！

赏析

卫宣姜本来是卫宣公给自己儿子伋挑的媳妇，但听说她貌美如仙后，自己将她强娶。卫宣公死后，宣姜又与卫宣公庶子顽居住在一起，生下三子二女。“子之不淑，云之如何？”卫国人民讽刺她空有仙女一般的美貌，却淫乱无度，无德无耻。然而用现在的眼光去分析，宣姜未必是如此淫乱者，因此对于这首诗歌的主旨要用辩证的角度去看待。

诗歌从不同角度，反复咏叹宣姜的服饰之美、装饰之华丽，那华丽的修饰已经让我们眼花缭乱，真实的宣姜恐怕比想象中更为光彩照人。此篇将女子比作天上下凡来的仙女，也是中国文学史上的首例，后有《神女赋》《洛神赋》均受到它的影响。

此诗可与《卫风·硕人》比照阅读，两者同为赞美倾国美人的诗作，辞藻丰饶中又有区别。

桑　中

爰采唐矣[①]？沬之乡矣[②]。云谁之思[③]？美孟姜矣[④]。期我乎桑中[⑤]，要我乎上宫[⑥]，送我乎淇之上矣[⑦]。

爰采麦矣？沬之北矣。云谁之思？美孟弋矣。期我乎桑中，要我乎上宫，送我乎淇之上矣。

爰采葑矣[8]？沬之东矣。云谁之思？美孟庸矣。期我乎桑中，要我乎上宫，送我乎淇之上矣。

注释

①爰：于何。唐：植物名，即菟丝子，寄生植物，多寄生于豆科、菊科、藜科植物上。

②沬：卫邑名。乡：郊外。

③云：助词，无实义。谁之思：思之谁，想念的是谁。

④孟姜：姜家的长女。孟，排行居长，古代称排行最大的为伯或孟。

⑤桑中：桑树林里，指私奔幽会之处。

⑥要：邀约。上宫：指社庙。一说城角楼。

⑦淇：淇水。

⑧葑 fēng：蔓菁，芜菁。

译文

到哪儿去采唐呀？到沬邑的乡下呀！心中思念的那个人是谁？是美丽的孟姜啊！在桑林中等候我，约我到社庙中，送我直到淇水边。

到哪儿去割麦呀？到沬乡的北边哟。心中思念的那个人是谁？美丽的孟弋啊！在桑林中等候我，约我到社庙中，送我直到淇水边。

到哪儿去采蔓菁呀？到沫乡的东边哟。心中思念的那个人是谁？美丽的孟庸啊！在桑林中等候我，约我到社庙中，送我直到淇水边。

赏析

对于这首诗歌，一说是讽刺卫国贵族男女幽会淫乱之事，一说是男女相爱约会的事。诗歌风格轻快活泼，本来仅仅是表现男女恋情，但理学家对此类爱情诗多偏于歪解。

诗歌中的男子喜形于色，乐滋滋地迫不及待地问大家，猜猜现在“我”想谁啊？就是那个美丽的孟家女。接着描写了约会的过程，美人在桑林中等候“我”，还与“我”邀约在社庙中，约会完后还一直将“我”送到淇水边。约会中的那种甜蜜、幸福显露无遗。

值得注意的是，诗中的孟姜、孟弋、孟庸并不是指三个不同的女子，而是同一个女孩。之所以改易，是为了各章节奏流畅而不沦于呆板，这种手法普遍用于《诗经》中。诗歌善用虚词，读来朗朗上口，节奏轻快，恰如其分地表现了男子愉快幸福的心情。

鹑之奔奔

鹑之奔奔[①]，鹊之彊彊。人之无良[②]，我以为兄？
鹊之彊彊，鹑之奔奔。人之无良，我以为君[③]？

注释

①鹑 chún：鹌鹑，一种迁徙性雉类猎鸟。奔奔：鸟类雄雌相随的样子。与“彊彊”同义，形容鹑鹊居住时有固定的配偶，起飞时则相随相伴的样子。

②良：善。

③君：君子。一说指卫宣姜。

译文

鹌鹑展翅双双飞，喜鹊雄雌紧相随。你的品行不端正，为何我要把你当兄长？

喜鹊展翅双双飞，鹌鹑雄雌紧相随。你的品行不端正，为何我要把你当君子？

赏析

关于此诗，主要有两种说法：一种认为是讽刺卫宣姜乱伦所作，第一章讽刺公子顽，第二章讽刺卫宣姜。一种认为是女子对品性恶劣男子的斥责。

这里采用第二种观点。

诗歌以双双栖飞的鹌鹑和喜鹊起兴，看那成双成对的鸟儿都有固定的配偶，指责男子有了妻室后还对“我”存有非分之想。“我”还一直把“你”当兄长尊敬，当君子敬重，想不到“你”竟然是这样的人！

诗歌以一个女子的口吻，义正词严地谴责了男子心怀鬼胎的举动。表现了这个女子洁身自好、自尊自爱的高尚品质。

定之方中

定之方中①，作于楚宫②。揆之以日③，作于楚室。树之榛栗④，椅桐梓漆⑤，爰伐琴瑟⑥。

升彼虚矣⑦，以望楚矣⑧。望楚与堂⑨，景山与京⑩。降观于桑⑪，卜云其吉⑫，终焉允臧⑬。

灵雨既零⑭，命彼倌人⑮，星言夙驾⑯，说于桑田⑰。匪直也人⑱，秉心塞渊⑲，騋牝三千⑳。

注释

①定：星宿名，即室宿，二十八宿之一。朱熹集传：“定，北方之宿，营室星也。此星昏而正中，夏正十月也。于是时可以营制宫室，故谓之营室。”方中：正中。

②作：兴土木之事。于：古音与“为”通，作为之义。楚宫：楚丘的宫殿。

③揆 kuí 之以日：以日揆之，用日影来测定方位。

④树：用作动词，种植。榛、栗：树木名。

⑤椅桐梓漆：四种树木的名称。

⑥爰：于是。伐琴瑟：伐木制作琴瑟。

⑦虚：“墟”的古字，大土山。

⑧楚：楚丘，古地名。

⑨堂：堂邑，在楚丘旁。

⑩景山：大山。景，大。京：人工筑起的高土堆。

⑪降观于桑，到桑林中去查看。降，从高处下来。

⑫卜：古人用火灼龟甲，根据灼开的裂纹推测出行事的吉凶。

⑬终：永远。允：确实，果真。臧：好，善。

⑭灵雨：好雨，及时雨。零：落雨。

⑮命：吩咐。倌人：驾车的官员。

⑯夙驾：早上驾车出行。夙，早上。

⑰说：通“税”，息，休止。

⑱匪：彼。直：正直。也：语气词。

⑲秉心：持心。塞渊：指道德深厚。一说谋事深远。

⑳騋 lái ：高七尺的马。牝 pìn ：母马。

译文

定星高挂正空中，大兴土木在楚宫。察看日影测方位，破土建造在楚室。周围遍植榛树与栗树，还有椅桐和梓漆，成材伐木制作琴与瑟。

登临那座故城上，眺望远方的楚丘。望遍楚丘与堂邑，看那高山与丘陵。走下山来去桑田，占卜结果为吉祥，此处的确是风水宝地。

恰逢好雨及时下，吩咐那个驾车人，披星戴月晨驾车，劝农歇在桑田里。他是正直有为好国君，用心良苦谋虑深远，三千骏马多如云。

赏析

这首诗歌赞颂了卫文公的治国风范。据记载，卫国曾经被狄人攻破，新立国后，卫文公受命于危难之际，迁国于楚丘，选举贤能，营造宫殿，发展农林桑田，励精图治，国家逐渐殷富，卫国渐渐强盛。诗歌以纪实的手法，记述了卫文公在楚丘重建家园的全过程。

第一章写楚丘营造宫室的忙碌情况，用日影测定方位，遍植各种树木以备琴瑟之材等。仿佛让我们看到了在卫文公的领导下，卫国人们那种热火朝天的劳动场景，他们对新家园非常憧憬，因此干起活来劲头十足。第二章写卫文公登高远眺，细细查看后，又下山看农桑之事，表现了卫文公的谨慎与细心，三番五次察看地理农桑后，还要占卜询问天意，可见国君对于这些关系到国计民生的大事不容一丝疏忽，事无巨细，都很谨慎。

前两章写建国，第三章是写治国。一场好雨后，卫文公披星戴月躬身前往桑田过问农事，显示了他对农业的重视。“匪直也人，秉心塞渊”是对卫文公由衷的赞扬，正是因为他治国有道，才会“骒牝三千”，国富民强，百姓喜悦。

蝃　蝀

蝃蝀在东[①]，莫之敢指[②]。女子有行[③]，远父母兄弟。

朝隮于西[④]，崇朝其雨[⑤]。女子有行，远父母兄弟。

乃如之人也[⑥]，怀昏姻也[⑦]。大无信也[⑧]，不知命也[⑨]！

注释

①蝃蝀 dìdōng：彩虹的别名，这里象征婚姻爱情。在东：暮虹出在东方。

②莫之敢指：莫敢指之。

③有行：出嫁。

④隮jī：云。一说彩虹。

⑤崇朝：终朝，从天亮到早饭时，比喻时间短暂，崇，通“终”。

⑥如：去，到，往。之人：是人，这个人。

⑦怀：一说通“坏”，败坏，破坏；一说想，思念。昏：通“婚”。

⑧大：太。信：贞信。

⑨命：父母之命。

译文

彩虹出现在东方，没有人敢指着它。女子出嫁了，远离父母和兄弟。

早上云朵出现在西方，整个早晨下着雨。女子出嫁了，远离父母和兄弟。

竟有像这样的人，败坏婚姻呀。太没有贞信，不知父母之命呀！

赏析

历来对这首诗歌的争议极大，有认为内容反映女子追求婚姻自由和个性解放，不顾父母之命，挣脱束缚，败坏婚姻礼俗，与心上人私奔。也有认为是斥责男子毁弃婚约、抒发女子凄苦无依之情的哀怨之诗。

相　鼠

相鼠有皮[①]，人而无仪[②]！人而无仪，不死何为？
相鼠有齿，人而无止[③]！人而无止，不死何俟[④]？
相鼠有体[⑤]，人而无礼[⑥]！人而无礼，胡不遄死[⑦]？

注释

①相：看。一说相鼠是一种老鼠的名称。

②仪：威仪，指庄严正派的举止作风。

③止：“耻”的借字。一说容止，守礼法的行为。

④俟：等待，等候。

⑤体：身体。

⑥礼：礼仪。

⑦胡：何。遄 chuán：快，极速。

译文

看那老鼠有张皮，人却没有仪态。如果人没有仪态，为何还不快去死？

看那老鼠有牙齿，人却不知廉耻。如果人不知廉耻，还等什么不去死？

看那老鼠有形体，人却不懂礼仪。如果人不懂礼仪，为何还不快去死？

赏析

这是一首典型的政治讽刺诗，诗歌作者猛烈抨击了腐朽的统治阶级，气势咄咄逼人，犀利泼辣。

这里的“君子”指的是奴隶主阶级。诗歌将统治者与人人喊打的龌龊老鼠相比，足见人们对于统治者恨之入骨。老鼠好歹还有皮、有齿、有体，而人却无仪无耻无礼，连老鼠也不如，既然这样，那为何还不快快死去！这种痛斥一句比一句强烈，对统治者痛快谩骂和诅咒，可见统治阶级的行径多么卑劣，压迫多么无耻！而人们又多么恨他们！诗歌具有强烈的战斗气势，是一首激昂的战斗之曲。

干旄

孑孑干旄[①]，在浚之郊[②]。素丝纰之[③]，良马四之。彼姝者子[④]，何以畀之[⑤]？

孑孑干旟[⑥]，在浚之都[⑦]。素丝组之[⑧]，良马五之。

彼姝者子，何以予之[9]？

孑孑干旌[10]，在浚之城[11]。素丝祝之[12]，良马六之。彼姝者子，何以告之[13]？

注释

①孑孑：特出的样子。指旗高挂在杆上，很显眼。干旄 máo：竖在车子后面的旗杆，上挂牦牛尾。干，指旗杆。旄，通“牦”，指牦牛的尾巴。

②浚 xùn：地名。卫邑。

③纰 pí：连缀。即在旗帜上缝丝绒镶边作装饰。

④姝：美好。子：指那个贤才。

⑤畀 bì：给，予。

⑥旟 yú：画有隼鸟的旗。

⑦都：毛传：“下邑曰都”。

⑧组：编织。

⑨予：赠与。

⑩旌 jīng：牦牛尾挂在竿头上，下面有五彩鸟羽装饰。

⑪城：仍指浚邑。

⑫祝：“属”的假借字，编织，缝合。

⑬告：同“予”，赠予。一说忠言。

译文

牛尾饰的彩旗高高飘，在那浚邑的城郊前行。彩旗镶着白色丝线，驾车的好马有四匹。那个贤能的才士，该用什么去赠与?

画着鹰隼的彩旗高高飘，在那浚邑的市镇里前行。彩旗镶着白色丝线，驾车的好马有五匹。那个贤能的才士，该用什么去赠与?

五色羽毛的彩旗高高飘，在那浚邑的都市里前行。彩旗镶着白色丝线，驾车的好马有六匹。那个贤能的才士，该用什么去赠与?

赏析

对此诗的主旨主要有两种看法，一种看法认为是一首情诗、迎亲之诗，迎亲队伍带着丰厚的礼物，声势浩大，场面壮观，渐渐行进到新娘所在的浚邑之都。另一种看法认为是表现卫文公敬爱贤能之士的诗歌。卫文公驾着马儿去招贤纳士，旗帜绘制精美，马车规格不等，他一路思考着该用什么样礼物馈赠他们，生怕怠慢了贤能之士。用这种浩大的排场写出文公对贤才的重视、招纳贤才的急切心情。

载　驰

载驰载驱[1]，归唁卫侯[2]。驱马悠悠[3]，言至于漕[4]。大夫跋涉[5]，我心则忧[6]。

既不我嘉[7]，不能旋反[8]。视尔不臧[9]，我思不远[10]。既不我嘉，不能旋济[11]。视尔不臧，我思不閟[12]。

陟彼阿丘[13]，言采其蝱[14]。女子善怀[15]，亦各有行[16]。许人尤之[17]，众穉且狂[18]。

我行其野[19]，芃芃其麦[20]。控于大邦[21]，谁因谁极[22]？大夫君子，无我有尤。百尔所思[23]，不如我所之[24]。

注释

①载驰载驱：指乘车坐马飞速疾驰的样子。

②归：归宁。一说回去。唁 yàn：吊唁。卫侯：指已死的卫戴公申。

③驱马：赶着马走。悠悠：形容路途遥远。

④言：发语词，没有实义。一说我。

⑤大夫：指许国的大夫，他们正在追赶许穆夫人，以阻止她。跋：翻山越岭。涉：蹚水过河。

⑥则忧：意为愈发忧急。

⑦既：尽，全，都。嘉：善。

⑧旋反：旋归。旋，回。反，“返”的本字。

⑨视：看。臧：善，好。

⑩思：忧思。远：摆脱。

⑪济：渡水。

⑫闷 bì：已，止。

⑬阿丘：高的山丘。一说阿丘为一地名。

⑭蝱 méng：贝母草。据说可以治疗忧郁病。

⑮怀：怀念。

⑯行：道理。一说道路。

⑰许人：指许国的大夫。尤：责备。

⑱穉：同“稚”，幼稚。狂：狂傲无礼。

⑲野：野外。

⑳芃 péng 芃：草木茂盛的样子。

㉑控：求告。大邦：大国。

㉒因：求，请。极：到，往。

㉓百尔所思：深思熟虑，千思百虑。尔，语助词。

㉔之：往。

译文

驾着马车飞速奔跑，回去吊唁哀悼卫侯。驱赶马车路途遥远，我要赶回故国漕邑。大夫跋涉阻拦，让我悲伤让我愁。

你们对我无礼不善，不愿让我回家乡。看你们对我不善，更难摆脱对宗国的思念。你们对我无礼不善，不肯让我渡水回去。看你们对我不善，我对宗国更加思念。

登上那高高的山丘，采摘贝母治我抑郁。女子深深怀念家乡，各有道理和头绪。许国众人责备我，众人幼稚又狂妄。

我在郊外独自行，麦苗郁郁又葱葱。奔赴大国去控诉，请求谁？去找谁？许国大夫君子啊，不要责备怨恨我。你们考虑上百遍，也不如我去跑一遭。

赏析

诗歌的作者有据可考，为许穆夫人，她堪称中国文学史上第一个载入史册的女诗人，也是彼一时代世界上最早的知名女诗人之一。她本是卫国之女，宣姜与公子顽所生，后来远嫁许国穆公。不久，卫国遭受大难，许穆夫人的兄弟卫戴公申也被杀。得知国家动乱不安，百姓流离失所，许穆夫人心中大为悲痛，她驱赶马儿，心急如焚地赶往故乡吊唁兄长，但却受到许国大夫的阻挠，心中悲愤，因赋诗以言志。

这首诗歌有着较为完整的故事情节，有着激烈的矛盾冲突。

开篇以飞驰的马车点出这是一件不寻常的事情，在一片尘土飞扬中，女诗人急着赶回家，祖国危难，百姓流离之苦已经让女诗人心急如焚，一想到那路途遥远，心中更为焦急。但就在此时，许国的大夫竟然出现，他们奉命前来阻止许穆夫人前去吊唁，这个意外让诗人感到忧愁烦恼，一场冲突不可避免。

面对大夫们的劝阻，女诗人并不听从，她义正词严控诉道：你们对我无礼不善！反而让我更加思念家乡！用否定式排比句，语气犀利，咄咄逼人，我们甚至能想象许大夫们在女诗人的质问下满头大汗、哑口无言、步步后退的狼狈。她违抗君命，义无反顾地继续前行。

她回去卫国自有她的理由，许国大夫又怎能理解她？真是一群无知又狂妄的家伙，诗人似乎还在生许国大夫的气，不过看到麦苗葱郁，知道车子已经进入到漕邑了，看到故国，这让诗人的心情稍微好一点。一个重大的决定在她心头已经定下，她要向那些大国奔走呼号，求得他们的帮助。许国的大夫们啊，你们可不要斥责“我”莽撞。即使你们仔细商量，考虑上百遍，也不如“我”亲自去走一趟！

燕雀安知鸿鹄之志？不是须眉，胜于须眉。许国一帮庸碌的大夫们又如何知道女诗人救国的决心？许穆夫人以一个铿锵女子的形象出现在《诗经》中，与一群唯唯诺诺而又狂悖的大夫们形成鲜明的对比。她不仅在诗歌中留下了胆识超群、个性坚强、敢作敢为的爱国女性形象，更留下了格调慷慨激昂、意境壮美沉郁、情感真挚热诚的爱国诗篇。

国风·卫风

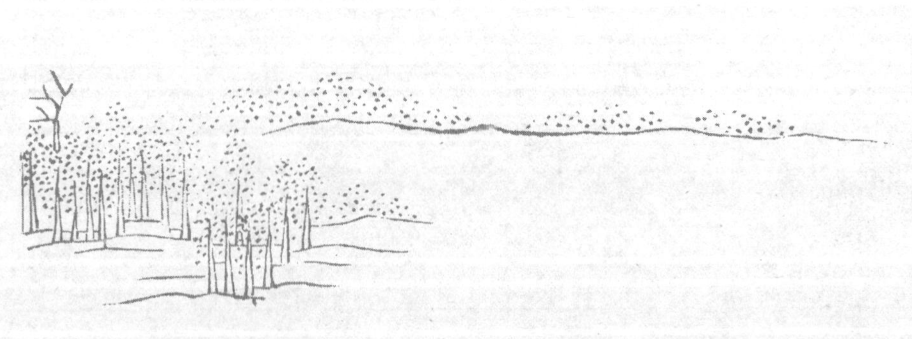

淇　奥

瞻彼淇奥①，绿竹猗猗②。有匪君子③，如切如磋，如琢如磨④。瑟兮僩兮⑤，赫兮咺兮⑥，有匪君子，终不可谖兮⑦！

瞻彼淇奥，绿竹青青。有匪君子，充耳琇莹⑧，会弁如星⑨。瑟兮僩兮，赫兮咺兮，有匪君子，终不可谖兮！

瞻彼淇奥，绿竹如箦⑩。有匪君子，如金如锡⑪，如圭如璧⑫。宽兮绰兮⑬，猗重较兮⑭，善戏谑兮⑮，不为虐兮⑯！

注释

①瞻：看。淇奥 yù：淇水弯曲处。淇，淇水。奥，亦作“澳”，水边弯曲可以停船的地方。

②猗 yī 猗：葱绿茂盛的样子。

③匪：通“斐”，有文采的样子。

④切、磋、琢、磨：本义是雕琢玉石骨器，这里指在学问上有所追求。

⑤瑟：庄重的样子。僩 xiàn：豪爽、胸怀宽广。

⑥赫：显赫、盛大。咺 xuān：威仪显赫，容光焕发。

⑦谖 xuān：忘。

⑧充耳：古代贵族挂在冠冕两旁的饰物，下垂到耳畔。琇 xiù 莹：美石，宝石。

⑨会弁 biàn 如星：指帽子缝合处用玉装饰，闪烁如星。弁，一种礼帽。

⑩箦 zé："积"的假借字，堆积，这里指竹林茂密的样子。

⑪金、锡：金属。

⑫圭、璧：玉器，古代贵族举行大礼时手中捧着的物品。

⑬宽：指人有修养，能容纳别人。绰：比喻心胸开朗。

⑭猗：通"倚"，依靠。一说为叹词，无实义。重较：卿士所乘大车上两边的围栏。

⑮戏谑：用诙谐有趣的话开玩笑。

⑯不为虐：指说笑有节制。

译文

看那淇水弯曲处，绿色竹子葱绿茂盛。君子文采斐然，道德学问钻研深，细心雕琢更精深。风度翩翩又豪爽，威武英俊真庄重，君子文采斐然，永不能把他相忘。

看那淇水弯弯处，绿色竹子青翠可爱。君子文采斐然，美玉充耳性清洁，帽子珍珠闪如星。风度翩翩又豪爽，威武英俊真庄重。君子文采斐然，永不能把他相忘。

看那淇水弯弯处，绿色竹子修长茂密。君子文采斐然，犹如精纯的金属，犹如贵重的圭璧。胸怀宽阔有修养，倚靠大车向前行。言谈诙谐真风趣，玩笑适可而止不过分！

赏析

此诗既可以看作是一首情歌，是女子对心上人的由衷赞美，也可以看作是对士大夫的赞美之诗。

诗歌以茂密修竹起兴，也作比，以修长茂盛之竹比兴风度翩翩、中虚外直、品性高洁的君子。从他衣服的华美程度上看，这里的君子并不是平常人，他应该是有官位的良臣名将。

诗歌全方位地赞美了“君子”，他的外表孔武英俊，风度翩翩，身穿华服，佩戴珠玉饰品。《诗经》中常用玉来比喻男子品性清洁；接着写到君子的才干，他文采斐然，学问精深，原来是一个涵养深厚、学问扎实的人；再写到君子的脾性，胸怀宽广、洒脱又有修养，但并不是不苟言笑、严肃刻板的人，他善于谈论，诙谐风趣又把握得当，不失分寸。因此，整个人的气质便是高雅温厚、亲切随和、洒脱诙谐。

《诗经》奠定了对男女的基本审美理念，这样的衡量标准至今仍被人们采用。

考槃

考槃在涧[①]，硕人之宽[②]。独寐寤言[③]，永矢弗谖[④]。
考槃在阿[⑤]，硕人之薖[⑥]。独寐寤歌，永矢弗过[⑦]。
考槃在陆[⑧]，硕人之轴[⑨]。独寐寤宿，永矢弗告[⑩]。

注释

①考槃 pán：敲打乐器。考，击打、敲打。槃，同“盘”，一说为乐器名。

②硕人：美人，这里指贤人，一说美男子。宽：度量宽宏；宽厚。

③寐，睡着。寤，睡醒。

④谖 xuān：忘记。

⑤阿：山洼。指山中凹进去的地方。

⑥薖 kē：宽大的样子。

⑦过：忘记。

⑧陆：高而平旷之地。

⑨轴：本义是车轴，引申为盘旋、自由自在之义。

⑩告：诉苦。

译文

敲槃取乐在山涧之畔，贤能之士宽宏大量。即使独眠独醒独自讲，这种乐趣永不忘。

敲槃取乐在山洼之中，贤能之士风度爽朗。即使独眠独醒独自唱，这种舒畅永不忘。

敲槃取乐在高原平地，贤能之士自由自在。即使独眠独醒独自住，隐居乐趣永不哀告。

赏析

本诗是咏隐居生活、贤人独善其身的诗。卫国历史上多昏君，政治昏暗，社会动荡，不同的政治团体彼此迫害和残杀，广大贤能之士不能见容于社会，于是选择退隐山林，过起逍遥自在、悠然自乐的隐士生活。诗歌表面上歌咏了隐士，实际上是批判了腐朽黑暗的政治统治。

这首诗不像《相鼠》那样直抒胸臆，而是比较委婉含蓄地弹出弦外之音。

诗歌写贤才在山涧、平地等山水秀美的地方隐居，全篇虽然没有一个“隐”字，但隐士们那种淡泊无为、怡然自得、超凡脱俗的形象表现得十分鲜明。有人认为这首诗是歌咏隐居的诗歌之宗。

硕　人

硕人其颀[①]，衣锦褧衣[②]。齐侯之子[③]，卫侯之妻[④]。东宫之妹[⑤]，邢侯之姨[⑥]，谭公维私[⑦]。

手如柔荑[⑧]，肤如凝脂[⑨]，领如蝤蛴[⑩]，齿如瓠犀[⑪]。螓首蛾眉[⑫]，巧笑倩兮[⑬]，美目盼兮[⑭]。

硕人敖敖[⑮]，说于农郊[⑯]。四牡有骄[⑰]，朱幩镳镳[⑱]，翟茀以朝[⑲]。大夫夙退[⑳]，无使君劳。

河水洋洋[㉑]，北流活活[㉒]。施罛涉涉[㉓]，鳣鲔发发[㉔]，葭菼揭揭[㉕]。庶姜孽孽[㉖]，庶士有朅[㉗]。

注释

①硕人：美人，这里指卫庄姜。颀：修长的样子。

②衣锦：穿着锦制的衣裙。褧 jiǒng：用细麻布做成的套在外面的罩衣。

③齐侯：指齐庄公。

④卫侯：指卫庄公。

⑤东宫：太子所住之地，这里指太子得臣。

⑥邢侯：邢国的国君。姨：妻的姊妹。

⑦谭公：谭国的国君。维：是。私：女子称姊妹之夫

为私。

⑧荑 yí：茅草的嫩芽。

⑨凝脂：凝冻的脂油，比喻光洁白润的皮肤。

⑩领：脖颈。蝤蛴 qiúqí：天牛的幼虫。黄白色，身长足短，借以比喻妇女脖颈很白很美。

⑪瓠犀 hùxī：瓠瓜子儿。

⑫螓 qín：长得像蝉，但比蝉小的昆虫。蛾眉：指细长而弯曲的眉。

⑬倩：笑时有一对酒窝儿，十分美好的样子。

⑭盼：眼睛黑白分明。

⑮敖敖：修长高大的样子。

⑯说 shuì：通“税”，息，休止。农郊：指郊外。

⑰牡：雄马。骄：马健壮，也泛指高大雄壮。

⑱幩 fén：缠在马口上的红绸巾，用作装饰。镳 biāo 镳：盛多的样子。

⑲翟茀 zháifú：古代贵族妇女所乘的一种车子。车帘两边或车厢两旁以翟羽为饰。以朝：来到卫国朝廷，与卫文公相会。

⑳夙退：早早退朝。

㉑河：黄河。洋洋：形容水流盛大的样子。

㉒活 guō 活：水流奔腾的声音。

㉓施：张、设。罛 gū：大的渔网。涉 wèi 涉：渔网入水声。

㉔鲔 wěi：鲟鱼和鳇鱼的古称。发 bō 发：众多貌。一说形容鱼跃声。

㉕葭 jiā：初生的芦苇。揭揭：长貌；高貌。

㉖庶姜：指随嫁的姜姓众人。孽 niè 孽：头饰华丽而繁多的样子。

㉗庶士：指陪送的齐国众大夫。朅 qiè：勇武，壮健。

译文

美人身材真修长，身穿锦衣外罩披风。她是齐侯的女儿，又是卫庄公的妻子。她是太子的妹妹，又是邢侯的小姨，谭公还是她的妹夫。

手指柔嫩像茅芽，肌肤洁白如脂膏。脖子优美像蝤蛴，牙齿齐整如瓜子。额角丰满，眉毛细弯，嫣然一笑酒窝生，美目如秋波，顾盼生情意。

美人身材真高挑，停车休息在近郊。四匹公马多健壮，马嚼红绸随风飘，婚车徐徐至王宫。大夫们早些退朝，毋使新人太劳累。

黄河水浩浩汤汤，向北去奔腾喧哗。撒网入河刷刷响，鲤鱼鲟鱼乱蹦跳。初生芦荻修长茂密，陪嫁姑娘衣饰华丽，陪送大夫也轩昂威武。

赏析

这是一首赞美卫庄姜美貌、婚礼盛大奢华的诗歌。诗歌极赞庄姜之美，分别用柔荑、膏脂、蝤蛴、瓜子形容她的美貌，使得一个细指纤纤、皮肤雪白、脖颈优美、牙齿如贝、顾盼生辉的绝世美女形象跃然纸上。因此它被认为是描写美人的“千古绝唱”，无出其右。

诗歌第一章以铺排句式写出了女子显赫的家世，点明了她高贵的出身。然后，写到婚礼的空前盛大，礼仪隆盛，华丽的马车和众官员的退朝，都只是为她的婚礼而服务，在反映婚礼壮观的同时，也从一个侧面见出贵族的奢华生活。

第四章突出环境描写，以荡荡的河水、活蹦乱跳的鱼儿和嫩茅草烘托了婚礼的喜庆和对婚后夫荣妻贵的祝福。

诗歌善用叠字，“敖敖”“镳镳”“洋洋”“活活”等叠字的运用使得韵律活泼、节奏爽快。

然而这位千古美人出嫁虽风光，婚后却郁郁不乐，这场婚礼实际上是她悲剧命运的开端，后来，她因为无子被夫君嫌弃，成为中国文学史上第一位弃妇形象。

氓

氓之蚩蚩[1]，抱布贸丝[2]。匪来贸丝[3]，来即我谋[4]。送子涉淇[5]，至于顿丘[6]。匪我愆期[7]，子无良媒。将子无怒[8]，秋以为期[9]。

乘彼垝垣[10]，以望复关[11]。不见复关，泣涕涟涟[12]。既见复关，载笑载言[13]。尔卜尔筮[14]，体无咎言[15]。以尔车来，以我贿迁[16]。

桑之未落，其叶沃若[17]。于嗟鸠兮[18]，无食桑葚[19]；于嗟女兮，无与士耽[20]。士之耽兮，犹可说也[21]；女之耽兮，不可说也。

桑之落矣，其黄而陨[22]。自我徂尔[23]，三岁食贫[24]。淇水汤汤[25]，渐车帷裳[26]。女也不爽[27]，士贰其行[28]。士也罔极[29]，二三其德[30]。

三岁为妇[31]，靡室劳矣[32]；夙兴夜寐[33]，靡有朝矣[34]。言既遂矣[35]，至于暴矣。兄弟不知，咥其笑矣[36]。静言思之[37]，躬自悼矣[38]。

及尔偕老[39]，老使我怨。淇则有岸，隰则有泮[40]。总角之宴[41]，言笑晏晏[42]。信誓旦旦[43]，不思其反[44]。反是不思[45]，亦已焉哉[46]！

注释

①氓 méng：民，男子。蚩 chī 蚩：敦厚老实的样子。一说无知的样子；一说笑嘻嘻的样子。

②布：布匹。贸：交换财物，交易。

③匪：非。

④即：就，靠近。我谋："媒我"。一说商量，同女方商量婚事。

⑤子：对男子的尊称。淇：淇水。

⑥顿丘：地名。

⑦愆 qiān 期：失约，误期。愆，过，误。

⑧将 qiāng：请，愿。

⑨秋以为期：以秋为期。

⑩乘：登上。垝垣 guǐyuán：坏墙。

⑪复关：男子住的地方，指代男子。一说返回关来。

⑫涕：泪。涟涟：泪流不止貌。

⑬载：语助词，无实义。

⑭卜：用龟甲占卜。筮 shì：用蓍草占卜吉凶。

⑮体：卦体，占卜的结果。咎 jiù：错误，过错，这里是不吉利的意思。

⑯贿：财物，嫁妆。

⑰沃若：鲜亮光泽的样子。

⑱于嗟：叹词。鸠：斑鸠。

⑲桑葚：桑树的果实。

⑳耽：迷恋。

㉑说 tuō：解脱。

㉒陨 yǔn：坠落，掉落。

㉓徂：往，到。

㉔三岁：虚指，多年。食贫：过贫苦生活。

㉕汤 shāng 汤：水势浩大，水流很急的样子。

㉖渐 jiān：溅湿。帷裳：车旁的帷幔。

㉗爽：差错，失误。

㉘贰：背叛，有二心。

㉙士：古代对男子的通称。罔 wǎng 极：没有准则。

㉚二三其德：三心二意。

㉛为妇：作媳妇。

㉜靡 mǐ：无，没有。室劳：家务劳动。

㉝夙兴夜寐：早起晚睡，形容非常辛苦勤劳。兴，起床。寐，睡觉。

㉞靡有朝矣：没有一天不这样。

㉟言：发语词。既：已。

㊱咥 xì：笑，讥笑。

㊲静言思之：静而思之。言，语助词，无实义。

㊳躬：自身，亲自。悼：悲伤，哀念。

㊴及：同。偕老：夫妻共同生活到老。

㊵隰：湿地。一说即漯河。泮：通“畔”，岸，水边。

㊶总角：古时儿童头发分作两边梳辫，这里指童年。宴：乐。

㊷晏晏：和悦欢乐的样子。

㊸旦旦：诚挚坦率的样子。

㊹不思其反：没想到会变心。

㊺反：违背，违反。

㊻已：止，罢了。

译文

小伙走来笑呵呵，抱着布匹来换丝。不是为了来换丝，而是跟我谈婚事。送你渡过淇水，一直到顿丘。并不是我要拖延日期，是你没有好媒人。希望你不要生气，约定秋天作为婚期。

登上那残破的墙垣，去把复关遥遥望。望不见复关，伤心涕泪涟涟。望见了复关，有笑有说心中甜。占卜卦儿问吉凶，卦象显示无凶兆。你把马车赶过来，我把嫁妆带过去。

桑树叶子还未落，枝叶繁茂又润泽。哎哟小斑鸠，不要贪吃桑葚。哎哟姑娘们，别对男人迷醉。男人沉迷于爱情，尚且能脱身。女子沉迷于爱情，可就难脱身。

桑树叶子飘落，颜色枯黄落满地。自从我嫁给你，多年过清贫生活。淇水浩浩荡荡，溅湿了车布幔。我也从没过错，你却变心不专一。男子心思没定准，三心二意不端正。

多年来做你的媳妇，没有家务不去做。起早贪黑操持家务，没有一天不这样。已经称遂了你的心意，你却对我施暴力。家里兄弟不知详情，还把我嘲笑。静下心来细细想，独自落泪好哀伤。

与你恩爱白头偕老，到老反而使我怨恨。淇水再宽也有岸，洼地再宽也有边。想起小时候玩乐，谈笑之间好欢洽。旦旦誓言也曾说，哪知翻脸违誓言。从此不再念旧情，算了算了恩义绝！

赏析

这是一首非常优秀的叙事性抒情诗，对于后来汉乐府的《孔雀东南飞》有很大的影响。它叙述了一个女子从甜蜜恋爱到婚嫁，再到婚姻中男子变心将其遗弃的过程，同时也抒发了女子由喜悦幸福到哀怨辛酸，再到最后决绝刚烈的情感历程。

诗歌回忆与现实交织，甜蜜的回忆在残酷的现实中被血淋淋地撕开，悲剧的氛围也就更为浓烈。全诗共六章，第一章写男子与女子约定婚期，女子情感真挚，心地善良，把男子送过淇水直到顿丘。请求男子不要生气，拖延日子是因为没有好媒人。小伙子看起来笑呵呵（一说是温柔敦厚），实则欺骗了她，女子这个时候并没有认清男子的本质。而男子责怪女子延误婚期，他那粗暴责咎的性格初现端倪，为后文的残暴埋下伏笔。

第二章写结婚时的情况，女子痴情地等候着心上人，一喜一悲都被他牢牢牵动着，终于等到他，载笑载言，带走自己的全部嫁妆，涉过淇水，坐上婚车，指望着从此跟这个人携手到老。

第三章以桑叶起兴，起到了承转过渡的作用，以斑鸠贪吃桑葚会醉暗示女子沉溺于爱情也会给她带来痛苦，女子即将进入到痛苦的婚姻中。第四、第五章详细写到女子悲苦的家庭生活，她每天操劳家务，早起晚睡，行为没有任何不端正，却被丈夫打骂。丈夫三心二意不说，自己的亲兄弟毫不知情反而还嘲笑她，想必这个女子定是被丈夫粗暴地赶回过娘家，被兄弟耻笑。她的处境没有人能体谅，没有人能给予宽慰，她只能独自伤心，暗自垂泪。但女子并不就此柔弱委顿，第六章是对男子行为的痛斥，以前还信誓旦旦，转眼就翻脸！女子对丈夫的卑劣行径进行强烈的谴责和控诉，“你”既然这样，那就算了吧！她终于愤然决定和二三其德的丈夫一刀两断，表现出女子的刚烈决绝。

竹竿

籊籊竹竿[1]，以钓于淇[2]。岂不尔思[3]？远莫致之[4]。
泉源在左[5]，淇水在右。女子有行[6]，远兄弟父母。
淇水在右，泉源在左。巧笑之瑳[7]，佩玉之傩[8]。
淇水滺滺[9]，桧楫松舟[10]。驾言出游[11]，以写我忧[12]。

注释

①籊 tí 籊：长而尖细的样子。

②淇：淇水。

③不尔思：不思尔。

④莫致之：不能回家。致，到达。

⑤泉源：水名。

⑥行：古时候女子出嫁。

⑦瑳 cuō ：本指玉的颜色洁白润泽。这里指牙齿玉色洁白。

⑧傩 nuó：通“娜”，形容姿态柔美。

⑨滺 yóu 滺：同“湫湫”，水流动的样子。

⑩桧楫松舟：桧木做的船桨，松木做的小船。

⑪言：语气助词。

⑫写：通“泻”，宣泄，排解。

译文

竹竿又细又长，用来钓鱼在淇水畔。怎么会不思念你们，路途遥远难回去。

泉水源头在左边，淇河汤汤在右方。女子出嫁了，远离父母和兄弟。

淇河汤汤在右方，泉水源头在左边。巧笑露齿白灿灿，身戴佩玉步态婀娜。

淇水荡荡悠悠，桧木作桨松木作舟。驾着车儿去出游，以排遣我的思乡愁。

赏析

诗歌抒发了卫国女子远嫁异乡，怀念故国、渴望回家的情感。

诗歌第一章写的是出嫁前的回忆，淇水边上留下了少女活泼游乐的身影，与大家一起钓鱼的回忆是那么的快乐，让她如何不怀念呢？可是路途遥远，实在是难以回到从前。第二章是对出嫁时情境的回忆，离开了卫国，远离了父母兄弟，从此阔别家乡。第三章写女子出嫁时美好的样子，简简单单几个字，犹如速写一般，突出女子灿白如玉的牙齿和身上叮当响的环佩，将女子美好嫣然的姿态勾勒出。第四章写这种思乡之情无法排解，只好姑且驾车出游排遣。

也有说这首诗描写了男子对淇水边的姑娘生出爱慕之情，但女子已经远嫁他乡的感叹。或是一个女子受思夫之苦的煎熬，所发出的悠悠思念之情。

芄　兰

芄兰之支[①]，童子佩觿[②]。虽则佩觿，能不我知[③]？容兮遂兮[④]，垂带悸兮[⑤]。

芄兰之叶，童子佩韘[⑥]。虽则佩韘，能不我甲[⑦]？容兮遂兮，垂带悸兮。

注释

①芄 wán 兰：植物名。多年蔓生草本植物，断之有白汁，可食。叶对生，心脏形。花白色，有紫色斑点。茎、叶和种子均可入药。支：通“枝”。

②童子：小伙子。一说指未婚男子。觿 xī：古代一种解结的锥子，用骨、玉等制成。也用作配饰。

③知：通“智”。

④容、遂：舒缓自若、安详雍容的样子。

⑤垂带：垂挂着长而大的衣带。悸：这里指衣带飘动。

⑥韘 shè：指扳指，套在右手拇指上，射箭时用于钩弦。

⑦甲：胜于。

译文

芄兰有长枝，小儿佩挂解结锥。虽然佩戴解结锥，智慧哪里比得上我？大摇大摆假悠闲，衣带长垂风中飘。

芄兰有圆叶，小儿手指戴扳指。虽然扳指戴在手，才能哪里比得上我？大摇大摆假悠闲，衣带飘动风中吹。

赏析

对于此诗的旨意，众说纷纭，没有定论，朱熹亦说，这首诗歌不敢强解。有说是讽刺卫惠公骄而无礼。有说是女子心爱的人娶了别的女子，心中爱恨交织。一般认为是对空有皮囊、装腔作势、无才无德的贵族犀利的批判。

儿童佩戴与自己身份极不相称的大人物品，假装大人模样，扭捏作态、大摇大摆的样子实在可笑。对此，诗人直言不讳地揭露出童子的本来面目：“能不我知？”“能不我甲？”毫不掩饰地抒发了自己内心的厌恶、鄙夷之情。

河 广

谁谓河广[①]？一苇杭之[②]。谁谓宋远？跂予望之[③]。
谁谓河广？曾不容刀[④]。谁谓宋远？曾不崇朝[⑤]。

注释

①谓：说。河广：黄河宽广。

②一苇杭之：用一片苇叶就可以渡过，形容两地隔得很近。杭，通“航”，渡过的意思。

③跂 qǐ：通“企”，踮起脚跟。

④刀：通“舠”，小船。

⑤崇朝：终朝。从天亮到吃早饭时，比喻时间短暂。崇，通“终”。

译文

谁说黄河宽广？一叶芦苇便可划到对岸。谁说宋国遥远？踮起脚跟便可以望见。

谁说黄河宽广？竟容不下一只小木船。谁说宋地遥远？走去竟然不过一朝之间。

赏析

黄河本来十分宽广，但诗人以反诘语气对此否定，以一片苇叶可以渡过、一叶小舟都无法容下、踮起脚来就可以看到来进行夸张。在《诗经》中，艺术手法十分独特。

诗人大概本是宋国人，但是因为种种原因流浪在卫国，他思归心切，浩浩荡荡奔流的黄河却将他阻隔，他之形容河流狭窄，实际上道出了他与宋国情感上的贴近，就算是千山万水，万水千山，也不会让他的这番思乡情怀淡却。

伯兮

伯兮朅兮①，邦之桀兮②。伯也执殳③，为王前驱④。
自伯之东⑤，首如飞蓬⑥。岂无膏沐⑦？谁适为容⑧！
其雨其雨，杲杲出日⑨。愿言思伯⑩，甘心首疾⑪。
焉得谖草⑫？言树之背⑬。愿言思伯，使我心痗⑭。

注释

①伯：兄弟姐妹中，排行居长的称为“伯”。这里是女子对丈夫的爱称，意为“哥哥”。朅 qiè：英武高

大的样子。

②邦：国。桀：通“杰”，杰出的人。

③殳 shū：古兵器。

④前驱：犹前导。

⑤之：去，到往。

⑥首：头发。蓬：草名。形容头发蓬松，像蓬草一样。

⑦膏沐：妇女润发的油脂，即洗发水。

⑧谁适为容：为谁适容。适，适意，乐意。

⑨杲 gǎo：日出明亮。

⑩愿言：思念殷切的样子。

⑪甘心首疾：想得头痛也心甘情愿。形容男女之间相互思念的痴情。甘心，情愿，乐意。首疾，头痛。

⑫焉：何，哪里。谖 xuān 草：萱草，即忘忧草。

⑬言：语助词，无实义。树：种植。背：北，屋子的北面。

⑭痗 mèi：忧伤成病。

译文

哥哥啊真英武，是国家的英雄。哥哥手持着兵殳，为王冲锋陷阵。

自从哥去东方，我的头发乱蓬蓬。怎会没有洗发的油膏？纵使打扮美丽给谁看？

下雨吧下雨吧，偏偏头上是烈日。一心想着我哥哥，想你想得头直痛。

哪里去找忘忧草？就在屋北去种它。一心想着我的哥，想你想得心头痛。

赏析

《诗经》创作的年代，战事不断，壮丁多有被征服役，留下家中妻子，因此反映对征夫思念的“闺怨”诗在《诗经》中占有很大比例，独成体系。

这首诗是众多思妇诗中的一首。第一章赞美自己的丈夫，勇猛英武，冲刺在战争的前沿，为国效力，真的是国家的英雄，女子也为此感到自豪。第二章情感基调一转，似乎不久前女子还沉浸在对丈夫英勇的喜悦里，但现在心中已经被强烈的思念所占据。丈夫不在身边，女子的形象也变得邋里邋遢，岂是没有梳妆打扮的脂膏？只不过是“女为悦己者容”，丈夫不在身边，纵使打扮了又给谁看呢？这样的细节突出了女子因思念丈夫恹恹、懈怠的心绪。第三章，女子期盼下雨，以此来慰藉自己干涸已久的心灵，偏偏日头似火，想呀想，想丈夫，想得头都痛了。第四章写女子在这样的思念中实在备受煎熬，她渴望摆脱这种痛苦，便寄希望于忘忧草。诗中女子想得病恹恹了还是控制不住地去想，真情无法收放自如，可见思念至深、至诚！也因这种坚贞的爱情，深沉的思念，后来有诗人写成《望夫石》，作为它的续篇。

有狐

有狐绥绥[1]，在彼淇梁[2]。心之忧矣，之子无裳[3]。
有狐绥绥，在彼淇厉[4]。心之忧矣，之子无带[5]。
有狐绥绥，在彼淇侧[6]。心之忧矣，之子无服[7]。

注释

①有狐绥 suí 绥：比喻男子还是单身无妻。狐，以狐比喻男子。绥绥，从容独行的样子。一说训为安，两相安之义。

②彼：那。淇：淇水。梁：鱼坝、鱼梁。

③之子：是子，这个人。裳：上曰衣，下曰裳，比喻那人现在还没有妻子。

④厉：河渡口，水深及腰部之处。

⑤带：衣带，也比喻那人还没有成立家室。

⑥侧：河边。

⑦服：衣服的统称。

译文

有只狐狸真孤单，在那淇水河坝上徘徊。我心忧伤愁满怀，那个人没有下裳穿。

有只狐狸真孤单，在那淇水渡口边徘徊。我心忧伤愁满怀，那个人没有衣带。

有只狐狸真孤单，在那淇水边上徘徊。我心忧伤愁满怀，那个人没有衣服穿。

赏析

对此诗历来有不同的见解，一说女子思念远在天涯的丈夫，担忧他没有衣服穿。一说一个女子已经深深爱上了一个男子，尽管那个人贫寒，穷得连一件像样的衣服也穿不起，她也无所计较。还有说是以男子没有衣服穿比喻他还没有妻室，诗歌表现女子想要嫁给他的怀春之愁。

木　瓜

投我以木瓜[①]，报之以琼琚[②]。匪报也[③]，永以为好也[④]！

投我以木桃[⑤]，报之以琼瑶。匪报也，永以为好也！

投我以木李[⑥]，报之以琼玖。匪报也，永以为好也！

注释

①投：投赠。木瓜：落叶灌木或小乔木，叶长椭圆形，春末夏初开花，花红色或白色。果实长椭圆形，色黄而香。

②琼琚 qióngjū：与琼瑶、琼玖同义，均指美玉。琼，赤色玉。

③匪：非。

④好：喜爱。

⑤木桃：果名。即樝子。小于木瓜，味酸涩。

⑥木李：果名，即榠樝，又名木梨。

译文

你将木瓜投给我，我用佩玉作回报。不仅是为答谢你，但愿和你长相好。

你将木桃投给我，我用美玉作回报。不仅是为答谢你，但愿和你长相好。

你将木梨投给我，我用宝玉作回报。不仅是为答谢你，但愿和你长相好。

赏析

这是一首知名度颇高、流传广远的诗歌，从中发展出“投木报琼”的成语。古代风俗，以瓜果之类为男女定情的信物。因此这是一首男女互诉情愫、互相赠答的情诗。

女子对“我”有心意，将木瓜等送给我，她的热诚打动了我，而“我”也回赠她美玉，热诚大胆地倾诉爱慕之意。瓜、桃、梨都是寻常之物，但因为是女子送给“我”的，也就显得异常珍贵，“我”回赠给她的是更为珍贵的美玉珠宝，且犹感不足为报，反映了诗人对对方情义的感恩和爱重。

心心相印、两情相悦的男女情爱让人怦然心动，《诗经》中众多爱情婚恋的讴歌，反映了古代青年对爱情婚姻的向往和追求。

国风·王风

黍　离

彼黍离离[①]，彼稷之苗[②]。行迈靡靡[③]，中心摇摇[④]。知我者谓我心忧[⑤]，不知我者谓我何求。悠悠苍天！此何人哉[⑥]？

彼黍离离，彼稷之穗。行迈靡靡，中心如醉[⑦]。知我者谓我心忧，不知我者谓我何求。悠悠苍天！此何人哉？

彼黍离离，彼稷之实。行迈靡靡，中心如噎[⑧]。知我者谓我心忧，不知我者谓我何求。悠悠苍天！此何人哉？

注释

①黍 shǔ：黍子，谷类，也叫黄米。离离：繁茂的样子。一说行列的样子。

②稷 jì：古代一种粮食作物，指粟或黍等。

③行：行走。迈：远行。靡靡：犹迟迟，迟缓貌。

④中心：心中。摇摇：心神不定貌。

⑤知我者：了解我的人。

⑥此何人哉：导致此颓败景象者是什么人。

⑦如醉：心中烦乱、恍惚得犹如喝醉一般。

⑧噎 yē：因忧愁过度呼吸受阻。

译文

那里的黍子长得繁密茂盛，那儿的高粱正抽出新苗。行走迟迟脚步沉重，心中愁苦精神恍惚。理解我的人，说我是忧愁悲痛。不理解我的人，问我把何求？悠悠的苍天啊，让这颓败的是什么人？

那里的黍子长得繁密茂盛，那儿的高粱已经结穗。行走迟迟脚步缓重，心神昏沉像酒醉。理解我的人，说我是悲伤忧愁。不理解我的人，问我把何求？悠悠的苍天啊，让这颠覆的是什么人？

那里的黍子长得繁密茂盛，那儿的高粱已经结了果实。行走迟迟脚步缓重，心中郁闷憋得慌。理解我的人，说我是伤心忧愁。不理解我的人，问我把何求？悠悠的苍天啊，让这破败的是什么人？

赏析

春秋动荡期，奴隶制瓦解，新的适应生产力的生产关系逐渐将其取代，大量私田出现，奴隶主贵族渐渐没落。因此诗歌主旨，有说是流浪者的忧思，有说是旧家族（贵族）悲伤自己的破产，一般认为是周大夫行役时，路过镐京旧城，见到废弃遗址之上尽为黍稷，一片荒芜景象，悲从中来，哀伤周室颠覆，徘徊不忍离开。

诗歌以黍稷起兴，黍稷的茂盛恰恰与宫殿庙社的颓败形成鲜明的对比，更显镐京之荒凉，也与诗人心中的忧思相映衬，此景生此情，毫无疑问地勾起了诗人的故国之悲。

诗人心神恍惚，步履沉重迟缓，如喝醉酒一般不知身处何时何地，一个在繁杂黍稷中踽踽独行的郁郁之人的形象跃然而出，诗人之愁之苦，只能问青天罢了！

其中“知我者谓我心忧，不知我者谓我何求”一句流传颇广，成为千古名句。

君子于役

君子于役①，不知其期②，曷至哉③？鸡栖于埘④，日之夕矣，羊牛下来。君子于役，如之何勿思⑤！

君子于役，不日不月⑥，曷其有佸⑦？鸡栖于桀⑧，日之夕矣，羊牛下括⑨。君子于役，苟无饥渴⑩！

注释

①君子：古时妻子对丈夫的尊称。于：去，到，往。役：徭役、劳役。

②其期：指归期。

③曷：何时。至：归家。

④埘 shí：鸡舍。墙壁上挖洞做成。一说用泥土砌的鸡窝。

⑤如之何勿思：如何不思念。

⑥不日不月：归期未卜，没法用日月来计算时间。

⑦佸 huó：相会，相聚。

⑧桀：鸡栖息其上的木桩。

⑨羊牛下括：牛羊从山上下来。括，至，到。

⑩苟：表示揣测，也许。

译文

夫君在外服徭役，不知归期，何时才能回家里？鸡栖息在鸡笼中，太阳落下西山，牛羊们下山岗。夫君在外服徭役，叫我如何不想念？

夫君在外服徭役，归期未卜，何时才能相见面？鸡栖息在木桩上，太阳落下西方，牛羊们回圈里。夫君在外服徭役，大概没有挨饥挨渴吧？

赏析

徭役繁重，丈夫终年不在家，在远方服劳役，音信杳无，归期未卜，作为妻子的“我”对他既有深深的想念、殷殷的期盼，又有很多担忧，盼望着他早归，担忧着他会不会在外受苦受累，会不会遭受饥渴。这样便呈现出一个质朴、体贴又深情专一的女子形象。

此外，诗歌的景物描写有着浓郁的乡村风味，日薄西山，鸡群回笼子，牛羊们也下了山坡，这些乡村常见的景象勾织出一幅优美的图景，动物们的归家与思妇的境遇互为反衬，意境深远，耐人寻味。

君子阳阳

君子阳阳①，左执簧②，右招我由房③，其乐只且④！
君子陶陶⑤，左执翿⑥，右招我由敖⑦，其乐只且！

注释

①君子：古代女子对丈夫的尊称。阳阳：通“扬扬”，自得貌。

②簧：本指笙管中的铜叶，这里代指笙管。

③招：招引。由房：遨游。一说舞曲名；一说指房中之乐。

④只且：语气助词。

⑤陶陶：和乐舒畅的样子。

⑥翿 dào：歌舞所用道具，羽毛做成。

⑦由敖：游乐，玩乐。

译文

君子快乐洋洋，左手握着笙簧，右手招我去悠游，乐得我心花怒放！

君子快乐舒畅，左手握着翠羽，右手招我去游玩，乐得我心花怒放！

赏析

此诗一说是写舞师与乐工共歌舞的场面，一说是青年男女在郊外游玩、轻松快乐的诗作，还有说是思妇怀念丈夫在家时，与丈夫且歌且舞的幸福生活。

此诗格调轻松活泼，洋溢着快乐热情的气氛，而“陶陶”“阳阳”叠字的运用，恰如其分表现出君子与“我”在一起，乐在其中、心花怒放的情态。

扬之水

扬之水[①]，不流束薪[②]。彼其之子[③]，不与我戍申[④]。怀哉怀哉[⑤]，曷月予还归哉[⑥]！

扬之水，不流束楚[7]。彼其之子，不与我戍甫[8]。怀哉怀哉，曷月予还归哉！

扬之水，不流束蒲[9]。彼其之子，不与我戍许[10]。怀哉怀哉，曷月予还归哉！

注释

①扬：水流缓慢。

②束薪：成捆的柴。

③彼：代词，那个。其：一说与“彼”同为代词；一说是语气词，没有实义。子：人，这里指妻子。

④戍申：戍守申国边界。

⑤怀：思念，想念。

⑥曷：通“何”。予：我。

⑦束楚：一捆荆柴木。

⑧戍甫：戍守甫国边界。

⑨蒲：蒲柳。

⑩戍许：戍守许国边界。

译文

小河的水缓缓地流淌，冲不走成捆的柴薪。远方的那个人啊，不能与我一同守卫申国。想念啊，真想念，何时何月才能把家回？

小河的水缓缓地流淌，冲不走成捆的荆条。远方的那个人啊，不能与我一同守卫甫国。想念啊，真想念，何时何月才能把家回？

小河的水缓缓地流淌，冲不走成捆的柳薪。远方的那个人啊，不能与我一同守卫许国。想念啊，真想念，何时何月才能把家回？

赏析

这是一首长期戍边在外的男子，思念家中的妻子所作的诗歌。据《毛诗序》，诗歌的背景当为春秋初期，当时诸国逐渐强大，周王室衰微，周边地区受到强楚的侵扰，于是周王室遍征男子去边境戍卫。

诗歌以河流起兴，河流缓缓流淌，连一束柴火都冲不走，既暗喻了周国国力渐微，也指出了男子戍边已经很久很久。缓缓流动的河水何时才能流到尽头？这凄苦的戍边生涯何时才能有尽头？面对着缓缓流动的河水，他百感交集，勾起无尽的思乡之情：真的很想家啊！不知道什么时候才能回去？

诗歌反复咏唱，质朴之中见深情，又充满了对暴政怨而不怒的情感。

中谷有蓷

中谷有蓷[①]，暵其乾矣[②]。有女仳离[③]，嘅其叹矣[④]。嘅其叹矣，遇人之艰难矣[⑤]。

中谷有蓷，暵其修矣[⑥]。有女仳离，条其啸矣[⑦]。条其啸矣，遇人之不淑矣[⑧]。

中谷有蓷，暵其湿矣。有女仳离，啜其泣矣[⑨]。啜其泣矣，何嗟及矣[⑩]。

注释

①中谷：山谷中。蓷 tuī：药草名，即益母草。

②暵 hàn：干枯的样子。乾：干枯。

③仳 pǐ 离：别离。女子被丈夫遗弃，即离婚。

④嘅 kǎi：叹息。

⑤遇人之艰难矣：指嫁个好男人不容易。一说生活窘困贫穷。人，指丈夫。

⑥修：本义指干肉，这里指草木枯萎。

⑦啸：撮口出声。

⑧淑：善。

⑨啜其泣：哽咽哭泣的样子。

⑩何嗟及：当为“嗟何及”，嗟叹悔恨之义。

译文

山谷有株益母草，草儿蔫蔫已干枯。女子遭遗弃，唉声叹气啊！唉声叹气，嫁个好男人不容易。

山谷有株益母草，草儿蔫蔫已枯萎。女子遭遗弃，长吁短叹啊！长吁短叹，不幸嫁了个负心汉。

山谷有株益母草，天旱不雨草儿蔫。女子遭遗弃，低声抽泣啊！低声抽泣，嫁错男人悔恨莫及！

赏析

这首诗写女子被夫家遗弃、流离于外，抒发自哀自怨之情。一说因为灾凶饥馑，造成夫离子散，女子哀叹命运凄苦。

这里选取第一种说法，诗歌以山谷中干枯的益母草起兴，以益母草自比凄楚境遇。被遗弃的“我”何尝不像那枯萎的草一般，命运凄苦，茕茕孑立，对于这样的磨难，“我”只能叹息，只能哀伤抽泣。

嫁错了男人追悔莫及，嫁个好男人难上难！这话喊了三千年，到现在仍然振聋发聩。

兔爰

有兔爰爰[①]，雉离于罗[②]。我生之初[③]，尚无为[④]；我生之后，逢此百罹[⑤]。尚寐无吪[⑥]！

有兔爰爰，雉离于罦[⑦]。我生之初，尚无造；我生之后，逢此百忧[⑧]。尚寐无觉[⑨]！

有兔爰爰，雉离于罿[⑩]。我生之初，尚无庸；我生之后，逢此百凶。尚寐无聪[⑪]！

注释

①爰 yuán 爰：逍遥自在的样子。

②雉：野鸡。离：同“罹”，遭受。罗：用绳线结成的捕鸟网。

③生之初：指前代。

④无为：无事。“为”与下文“造”“庸”皆指兵役、劳役之事。

⑤逢：遭。百罹 lí：种种不幸的遭遇。罹，忧患苦难。

⑥寐：睡着。吪 é：行动。

⑦罦 fú：又名覆车网，装有机关，能自动捕获猎物。

⑧百忧：多种忧难。

⑨无觉：未睡醒。

⑩罿 tóng：捕鸟兽的网。

⑪无聪：不听。聪，听觉。

译文

兔子逍遥又自在，野鸡却被捕入网。我的前代，尚没有纷乱的战争。我出生之后，战乱兵祸却不断。但愿长睡不说话。

兔子逍遥又自在，野鸡却被捕入网。我的前代，尚没有繁重的徭役。我出生之后，各种灾祸却不断。但愿长睡把眼合。

兔子逍遥又自在，野鸡却被捕入网。我的前代，不必长期服兵役。我出生之后，各种灾凶却不断。但愿长睡把耳塞。

赏析

诗歌背景是奴隶制向封建制转变的社会大动荡，旧的奴隶制走向分崩瓦解，阶级关系发生巨大的变化，奴隶主贵族日渐没落。这便是一首没落贵族感世伤时、遭受百灾而无可奈何感叹的诗篇。

诗歌第一章以兔子和野鸡起兴，狡猾的兔子自由自在，山鸡却被网罩住，兔子比喻那些得志的人，山鸡比喻郁郁的君子。诗歌情感基调悲怆凄凉，声情激越。面对乱世，诗人表现了强烈的厌世情绪，但愿长睡不醒，糊涂装睡，对外界不看不听，继而麻木不仁。这种避世心态，并无淡泊清闲的意味。

葛藟

绵绵葛藟[①]，在河之浒[②]。终远兄弟[③]，谓他人父。
谓他人父，亦莫我顾[④]！
绵绵葛藟，在河之涘。终远兄弟，谓他人母。
谓他人母，亦莫我有！
绵绵葛藟，在河之漘。终远兄弟，谓他人昆[⑤]。
谓他人昆，亦莫我闻[⑥]！

注释

①绵绵：长而不绝的样子。葛：多年生草本植物，茎可编篮做绳，纤维可织布，块根肥大，称“葛根”。藟：藤类蔓生植物，类似于葛。

②浒：水边。与下文的涘 sì、漘 chún 意思都相同。

③终：既然。一说极，穷。远：远离。

④顾：亲爱、亲善。与下文的“有”同义。

⑤昆：哥哥，胞兄。

⑥闻：通“问”。询问，问候。

译文

长长的葛藤啊，生长在水边。既已远离了亲兄弟，叫他人为父亲。即使叫他为父亲，他也对我不亲善。

长长的葛藤啊，生长在水边。既已远离了亲兄弟，叫他人为母亲。即使叫她为母亲，她也对我不怜惜。

长长的葛藤啊，生长在水边。既已远离了亲兄弟，叫他人为兄弟。即使叫他为兄弟，他也对我不恤问。

赏析

这是一首动乱年代与父母兄弟相离散，流离失所、颠沛悲叹的哀歌。诗歌以葛、藟起兴，虽然它们都是藤蔓植物，但毕竟是两个不同的植物品种，比喻诗人流浪乱世之中，虽然拜别人为父母兄弟，可他们待他并不像亲人。诗人漂泊流浪，举目无亲，挣扎在死亡线上，万般无奈时认他人为父母兄弟，呼求哀告，希望得到温暖和关怀，但是别人却并不把他当亲人，依旧充耳不闻，他的一番热诚换来的是别人的冷淡。尽显诗人处境的艰难、哀告的卑贱。由此可见世态炎凉、飘零的悲苦和人情的淡漠。

采　葛

彼采葛兮[①]，一日不见，如三月兮！
彼采萧兮[②]，一日不见，如三秋兮[③]！
彼采艾兮[④]，一日不见，如三岁兮！

注释

①采葛：与下文的“采萧”“采艾”均代指采葛的女子。

②萧：即艾蒿，植物名。

③三秋：即为三季。

④艾：植物名。

译文

那个采葛的姑娘啊，一日没有见到，就好像时隔三个月啊！

那个采蒿的姑娘啊，一日没有见到，就好像时隔三秋啊！

那个采艾的姑娘啊，一日没有见到，就好像时隔三年啊！

赏析

流传甚广、妇孺皆知的“一日不见，如隔三秋”便发端于这首诗歌，诗歌隽永清新，应是劳动者所歌，质朴率真，直抒胸臆。

诗人习惯了劳动时常常见到对面那个采葛的姑娘，有一天，在熟悉的田野中没有发现姑娘的倩影，便魂不守舍，眼巴巴地望着，这一天的时间竟然如此漫长，也不知道到底是怎么熬过去的。“三月”“三秋”“三岁”既是互文复指，同时也令层意渐进，情感发展。

“一日三秋”不仅仅可以形容对爱人的思念，现在也常用来表达对亲人朋友的思念。

大 车

大车槛槛①，毳衣如菼②。岂不尔思③？畏子不敢。
大车哼哼④，毳衣如璊⑤。岂不尔思？畏子不奔⑥。
谷则异室⑦，死则同穴⑧。谓予不信，有如皦日⑨！

注释

①大车：古代的货车。槛 kǎn 槛：象声词，车行进时的声音。

②毳 cuì 衣：古代天子、大夫的礼服之一。用毛布制成。菼 tǎn：初生的荻。

③岂不尔思：岂不思尔，怎么会不思念你。

④哼 tūn 哼：迟重缓慢貌。

⑤璊 mén：赤色的玉，此处比喻大夫衣服的颜色。

⑥奔：男女私奔。

⑦谷：生，活着。

⑧同穴：合葬。

⑨曒 jiǎo：同“皎”，洁白，明亮。

译文

大车驶过声音槛槛响，你的衣服青绿如菼。怎么会不思念你？怕你不敢与我共私奔。

大车驶过声音哼哼响，你的衣服鲜红如玉。怎么会不思念你？怕你不敢与我共私奔。

生不能共处一室，死就当同葬一起。如果你还不信，明明太阳来作证！

赏析

这是一首表现坚贞爱情、至死不渝的情歌，至于歌唱者是男子还是女子，有所争议。一般认为是从女子口中唱出，她大胆唱出内心的炽热与爱慕，不允许对方有对自己痴情的丝毫怀疑。

怎么可能不想念“你”？只是怕你不敢与“我”私

奔！生则不能共处一室，那么死就合葬在一起，太阳可以为证！

“情不知所起，一往而深，生者可以死，死可以生。生而不可与死，死而不可复生者，皆非情之至也。”

长叹完毕，诗人内心熊熊燃烧的爱火也释放到高潮！山盟海誓、信誓旦旦也不过如此。

在《诗经》中多有这种大胆热烈的情诗，反映了那个时代男女相恋相对自由的风气，率真而热切地表达了对幸福爱情的向往。

丘中有麻

丘中有麻①，彼留子嗟②。彼留子嗟，将其来施施③。
丘中有麦，彼留子国④。彼留子国，将其来食⑤。
丘中有李⑥，彼留之子。彼留之子，贻我佩玖⑦。

注释

①丘：小山。麻：大麻，其皮可制作衣料。一说麻田，男女约会的场所。

②留：留客，留下。一说迟迟不来。一说留通“刘”，为东周王室内的小封国。

③将：请，希望。施施：高兴的样子。一说悄然而来。

④国：指刘国的都邑。

⑤食：吃东西。

⑥李：李园。

⑦贻：赠送。玖 jiǔ：似玉的黑色石。

译文

山坡的那片麻地，那是刘国男子哟。那是刘国男子哟，愿你过来心中喜悦。

山坡的那片麦地，你姗姗来迟哟。你姗姗来迟哟，愿你再来吃美食。

山坡的那片李树林，你姗姗来迟哟。你姗姗来迟哟，赠给我美丽的佩玉。

赏析

这是一首描写男女约会的甜蜜情歌。约会的地点在山坡上那绿油油的麻地上、广阔无垠的麦地里和那散发着草木清香的李树林下，自然的旷远和优美赋予了浪漫与甜蜜，这约会或许不乏男女的情爱交欢，三个不同的地点说明他们的幽会不是一次两次，两人沉浸在如痴如醉的情爱蜜意中，一次次见面，一次次缠绵之后，总是期待着下一次见面，美丽的女子踮着脚张望，期待着男子的到来。当两人情定终生后，最后男子送给她一块美玉作为定情之物，美玉象征着他们感情的纯洁与坚贞。

对热恋的大胆讴歌是这首情诗别具一格的特点。历来很多理学家不敢正视这首诗歌质朴的内容，总爱牵强附会，任意穿凿，另指旁解，在今天是很不可取的做法。

国风·郑风

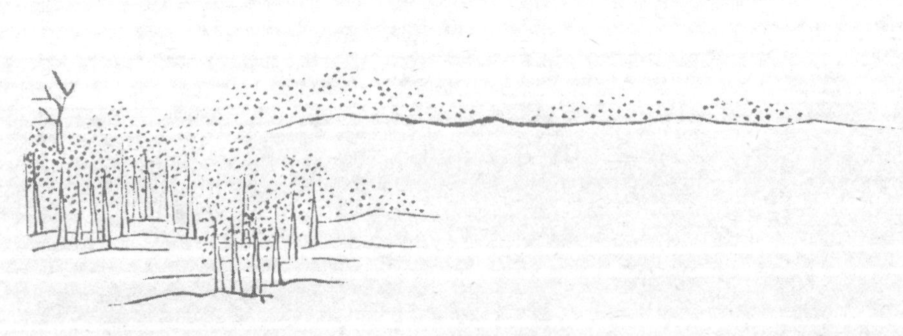

缁 衣

缁衣之宜兮[①]，敝[②]，予又改为兮。适子之馆兮[③]，还[④]，予授子之粲兮[⑤]。

缁衣之好兮，敝，予又改造兮。适子之馆兮，还，予授子之粲兮。

缁衣之蓆兮[⑥]，敝，予又改作兮。适子之馆兮，还，予授子之粲兮。

注释

①缁 zī 衣：古代用黑色帛做的朝服。宜：合适、合身。

②敝：坏、破旧。

③馆：客舍。卿大夫每天退朝后要到各自的官署去换“缁衣”。

④还：回来。

⑤授：给予。粲：光彩夺目的样子。

⑥蓆：宽大舒适，这里指衣服合身。

译文

黑色的官服多适合啊，穿破了，我再为你制新衣。到你的官署等着你，等你回来后，我递给你的新衣多鲜亮!

黑色的官服多漂亮，穿破了，我就为你缝新衣。到你的官署等着你，等你回来后，我递给你的新衣多灿烂!

黑色的官服多宽大，穿破了，我就为你做新衣。到你的官署等着你，等你回来后，我递给你的新衣多明丽!

赏析

这首诗写了贵族妻子为身为官员的丈夫缝制衣服、关爱丈夫的温暖情感，一种弥足珍贵的亲情与爱情洋溢于言语之间。

诗歌每章都以赞美丈夫身上黑色官服起兴，表面是赞美衣服，实质上是以衣指人，赞美丈夫，饱含妻子对丈夫的赞扬和爱恋。妻子将自己对丈夫的一往情深全缝制在密密麻麻的针线中，丈夫的衣服一旦破旧，就马上把新制的衣服递过去，看那新衣服多鲜亮，丈夫穿上了她亲手缝制的衣服，打心眼里感到幸福满足。

最深厚的爱，往往无言。全诗没有一字写对丈夫的爱或恋，然而那种无微不至的关怀、脉脉的温情却直抵人心深处。

将仲子

将仲子兮[①]，无逾我里[②]，无折我树杞[③]。岂敢爱之[④]？畏我父母。仲可怀也，父母之言，亦可畏也。

将仲子兮，无逾我墙，无折我树桑。岂敢爱之？畏我诸兄。仲可怀也，诸兄之言，亦可畏也。

将仲子兮，无逾我园，无折我树檀。岂敢爱之？畏人之多言。仲可怀也，人之多言，亦可畏也。

注释

①将 qiāng：愿，请。一说发语词。仲：是兄弟姊妹排行中的第二个。子：对男子的尊称。这里是指女子对心上人的称呼。

②逾：翻越，越过。里：古代一种居民组织。二十五家为里。

③树：种植。杞 qǐ：树木名，落叶乔木，即杞柳。

④爱：吝啬。

译文

请求你啊，二哥哥，不要翻越我家里巷墙啊，不要攀折我栽的杞树啊！怎么会是我吝啬呢，只是害怕我的父母。二哥你让我牵挂，但父母的话也可怕。

请求你啊，二哥哥，不要翻越我家的围墙啊，不要攀折我栽的桑树啊！怎么会是我吝啬呢，只是害怕我的兄弟。二哥你让我牵挂，但兄弟的话也可怕。

请求你啊，二哥哥，不要翻越我家的园子啊，不要攀折我栽的檀树啊！怎么会是我吝啬呢，只是害怕众人流言蜚语。二哥你让我牵挂，但众人的话也可怕。

赏析

这是一首情感与理智交锋、惊喜与恐惧交织、内心复杂矛盾的爱情诗歌。诗中的女子性格相对柔弱，不敢挣脱阻碍自由恋爱的束缚，但却又不更改对仲子的爱慕之情。既希望见到他，又畏惧父母、兄弟、乡邻的流言蜚语。

诗歌以一个女子的口吻，侧面反应了仲子爱情举动的疯狂。我们不妨想象，两人之间的约会大概很早就被女子的父母兄弟发现了，并遭到他们的强烈谴责和反对，甚至这个女子也被软禁在家。仲子难熬朝思暮想之苦，时常攀爬墙垣来看望女子，不巧这也被女子的父母兄弟等人发现了，父母恐吓仲子不准再来爬墙。所以当仲子不顾大家反对再次攀爬院墙私会时，才有了该女子的请求。她在心里祈祷着，二哥哥啊！你可别来了！可是仲子真的没来么？诗歌用“里”“墙”“园”形容仲子翻墙的位置一步步逼近，首先是里巷，其次是家的围墙，最后已经进入到园子里，情势越来越紧张，女子的心情也越来越忐忑。女子静的祈祷与男子动的翻越形成类似电影蒙太奇的手法，有极强的艺术魅力。

叔于田

叔于田①，巷无居人②。岂无居人？不如叔也。洵美且仁③。

叔于狩④，巷无饮酒⑤。岂无饮酒？不如叔也。洵美且好⑥。

叔适野⑦，巷无服马⑧。岂无服马？不如叔也。洵美且武⑨。

注释

①于：去，往。田：打猎。

②巷无居人：巷子里没有别的男子。

③洵：诚然，确实。美：英俊潇洒。仁：仁厚。

④狩：冬天打猎，这里泛指打猎。

⑤饮酒：喝酒的人。

⑥好：相貌英俊。

⑦野：郊外。

⑧服马：驾马，这里指驾马的人。

⑨武：英武。

译文

叔去打猎了，巷子就好像没有人。怎么会没有人？只是他们都不如叔，诚然英俊又仁厚。

叔去打猎了，巷子就好像没有喝酒的人。怎么会没有喝酒的人？只是他们都不如叔，诚然美好又英俊。

叔去郊野了，巷子就好像没有驾马的人。怎么会没有驾马的人？只是他们都不如叔，诚然貌美又英武。

赏析

"情人眼里出西施。"在这个女子的心中，叔无疑是最英俊最美好的人，整个街巷再也没有第二个能够比得上他的，当他出去打猎后，街巷空空好像没有人住一样，可见他是多么出类拔萃。

诗歌用夸张的手法，寥寥数语，极赞叔的相貌、人品、酒量、御车术、猎技等各个方面，一个豪爽的英雄男儿跃然纸上。

大叔于田

叔于田[1]，乘乘马[2]。执辔如组[3]，两骖如舞[4]。叔在薮[5]，火烈具举[6]。襢裼暴虎[7]，献于公所[8]。将叔勿狃[9]，戒其伤女[10]。

叔于田，乘乘黄[11]。两服上襄[12]，两骖雁行。叔在薮，火烈具扬[13]。叔善射忌[14]，又良御忌[15]。抑磬控忌[16]，抑纵送忌[17]。

叔于田，乘乘鸨[18]。两服齐首[19]，两骖如手[20]。叔在薮，火烈具阜[21]。叔马慢忌，叔发罕忌[22]，抑释掤忌[23]，抑鬯弓忌[24]。

注释

①于：去，到，往。田：打猎。

②乘乘 chéngshèng：前一个“乘”是动词，驾；后一个“乘”作量词，即四匹马拉的车。

③组：编织。

④骖 cān：车辕外侧的两匹马。

⑤薮 sǒu：生长着很多草的湖泽。

⑥火烈：持火把者的行列。郑玄笺：“列人持火俱举，言众同心。”烈，通“列”。具：通“俱”。

⑦襢裼 tǎnxī：脱去上衣，赤膊。襢，通“袒”。裼，穿在里面的衣袖。暴虎：徒手搏虎。暴，通“搏”。

⑧公所：君王的官室。一说是收藏猎物的地方。

⑨狃 niǔ：习惯，习以为常。

⑩戒：警戒，警惕。

⑪黄：黄马。

⑫两服：一车四马中间的两匹。襄：通“骧”，马头昂起。

⑬具扬：烈火一齐燃烧。

⑭忌：语尾助词。

⑮良御：高明的驾车技术。

⑯抑：发语词。罄 qìng 控：用力勒住马。

⑰纵送：纵马而行。一说射箭逐兽。

⑱鸨 bǎo：鸨为凶猛的鸟，古人常用此鸟羽毛饰于马首。此处特指装饰有鸨羽毛的骏马。

⑲齐首：两匹马齐头并进。

⑳如手：形容驾驭马技术高超，就好像是在使用自己的左右手一样。

㉑阜：茂盛、猛烈。

㉒发：射箭。罕：少。

㉓掤 bīng：箭筒盖。

㉔抑鬯 chàng：把弓放进弓袋。鬯，通“韔”，弓袋，这里作动词。

译文

三哥出发去打猎，驾着四匹马儿跑。手持缰绳如织布，两匹骖马像舞蹈。三哥来到湿地中，四处烈火齐齐烧。赤手空拳去捉虎。把它献到公爷处。请哥不要太大意，戒备老虎伤害你。

三哥出发去打猎，驾着四匹黄马拉车跑。两匹服马昂起头，两匹骖马如雁行。三哥来到湿地中，熊熊大火纷纷扬。三哥擅长射飞箭，又善驾车去周旋。一会儿勒马停止，一会儿纵马奔驰。

三哥出发去打猎，驾着四匹骏马跑。两匹服马齐并头，两匹骖马似在手。三哥来到湿地中，炙热火焰烧得旺。三哥马儿渐渐慢，三哥射箭渐渐少。打开箭筒盖，弓箭装袋里。

赏析

诗歌对打猎的细节进行描述，赞扬叔高超的狩猎技术，树立了一个勇猛英武的猎人形象。

上一首诗《叔于田》是从侧面描写，这首诗歌则从正面入手，描写猎人的矫健身姿，详述了他打猎的过程。

诗歌从驾坐马车出发开始描写。四匹马儿矫健奔驰，与英姿卓然的猎人互相映衬，一开始便营造了一种热烈奔放的气氛。我们似乎能看见猎人手执缰绳潇洒自如的身影，听见马儿“得得得”的飞奔声，狩猎就这样正式拉开了序幕。接着便写猎人在湿地草丛里点起熊熊大火，驱来猛兽，烈烈火光下，猎人赤手与老虎搏斗的景象险象环生，场景扣人心弦，铁血汉子的英雄无畏、力大无穷在这样的细节中淋漓展现。猎人不仅力量惊人，还有着弓射、驾驭的高超本事，刹车与前进，轻松自如，茫茫草地上策马驾车奔驰的身影让人遐想无限。

在描写了这激烈的狩猎场面后，诗歌并不忙着结尾，而是以马步变缓、弓箭渐少让诗歌营造的紧张情绪渐渐平息，犹如电影中的尾声，让观众渐渐平复心情。读到此处可尽情回味叔在猎场上的飒爽英姿。

诗歌毫不掩饰对于猎人的赞美，关怀之情也可见一斑，当叔擒到老虎后，诗人提醒叔不要太大意了，可别伤了“你”。可见，猎人的英姿已经在诗人心中留下难以磨灭的印记。

清人

清人在彭①，驷介旁旁②。二矛重英③，河上乎翱翔④。

清人在消，驷介麃麃[5]。二矛重乔[6]，河上乎逍遥。
清人在轴，驷介陶陶[7]。左旋右抽[8]，中军作好[9]。

注释

①清人：清邑之人，此处指高克率领的军队。清，郑国之邑。彭：与“消”“轴”同为河上地名。

②驷介：由四匹披甲的马所驾的战车。驷，古代同驾一辆车的四匹马。介，甲。旁旁：强壮有力貌。一说驰驱貌。

③二矛：指车上的两种长矛，分别指酋矛、夷矛。重英：以英装饰在两种长矛上，竖立在车上，互为相对。重，重叠。英，红色羽毛。

④河上：黄河之上。翱翔：逍遥自得的样子。

⑤麃 biāo 麃：盛多的样子。

⑥乔：野鸡的羽毛。

⑦陶陶：马车自由疾驰的样子。

⑧左旋右抽：御者在车的左边，挥旗指挥；勇士在车的右边，手执兵器击刺。旋，还车，掉转马头。

⑨中军：古时行军作战队分上、中、下（或左、中、右）三军，由主帅所居中军发号施令。

译文

清邑的军队驻扎在彭地，战马披甲强壮有力，饰着红羽的两只长矛遥遥相对，黄河边翱翔多舒畅。

清邑的军队驻扎在消地，马儿奔驰真威武，饰着雉羽的两只长矛遥遥相对，黄河边翱翔多逍遥。

清邑的军队驻扎在轴地，马儿奔驰真迅疾。车左麾旗车右执兵，将军练武姿态好。

赏析

郑国大夫高克贪婪好利，郑文公不喜欢他，想要疏远他，将他驱逐出去。借防狄人侵犯国境之机，遣高克率领清邑之兵于河上御敌，久久没有将其召回。这首诗描写的便是清邑之兵滞留边境，久不得归，军心涣散的情景。

诗中反复咏唱清邑之兵兵强马壮，威风凛凛，将士们挥旗执兵，好不美丽壮观，但是这样的一支军队却没有去作战，而是逍遥陶陶，嬉戏游玩，一派无聊闲散的状态，明明没有参加战事，在最后一句中却写道，将士们左旋右抽，这是将军指挥得当啊！讽刺了郑文公因个人喜恶，将军事当儿戏，也反映了统治阶级内部的矛盾。

羔　裘

羔裘如濡[①],洵直且侯[②]。彼其之子[③],舍命不渝[④]。
羔裘豹饰[⑤],孔武有力[⑥]。彼其之子,邦之司直[⑦]。
羔裘晏兮[⑧],三英粲兮[⑨]。彼其之子,邦之彦兮[⑩]。

注释

①羔裘:羔羊皮裘,古大夫的朝服。濡 rú:通“软”。柔顺。一说润泽。

②洵:诚然,的确。直:舒直。侯:美好。

③之子:是子,这个人。

④舍命:舍弃生命。渝:变,改变。

⑤豹饰:用豹皮做衣服的边。

⑥孔:甚,很。

⑦邦:国家。司直:官名,主正人过。亦指主正人过的人。

⑧晏:鲜艳的样子。

⑨三英:装饰袖口的三道豹饰。粲:光彩夺目貌。

⑩彦:才德出众的人。

译文

羊羔皮袍真润泽,诚然正直又美好。那个人啊,舍去生命也要保持节操。

羊羔皮袍豹皮袖，非常勇武又有力。那个人啊，是国家的司直主持正义。

羊羔皮袍真鲜亮，三道豹皮真璀璨。那个人啊，是国家的真英杰。

赏析

这首诗歌塑造了理想中的大夫形象，他正直洵美，孔武有力，舍命不渝，是国家栋梁之材，寄寓了诗人的政治审美理想。一说这首诗歌是陈古讽今，刺当时郑国的士大夫。一说是赞美了郑国当时的名臣子皮、子产，究竟哪种说法正确，直到现在也没有定论。

诗歌最大的特色是以衣喻人，以润泽鲜亮的羔皮袍比喻德才兼备的贤才，十分形象自然。

遵大路

遵大路兮[①]，掺执子之祛兮[②]，无我恶兮[③]，不寁故也[④]！

遵大路兮，掺执子之手兮，无我魗兮[⑤]，不寁好也[⑥]！

注释

①遵：沿着。

②掺 shǎn：执持，握持。祛 qū：袖口。

③无：勿，不要。恶：厌恶，一说丑陋。

④不寁 zǎn 故也：不要迅速遗弃故人。寁，迅速离开。故，故人。

⑤魗 chǒu：通“丑”，嫌弃，厌恶。

⑥不寁好也：不要迅速遗弃旧好。好，旧好。

译文

沿着大路走啊，拉住你的袖口，不要厌弃我啊，不要这么快遗弃故人啊！

沿着大路走啊，拉住你的手，不要嫌我丑啊，不要这么快遗弃旧爱啊！

赏析

女子为何被弃？原因我们不得而知，大概是因为“丑”吧。诗歌短短几十字，没有故事起因，也没有结局，只有一个凄凉的片段，几个镜头而已。

在大路上，男子远去，或许是因为残忍无情、三心二意的本性，或许是因为迫不得已的理由。女子追上去，拉住了男子的衣袖，她痛苦哭诉道：“不要遗弃我！

不要马上遗弃旧爱！不要遗弃我！不要嫌弃我丑！”她哽咽着，内心的辛酸、痛苦、不舍与挣扎已经无法用语言表示了，反反复复，就只哭喊着这两句，她早已不顾自尊，真情流露，内心该有多痛苦？

结局又如何？秉性仁厚的男子自然不会无情无义遗弃故人，甚至都不可能让女子这般哭诉。而心眼已坏、二三其德的男人哪会“怜香惜玉”？只怕觉得女子这般哭闹烦躁不已，头也不回地就走了。

女曰鸡鸣

女曰：“鸡鸣。”士曰：“昧旦①。”“子兴视夜②，明星有烂③。”“将翱将翔④，弋凫与雁⑤。”

“弋言加之⑥，与子宜之⑦。宜言饮酒，与子偕老。琴瑟在御⑧，莫不静好⑨。”

“知子之来之⑩，杂佩以赠之⑪。知子之顺之⑫，杂佩以问之⑬。知子之好之⑭，杂佩以报之⑮。”

注释

①昧旦：天色将明未明之时；破晓。昧，阴晦。一说星光明亮。

②子：对男子的尊称。兴：起。视夜：察看夜色。

③有烂：灿烂明亮。

④将翱将翔：指天将明时，鸟儿将出巢翱翔。

⑤弋 yì：用带绳子的箭射鸟。凫 fú：水鸟名，俗称野鸭，似鸭，常群游湖泊中，能飞。

⑥加：射中。

⑦与：犹“为”，替。宜：佳肴。这里作动词，即烹调。

⑧御：使用，应用，这里指弹奏。

⑨静好：安详美好。

⑩来：读为“劳”，抚慰、眷爱之义。

⑪杂佩：玉佩。用各种佩玉构成，称杂佩。

⑫顺：柔顺、和顺。

⑬问：赠送。

⑭好：喜欢，爱恋，喜爱。

⑮报：报答。

译文

女子说：“公鸡在鸣叫。”男子说：“天还没有亮。”“你起床来看看天，明星灿烂挂天上。”“鸟儿将出巢飞翔，去射野鸭与大雁。”

“定能射中野鸭与大雁，为你烹调做佳肴。美味做了好下酒，与你白头爱到老。我弹琴来你鼓瑟，多么和悦而美好。”

“知道你对我的体贴，送你美玉表真情。知道你对我的柔情，送你美玉表心意。知道你对我的爱恋，送你美玉答情义。”

赏析

因为郑风多有表现男女大胆表白、互诉衷肠、自由交往的画面，因此被称作是“郑声淫”。然而这些所谓的“靡靡之音”却坦率真挚地表现了男女婚恋中的乐与苦。

这首诗歌写的便是恩爱夫妻幸福美好的生活。

全三章采用夫妻二人对答形式，生活气息浓郁，充满乐趣。第一章写天色将亮而未亮之时，妻子睡眼惺忪，催促枕边还在酣睡的丈夫：“听见公鸡的叫声了。”而丈夫还没睡醒，咕哝着说天还没有大亮。“那你起床看看，启明星已挂在天上。”丈夫这才惊醒，哦，那宿巢的鸟儿将出巢翱翔，得赶忙去射鸭和大雁。

早起后，便开始辛劳的一天。丈夫射中大雁和野鸭，妻子将它们烹成美味，肴酒并举，祝愿恩爱白头到老。鼓瑟弹琴，夫妻间柔情蜜意好似神仙眷侣！有情有义的丈夫也唱和道：想起你平时对我的种种体贴与柔情，我都放在心里，无以为报，解下这块美玉赠与你吧！

夫妻间互敬互爱、眷眷深情，的确是一幅温暖动人的画面。

有女同车

有女同车①，颜如舜华②，将翱将翔，佩玉琼琚。彼美孟姜③，洵美且都④。

有女同行⑤，颜如舜英，将翱将翔，佩玉将将⑥。彼美孟姜，德音不忘⑦。

注释

①同车：同乘一车。一说男子驾车迎娶女子。

②舜：植物名，即芙蓉花，又名木槿，有红、白、紫等颜色。华：与下文“英”同义，指花。

③孟姜：姜氏长女，泛指美女。

④洵：诚然、确实。都：美好。

⑤行 háng：谓大道。

⑥将将：即锵锵，象声词，多状金玉之声。

⑦德音：品德美誉。

译文

与我同车的姑娘，貌美如同木槿花。马车跑啊跑，美玉叮当响。那个美丽的姑娘啊，诚然美丽又娴静。

与我同路的姑娘，貌美如同木槿花。马车跑啊跑，环佩叮当响。那个美丽的姑娘啊，美好品德不会忘！

赏析

这首诗歌以男子的口吻热情洋溢赞美车中一位美丽的女子。至于这个同车女子是男子要娶的妻子还是一同邂逅出游的女子，历来争议较大。

诗歌以木槿花比喻少女的容颜，白里透红，肤色润泽，极其美貌。接着又以她身上叮叮响的环佩衬托了这个少女飘逸灵动之美，从声音感知到少女的风华。诗歌不仅以木槿、声响描写姑娘的美貌、端正，还对她的内在进行赞叹，“德音不忘”，高洁的品德怎能叫他忘怀？看来诗人并不仅仅被女子的外在之貌所迷倒，对她的品性也是赞赏有加。倘若是一次出游，同车邂逅，恐怕这个貌若仙子的美女将要夜夜进入诗人梦乡吧。

山有扶苏

山有扶苏[①]，隰有荷华[②]。不见子都[③]，乃见狂且[④]。

山有桥松[⑤]，隰有游龙[⑥]。不见子充，乃见狡童[⑦]。

注释

①扶苏：树木名，桑树。

②隰 xí：低湿的洼地。华：同“花”。

③子都、子充：均是对美男子的称呼。

④狂且：痴狂的人。且：语气助词，无实义。

⑤桥：通“乔”，高大貌。

⑥游龙：水草名，荭草别称。

⑦狡童：狡猾的小伙子。

译文

山上长着扶桑树，湿地里开着荷花。不见那个美男子，倒碰上一个痴狂徒。

山上长着大松树，湿地里长着荭草。不见那个美男子，倒碰上一个小冤家。

赏析

这是一首描写男女约会时女子对男子的戏谑、俏骂的诗歌。

诗歌以山上的扶桑树、松树和湿地里的荷花、荭草起兴，这样的美景既是他们约会时山清水秀的地方，同时又营造了一种欢欣的意境，女子心情欢快又焦急地等候着前来约会的男子，翘首以盼。男子终于来了，女子定是喜悦的，可是她嗔怪男子来迟，不明说自己的心意，反而又嗔又俏骂。“咦，我等的不是那个叫子都的美男子么，怎么来了你这么个浑小子？我等的不是那个叫子充的美男子么，怎么等来了你这个小冤家！”女子的戏谑，趣味横生，又颇含美学意味。

萚兮

萚兮萚兮①，风其吹女②。叔兮伯兮③，倡予和女④。
萚兮萚兮，风其漂女⑤。叔兮伯兮，倡予要女⑥。

注释

①萚 tuò：枯叶，黄叶。一说为草名。

②女：通“汝”，你。

③叔、伯：女子对爱人的昵称。

④倡：领唱。一说倡导。

⑤漂：通“飘”，吹拂。

⑥要 yāo：唱和，应和。

译文

黄叶儿飘落，秋风吹拂着你。叔啊伯啊！你先唱来我应和。

黄叶儿脱落，秋风吹拂着你。叔啊伯啊！你领唱来我和调。

赏析

黄叶儿脱落，秋风轻拂，一股莫名的悲秋之情油然而起，一股淡淡的哀伤攫住了诗人内心。招呼着叔啊伯啊，一起来把歌唱。语词简洁，似山水画几笔渲染，大片空白，留给读者无穷的想象。

狡　童

彼狡童兮①，不与我言兮②。维子之故③，使我不能餐兮④。

彼狡童兮，不与我食兮⑤。维子之故，使我不能息兮⑥。

注释

①彼：那，那个。狡童：俊美的小伙子。

②言：说话，说笑。

③维：因为。

④餐：用作动词，吃饭。

⑤食：动词，吃饭。

⑥息：安息，睡觉。一说呼吸。

译文

那个俊俏的小伙子啊，不跟我说话。因为你的原因，使得我吃不下饭。

那个俊俏的小伙子啊，不跟我吃饭。因为你的原因，使得我不能安睡！

赏析

“狡童”二字点出惹得女子寝食难安的小伙子狡黠、顽皮的性格特征和俊美的外貌。两个热恋中的人大概是吵架发生了矛盾，小伙子不再搭理女子。女子为此感到内心煎熬、痛苦难受，食之无味，夜不能寐。

如若不喜欢这种凄凄惨惨，可以做另一种解读。诗中的女子或许是个调皮的人，她相中了那个狡童，与他一番戏谑娇嗔，唱出了这番热辣辣的情歌。“那个俊美的小伙子啊，不来跟我说说话吗？就是因为你呀，使我相思吃不下饭。那个俊美的小伙子啊，不来跟我一起吃饭？就是因为你呀，害得我睡不着觉。”大胆纯真，毫无扭捏之态，又有欢快诙谐的意味。

褰 裳

子惠思我[①]，褰裳涉溱[②]。子不我思，岂无他人？狂童之狂也且[③]！

子惠思我，褰裳涉洧[④]。子不我思，岂无他士[⑤]？狂童之狂也且！

注释

①惠：爱。思：想念。

②褰 qiān：揭起。涉：涉水。溱 zhēn：水名，在今河南省。

③狂：痴狂。也且：作语助词，无实义。

④洧 wěi：水名。

⑤他士：别的男子。

译文

若你爱着我想着我，那就提着衣裳趟过溱河。若你不爱我不想念我，难道就没有别人来爱我？你这个痴狂的家伙！

若你爱着我想着我，那就提着衣裳过洧河。若你不爱我不想念我，难道就没有别人想念我？你这个痴狂的家伙！

赏析

如把本诗解读为失恋之歌，女子豁达开朗的爱情态度使得诗歌并没有凄楚哀伤的调子，反而有一种欢乐活泼的气氛。对于爱情，她不拖泥带水，磨磨蹭蹭，要么喜欢，要么拉倒！错过了这机会就没了，喜欢“我”的人可多着呢，又不缺你一个，到时候你后悔了，想追也追不回来。那对岸徘徊的男子无缘无故被指着鼻子骂了一番，恐怕到底经受不住女子这番以退为进的激将法，要乖乖趟过河来，束手就擒。

丰

子之丰兮①，俟我乎巷兮②，悔予不送兮③。
子之昌兮④，俟我乎堂兮⑤，悔予不将兮⑥。
衣锦褧衣⑦,裳锦褧裳⑧。叔兮伯兮⑨,驾予与行⑩。
裳锦褧裳，衣锦褧衣。叔兮伯兮，驾予与归⑪。

注释

①丰：丰满美好。

②俟：等候。巷：小巷，里巷，胡同。

③送：送嫁，指出嫁。

④昌：健壮，身材健美。

⑤堂：门框。这里指大门旁。

⑥将：送，出嫁时的迎送。

⑦衣：这里作动词用，穿衣。褧 jiǒng：御风尘用的披风。

⑧裳：穿在下身的衣裙。

⑨叔、伯：这里指迎亲的人。一说是古代女子对情人的昵称。

⑩驾：驾车迎娶。

⑪归：旧时指女子出嫁。

译文

身材健壮的人啊，在巷口等我去成婚，我后悔没有送送你啊！

身材健美的人啊，在大门旁等候我，我后悔没有随你去啊！

穿上锦衣罩衣，穿上锦裙罩裙。叔呀伯呀，驾车接我一起走！

穿上锦衫罩衫，穿上锦裙罩裙。叔呀伯呀，驾车接我一起走！

赏析

诗歌描写了一位少女拒绝男子后后悔莫及的恋爱心理。诗歌以“丰”“昌”简练形象地勾勒出男子的健美身材，女子对他实际上已经芳心暗许，既然如此喜爱，为何还要拒绝他的求婚呢？原因不得而知。

我们只知道心上人真的走了，她懊恼后悔！她幻想着自己穿上华美的嫁衣，等待着他驾车将自己娶走，憧憬着美好幸福的生活。诗歌连用十个“兮”字，加强了语气，无论是懊悔之情，还是期盼之情，都是那么动人。

东门之墠

东门之墠①，茹藘在阪②。其室则迩③，其人甚远④。

东门之栗，有践家室⑤。岂不尔思？子不我即⑥。

注释

①墠 shàn：经过整治的土地。

②茹藘 lǘ：草名。即茜草，可染红色。阪：坡。

③迩：近。

④远：指心的距离遥远。

⑤有践：陈列整齐。

⑥即：就，亲近。

译文

东门附近的土坪，茜草茂密在侧坡。他家就在近旁，而人却像在远方。

东门附近的板栗林，房屋排得真整齐。怎会对你不思念？是你不肯接近我！

赏析

有人说这是一首男女对答的情诗，也有人说只是女子倾诉的单相思。

诗歌开始便描绘了一幅美丽而富有生气的画面。姑娘站在山坡上，眺望那风景，东门边的广场上，住的就是自己的心上人，丰茸的茜草爬满了山坡，那片高大的栗树林中，屋舍整齐，而其中一座便属于自己的心上人，姑娘爱屋及乌，痴痴地望着那个方向，心中惆怅。古人以栗子成熟时节为婚嫁之期，恬静的图景勾起姑娘的心事，这里实际上婉转地道出了她的苦恋之情。咫尺天涯的苦涩与失落如泣如诉，如怨如慕。

风雨

风雨凄凄[①]，鸡鸣喈喈[②]。既见君子，云胡不夷[③]？
风雨潇潇，鸡鸣胶胶[④]。既见君子，云胡不瘳[⑤]？
风雨如晦，鸡鸣不已，既见君子，云胡不喜？

注释

①凄凄：风雨飘零、凄冷萧瑟的样子。下文“潇潇”义同。

②喈 jiē 喈：象声词，即“唧唧”。

③云：语首助词，无实义。夷：通“怡”，喜悦。一说指心里平静。

④胶胶：象声词，即“啾啾”。

⑤瘳 chōu：病愈。

译文

风雨凄凄，小鸡唧唧在鸣叫。已经见到了你，怎不心中平静？

风雨潇潇，小鸡啾啾在鸣叫。已经见到了你，怎不心中忧愁消？

风雨交加天色晦暗，小鸡鸣叫不停息。已经见到了你，怎不心中欢喜？

赏析

《诗经》中有不少以乐景写哀情的诗篇，也有以哀景写乐情的诗篇，“以乐景写哀，以哀景写乐，一倍增其哀乐。”这篇正是以风雨如晦的天气写喜出望外的心情。

“凄凄”“潇潇”“如晦”，意思渐进，风雨交加的天气一章比一章恶劣，鸡群单调的鸣叫声由低至高，惹得女子郁郁不乐。但是一见到君子，所有忧愁烟消云散，巨大的惊喜抚平了女子忐忑的心情。这种骤见之喜，可想而知。

“风雨如晦，鸡鸣不已”常被后来文人引用，表达艰难境遇里自勉自励的情怀。

子　衿

青青子衿①，悠悠我心②。纵我不往③，子宁不嗣音④？

青青子佩⑤，悠悠我思。纵我不往，子宁不来？

挑兮达兮⑥，在城阙兮⑦。一日不见，如三月兮。

注释

①青青：绿色。衿：本义指古代衣服的衣领，此处指古代读书人穿的衣服。

②悠悠：忧思貌，思念貌。

③纵：纵然。

④宁不：为何，何不。嗣：传递。

⑤佩：古代系在衣带上的玉饰。

⑥挑兮达兮：来回走动、心中忐忑的样子。

⑦城阙：城门两旁的瞭望楼，此处指男女约会的场所。

译文

你的衣领青又青，悠悠相思不断绝。纵然我不过去，难道你就断音讯？

你的玉佩青又青，悠悠相思不断绝。纵然我不过去，难道你就不主动来？

走来走去心中难安宁，在那城门楼上久久等。一日没有见到你，却像过了三个月！

赏析

这是一首女子在城楼上苦苦等候着心上人，望眼欲穿的相思之诗。以青青的衣襟和玉佩指代心上人，他的着装打扮让女子记忆犹新，可见这个男子在她的心中留下多么深刻的印象。

女子徘徊走动，不时望一望那个方向，仍然不见身影，焦急难熬，这份缕缕不绝的相思之苦、萦绕不去的爱恋之情中又夹杂着种种哀怨与惆怅，纵使"我"没前去找"你"，难道"你"就没音讯了吗？由爱生怨，由爱生痴，心理表现真实细腻。

"一日不见，如三月兮"成为千古名句，咏唱不衰。

扬之水

扬之水①，不流束楚②。终鲜兄弟③，维予与女④。无信人之言⑤，人实迋女⑥。

扬之水，不流束薪⑦。终鲜兄弟，维予二人。无信人之言，人实不信⑧。

注释

①扬之水：水缓缓流淌的样子。一说激扬的水。

②束楚：捆绑起来的荆条。

③终：既，已经。鲜 xiǎn：少，无。

④女：通"汝"，你。

⑤言：流言。

⑥迋 kuáng：通“诳”，欺骗，瞒哄。

⑦束薪：捆绑住的薪柴。

⑧信：信用，诚信。

译文

小溪缓缓地流淌，冲不走成捆的荆草。本来就少兄和弟，只有你我相依靠。不要相信那些人的话啊，别人的话是在欺骗你。

小溪缓缓地流淌，冲不走成捆的柴草。本就缺少兄和弟，只有你我相依靠。不要相信别人的流言，别人的话实在不可信！

赏析

有人说这是兄弟二人和好、劝告勿信流言的诗歌，有人说这是妻子劝丈夫勿信谗言的诗。“束楚”和“束薪”，薪柴捆绑在一起，是夫妻的暗指。所以这首诗理解为妻子对丈夫的劝勉之词比较贴切。

诗歌以小溪的流水起兴，暗指别人的流言蜚语是站不住脚的；流水冲不走薪柴，暗暗谗言再多也不能动摇忠贞的爱情。

“诽谤之言又有什么根据呢？我本来就没什么兄弟亲人，人世间只有你我相依靠，为何要听别人的离间之言，伤了自家的感情？”女子晓之以理、动之以情，既让丈夫感到了她对他的爱，对他的忠，又让丈夫明白事理，心中宽慰。

出其东门

出其东门[①]，有女如云[②]。虽则如云，匪我思存[③]。缟衣綦巾[④]，聊乐我员[⑤]。

出其闉阇[⑥]，有女如荼[⑦]。虽则如荼，匪我思且[⑧]。缟衣茹藘[⑨]，聊可与娱[⑩]。

注释

①东门：郑国都城的东门。由于城西南靠河，平日人们多往东面出游。

②如云：形容众多。

③匪：通“非”，不是，没有。思：语气助词，无实义。存：思念。

④缟 gǎo：白绢。綦 qí：暗绿色。巾：佩巾，手巾。

⑤聊：姑且，尚且。一说愿。员：助词，相当于“云”。

⑥闉阇 yīndū：古代城门外瓮城的重门。闉，指瓮城的门。阇，城门上的平台。

⑦荼：茅草的白花。

⑧且：语助词，无实义。

⑨茹藘：茜草。此处指红色的佩巾。"綦巾""缟衣""茹藘"显出这个女子身份低下。

⑩与娱：与她同乐。

译文

走出城东门，美女多如云。虽然美女多如云，但却不是我想的那个人。只有素白衣裳淡绿巾子的那个人，才能慰藉我的心。

走出城市重门，美女们多如茅花。虽然美女多如茅花，但却不是我想的那个人。只有素白衣裳绛红佩巾的那个人，才能带给我欢乐。

赏析

这首诗写男子痴情于一人，不改衷肠。他心心念念的只有一个女子，试想在一片衣袂飘飘、光鲜亮丽的女子面前，寻常男子早已看花了眼，若不是真爱一个人，哪里会枯木顽石一般不闻不见呢？

那么让这个憨态可掬的男子难以忘怀的女子究竟什么样？诗歌给出了答案，那是一个身穿"缟衣"、佩戴"綦巾""茹藘"的贫贱女子，一身素色，与如云如荼、打扮鲜亮的美女们恰恰形成了一种对比！那到底是怎样一个清爽人儿，你可以尽情发挥想象。

这种不拘于贫贱富贵等外因、发自内心的爱情，难能可贵，至善至美！

野有蔓草

野有蔓草①，零露漙兮②。有美一人，清扬婉兮③。邂逅相遇④，适我愿兮⑤。

野有蔓草，零露瀼瀼⑥。有美一人，婉如清扬⑦。邂逅相遇，与子偕臧⑧。

注释

①蔓草：蔓生的草。

②零：降落。漙 tuán：露珠圆润。

③清扬：指眼球明亮，黑白分明。婉：美好、柔美。

④邂逅 xièhòu：不期而遇。

⑤适我愿兮：称我心意，合我心意。适，符合、适合。

⑥瀼 ráng 瀼：露水盛多。

⑦如：而，表示连接。

⑧臧，通“藏”。

译文

田野上长满了丰茂的草，滚动的露珠亮晶晶。有一位美人儿，眉目顾盼而传神。有缘邂逅相遇，恰好让我称心如意。

田野上长满了丰茂的草，滚动的露珠圆又亮。有一位美人儿，眉目顾盼而婉约。有缘邂逅相遇，与你携手同行。

赏析

良辰美景，偶遇佳人，男女欢爱，这种喜悦与兴奋之情，溢于言表。

在一个清晨，田野里青青蔓草点缀着生机勃勃的大地，滚动的露珠晶莹剔透，在这样美好的早上，竟然偶遇了一位美人，薄雾未散去，草色青翠欲滴，美人恍若仙子一般，从缥缈的雾中缓缓走来，步态轻盈，“清扬婉兮”写这位美人的灵动与清雅，突出了水汪汪的大眼睛，眉目含情，顾盼生姿。

美景与美人，多好的一幅图画！见到这样的美人，诗人不禁心神荡漾，灵魂出窍了！

溱　洧

溱与洧[①]，方涣涣兮[②]。士与女[③]，方秉蕳兮[④]。女曰："观乎？"士曰："既且[⑤]。""且往观乎[⑥]？洧之外[⑦]，洵訏且乐[⑧]。"维士与女[⑨]，伊其相谑[⑩]，赠之以勺药[⑪]。

溱与洧，浏其清矣[⑫]。士与女，殷其盈兮[⑬]。女曰："观乎？"士曰："既且。""且往观乎？洧之外，洵訏且乐。"维士与女，伊其将谑[⑭]，赠之以勺药。

注释

①溱 zhēn、洧 wěi：郑国河名，即溱水与洧水，在今河南境内。

②方：正。涣涣：水势盛大的样子。

③士与女：泛指男男女女。下文的"士""女"特指其中一对男女。

④秉：执，拿着。蕳 jiān：兰草。

⑤既：已经。且 cú：通"徂"，到，往，去。

⑥且：再。

⑦外：河边。

⑧洵：诚然，实在。訏 xū：大，广阔。

⑨维：发语词，无实义。

⑩伊：发语词，无实义。相谑：互开玩笑。多指男女间互相戏谑狎玩。

⑪勺药：即“芍药”，花色艳丽。一说是一种香草。

⑫浏：通“漻 liú”，水深而清澈。

⑬殷：众，多。盈：满器，满。

⑭将：即“相”。

译文

溱水啊洧水，水流哗哗水荡漾。小伙子，姑娘们，人人手将兰草拿。姑娘问：“去看看热闹好吗？”小伙说：“已经看过了。”“再去陪我看看嘛！洧水边上，真宽阔！乐洋洋。”小伙子，姑娘们，一起打闹相戏谑，送你一把红芍药。

溱水啊洧水，水流深深而清澈。小伙子，姑娘们，摩肩接踵河边闹。姑娘问：“去看看热闹好吗？”小伙说：“已经看过了。”“再去陪我看看嘛！洧水边，真宽敞！乐陶陶。”小伙子，姑娘们，一起调笑相戏谑，送你一把红芍药。

赏析

根据记载，郑国每年三月三日，春意正浓的时候，青年男女们要到溱水、洧水边祈福，这首诗歌写的便是这一盛况。方玉润说："在三百篇中别为一种，开后世冶游艳诗之祖。"

阳春三月，大地回春，万物复苏，惠风和畅，在这和暖的春光里，青年男女手持兰草去踏春，宽阔的河滩上，人群攒动，欢声笑语，好不热闹。类似电影中的全景描写，淡淡几笔就将这种喜气洋洋的盛况勾勒出，接着镜头推到其中一对男女的特写上。率真的女孩子向心仪的人建议道："一同去看看怎么样？"可是这是个有点憨实的男子，不解风情，他不懂女子的心意，傻傻地说："我已经去看过了呀。"这个活泼大胆的女子带着撒娇的语气继续央求道："再跟我去看看嘛。"

可想而知，这个憨厚的小伙子抵不过姑娘的央求，同姑娘一起来到了河边，宽宽的河岸上，大家玩得多快乐啊！大家互相调谑玩闹着，送出了表达情意的芍药，美好的爱情便悄然绽放醉人的馨香。

诗歌格调轻快活泼，尤其是中间插入的男女对话，妙趣横生，将女子的娇嗔和男子的憨实生动地表现出来，耐人寻味。

国风·齐风

鸡　鸣

鸡既鸣矣，朝既盈矣[1]。匪鸡则鸣，苍蝇之声。

东方明矣，朝既昌矣[2]。匪东方则明，月出之光[3]。

虫飞薨薨[4]，甘与子同梦[5]。会且归矣[6]，无庶予子憎[7]。

注释

①朝既盈：上早朝的人已经满了。朝，朝廷，朝堂。盈，满。

②昌：明亮。

③月出之光：指黎明前的月光。

④薨 hōng 薨：象声词，指苍蝇飞舞时的声音。

⑤甘：乐，愿。同梦：同眠。

⑥归：指官员散朝回家。

⑦无庶予子憎：无使君臣以我故，憎恶于子。

译文

“公鸡喔喔已经在鸣叫，上朝的官员已经站满堂。”“不是公鸡在鸣叫，而是苍蝇嗡嗡叫。”

“东方的天空已经亮了，朝堂上已经十分透亮。”“不是东方天空亮，而是月亮朦胧的亮光。”

“虫子飞着嗡嗡响，愿与你一同赴梦乡。”“官员散朝回家啦，无使臣子憎恶于你。”

赏析

对于这首诗的解释，一般认为是赞美敦促国君早朝、处理政事的贤良妃子，讽刺了齐哀公的荒淫怠慢。

诗歌的特别之处在于它全由对话组成，是夫妻床笫间半睡半醒的朦胧之语。妃子被鸡鸣之声惊醒，想到此时朝廷官员已经都上朝了，敦促身边的国君快点起床。而国君却说，哪里是鸡叫的声音，分明是苍蝇的声音，一点也不想起床。睡了一会儿后，妃子猛地发现，东方的天已大亮，她摇了摇身边人，告知还在酣睡的国君，大臣们肯定都已经在朝堂上等着了，哪知国君迷迷糊糊地说，那是月光。妃子见叫他不起，又急又无奈，但是丑话说在前头：“要是官员散朝回家的话，可别让他们因为我而责怪你！”

虽然具有政治讽刺意味，却将床笫之语写得生动真实，极具生活情趣。

还

子之还兮[①]，遭我乎猺之间兮[②]。并驱从两肩兮[③]，揖我谓我儇兮[④]。

子之茂兮[⑤]，遭我乎猺之道兮[⑥]。并驱从两牡兮[⑦]，揖我谓我好兮。

子之昌兮[⑧]，遭我乎猺之阳兮[⑨]。并驱从两狼兮，揖我谓我臧兮[⑩]。

注释

①子：猎手们的互称。还 xuán：轻捷的样子。

②遭：相遇。猺 náo：齐国境内的山名。在今山东淄博市东。

③驱：驾车。从：跟随。肩：三岁的兽。

④揖：古代的拱手礼。儇 xuān：伶俐敏捷的样子。

⑤茂：美，指狩猎的技艺高。

⑥道：道路。

⑦牡：公兽。

⑧昌：强盛有力。

⑨阳：山南为阳。

⑩臧：善。

译文

你是那样的矫健啊，和我相遇在猺山之间。一起驾车追逐两只大野兽，作揖称赞我猎术高。

你是那样的强壮啊，和我相遇在猺山道路上。一起驾车追逐两只大公兽，谦逊夸奖我猎术高。

你是那样的勇猛啊，和我相遇在猺山的南边。一起追逐两只大野狼，礼貌夸赞我猎术高。

赏析

《毛诗序》中说道："哀公好田猎，从禽兽而无厌，国人化之，遂成风俗。"说的是齐哀公喜欢打猎，国民都效仿他，于是，打猎之风兴起，这首诗歌便是在这样的背景中创作出来。

这首诗取材独特，让人耳目一新。两个技术都很高超的猎人，在猺山南边的道路上相遇。一个赞叹另一个矫健勇猛，另一个称赞对方猎术高明。两人一起追逐着两只野狼，似乎在暗地里较量，这较量中又有棋逢对手的欣赏。在诗人的描写中，我们仿若看见了两个壮硕猎人并辔而行，奔驰在山坡上的潇洒英姿。诗歌格调高昂，情感奔放。

著

俟我于著乎而[①]。充耳以素乎而[②]，尚之以琼华乎而[③]。

俟我于庭乎而[④]。充耳以青乎而，尚之以琼莹乎而。

俟我于堂乎而[⑤]。充耳以黄乎而，尚之以琼英乎而。

注释

①俟：迎候，等待。著：大门和屏风之间。乎而：句末语气助词。

②素：丝线的颜色。一说指充耳上美玉的颜色。

③尚：加上。琼：赤玉。华：与下文的“莹”“英”都指美玉的色泽。

④庭：庭院，中庭。

⑤堂：堂室。

译文

在正门后等候我。耳边挂着白丝的充耳，饰有光彩熠熠的美玉。

在庭院里等候我。耳边挂着青丝的充耳，饰有光彩夺目的美玉。

在厅堂上等候我。耳边挂着黄丝的充耳，饰有光彩灿灿的美玉。

赏析

一个待嫁的新娘正心神不宁、忐忑不安地坐着，忽闻来迎娶自己的新郎来了！新娘喜不自禁，悄悄躲在内室中窥看新郎的风貌，只见他来到大门间。新郎与主人作揖稽首后，依次从大门边经过屏风走到庭院，再从庭院走到厅堂，引新娘下台阶。新娘看呀看，就是没看清楚新郎的样子，只见到用彩丝线、美玉装饰的充耳，那一定是个英俊公子吧。

新娘这种羞涩、喜悦又急切的情态真让人忍俊不禁，诗歌唱出了女子对美好婚姻的憧憬和向往。

东方之日

东方之日兮[①]，彼姝者子[②]，在我室兮。在我室兮，履我即兮[③]。

东方之月兮，彼姝者子，在我闼兮[④]。在我闼兮，履我发兮[⑤]。

注释

①东方之日：比喻女子容貌很美，像东边的朝阳。

②姝：美好，美貌。子：指女子。

③履：同“蹑”，放轻脚步走。即：相就，亲近。

④闼 tà：门内。

⑤发：发足而行。指两人相随而亲密的样子。

译文

东方的太阳金灿灿，那个美丽的女子啊，在我的房里边。在我的房里边，相亲相爱伴随我。

东方的月亮真皎皎，那个美丽的女子啊，在我的内室里。在我的内室里，情意缠绵依偎我。

赏析

如果上一篇《著》是迎娶之诗，这首写的便是新婚生活如胶似漆的图景。诗歌以男子口吻去写，“那个美丽的女子，在我的家里，与我相亲相爱，如影相随”，歌唱间，一股幸福和得意之情油然而生。

东方未明

东方未明①，颠倒衣裳②。颠之倒之，自公召之③。

东方未晞[4]，颠倒裳衣。倒之颠之，自公令之[5]。

折柳樊圃[6]，狂夫瞿瞿[7]。不能辰夜[8]，不夙则莫[9]。

注释

①明：天亮。

②衣裳：古时上衣称作“衣”，下衣称作“裳”。

③公：公家。召：召唤。

④晞 xī：破晓，天刚亮。

⑤令：命令。

⑥樊：通“藩”，藩篱，篱笆。

⑦瞿 qú 瞿：怒目瞪视貌。

⑧辰：通“晨”，指白天。

⑨夙：早。莫 mù：通“暮”。

译文

东边的天空还没亮，起床错把上衣下裳穿。颠来倒去穿衣服，公家催促急召唤。

东边的天空还没亮，起床错把上衣下裳穿。颠来倒去穿衣服，公家催促急命令。

折断柳枝编藩篱，监工怒目来瞪视。分不清白天和黑夜，不是早起就是晚睡。

赏析

这是一个处于最底层的劳动者所唱的哀歌，唱出了他被欺凌被压迫的生活，唱出了他的哀怨与控诉。

诗歌并没有写他当牛作马劳动的全部，而是撷取了其中的两个片段。第一个片段是早起去劳动，天还没有亮，劳苦者便被公差的一声大喝叫起，忙乱中，错穿衣服，可见公差凶巴巴的声音是一声比一声紧促。这反映了劳苦者又畏又怨的痛苦生存状态。

接着写到第二个细节，劳苦者在劳作的时候，身边的监工怒目瞪视着自己。恐怕稍稍停顿一下，惩罚又会上身。劳苦者面对着这暗无天日的生活不禁喟叹：连白天黑夜都早已分不清楚了！生活还有什么奔头？

南　山

南山崔崔①，雄狐绥绥②。鲁道有荡③，齐子由归④。既曰归止⑤，曷又怀止⑥？

葛屦五两⑦，冠緌双止⑧。鲁道有荡，齐子庸止⑨。既曰庸止，曷又从止⑩？

艺麻如之何⑪？衡从其亩⑫。取妻如之何⑬？必告父母⑭。既曰告止，曷又鞠止⑮？

析薪如之何[16]？匪斧不克[17]。取妻如之何？匪媒不得[18]。既曰得止，曷又极止[19]？

注释

①南山：指齐国的南山。崔崔：山势高峻的样子。

②绥 suí 绥：指转来转去，求偶的样子。一说缓缓行走的样子。

③鲁道：齐国通往鲁国的大道。一说是鲁国的大道。荡：平坦的样子。

④齐子：指文姜。由归：从（这条道路上）嫁到鲁国。

⑤止：语气词，无实义。

⑥怀：思念。

⑦屦 jù：用麻、葛等制成的单底鞋。五两：五，通"伍"，行列，并列。两，一列。

⑧绥 ruí：古时帽带打结后下垂的部分。

⑨庸：用，从。

⑩从：跟从。

⑪艺麻：种麻。

⑫衡从：横纵。南北为纵，东西为横。这里指耕作精细，横着耕作，又纵着耕作。

⑬取：通"娶"。

⑭告：报告上级。

⑮鞠 jū：纵容无约束的样子。指齐襄公追求文姜的放荡情态。

⑯析薪：砍柴，这里比喻娶妻。

⑰克：能够。

⑱得：得到。

⑲极：恣极，放纵无束。

译文

南山巍峨高峻，雄狐求偶来回转。鲁国大道平又广，文姜经此嫁鲁国。既然已经嫁鲁国，为何襄公还要思念她？

葛鞋两只并一列，帽带一对垂耳边。鲁国大道平又坦，文姜跟从鲁桓公。既然已经跟从鲁桓公，为何襄公还要追求她？

种麻怎么种？横纵精耕细作。妻子怎么娶？必先告诉父母。既然已经告知了父母，为何襄公还要与之通奸？

柴薪怎么砍？没有斧子砍不动。妻子怎么娶？没有媒人娶不到。既然文姜已经嫁出去，为何襄公与她淫乱？

赏析

诗歌讽刺了齐襄公与同父异母的妹妹文姜淫乱之事，文姜嫁给了鲁桓公，齐襄公无视于此，依然与文姜寻欢作乐。

诗歌以南山之雄狐比喻齐襄公就如那淫媚的狐狸一样，着急地去追求文姜，淫乱可耻。后又以成双成对的葛鞋、帽带来影射齐襄公破坏别人的婚姻，禽兽不如地去插一脚。最后以种麻和砍柴作比喻，指出娶妻应该告父母，聘媒人，光明正大娶回来，揭露了齐襄公与文姜见不得光日的丑行。

甫田

无田甫田[①]，维莠骄骄[②]。无思远人[③]，劳心忉忉[④]。
无田甫田，维莠桀桀[⑤]。无思远人，劳心怛怛[⑥]。
婉兮娈兮[⑦]，总角丱兮[⑧]。未几见兮，突而弁兮[⑨]。

注释

①无田甫田：不要耕种大田。前一个“田”字用作动词，种植。后一个“田”字用作名词。甫，大。

②维：其。莠：杂草，狗尾巴草。骄骄：茂盛高大的

样子。

③远人：到远方去的人。

④忉 dāo 忉：忧劳心伤的样子。

⑤桀桀：同“骄骄”。

⑥怛 dá 怛：悲伤、忧伤的样子。

⑦婉：清秀美好的样子。

⑧总角：古时儿童头发两边梳辫，像两个丫角。丱 guàn：形容两个丫角左右相对竖起来的样子。

⑨突：忽然，突然。弁 biàn：冠。男子二十而冠，行冠礼。

译文

不要去耕种大田，那里杂草丛生。不要去思念远方的人，徒增忧怀心伤。

不要去耕种大田，那里野草茂盛。不要去思念远方的人，徒增烦恼忧伤。

眉清目秀真俊俏，总角翘起真可爱。才多久没见面，怎么就戴冠成年？

赏析

这是一首怀念远人的诗作。

大田里本应当是一片欣欣向荣的景象，但是我们在这一首诗歌中所见到的不过是荒草萋萋的样子。为何放任这肥沃的农田不去耕种呢?

原来这里有现实的原因。诗中男女主角是青梅竹马,在少年时代便已成家,可是男子被征远去,柔弱女子怎么去那土地上耕耘呢?女子无力去经营那一片沃土,只能眼睁睁看着野草蔓延了。看到那甫田,便很自然地想起自己的丈夫,那个时候,他还是个扎着总角的男童,一眨眼间,怎么就变成一个成年男子呢?最后一句是虚写,是写想象中见到丈夫的样子。

诗人告诫自己不要去想念远方的那个人,“无思远人,劳心忉忉。无思远人,劳心怛怛。”实际上这是思之深切,摆脱不掉愁思而自我警戒的话。

卢　令

卢令令①,其人美且仁②。
卢重环③,其人美且鬈④。
卢重鋂⑤,其人美且偲⑥。

注释

①卢:黑色的猎狗。令令:象声词,缨环声;一说为

强健的样子。

②其人：指猎人。

③重环：子母环。

④鬈 quán：美好的样子。

⑤重鋂 méi：古代犬项圈呈大连环状的装饰物。

⑥偲 cāi：多才多智。

译文

黑色猎狗铃铛叮当响，猎人俊美又和善。

黑色猎狗套着子母环，猎人俊美又勇壮。

黑色猎狗套着大小环，猎人俊美又多才。

赏析

诗歌对猎人进行热情洋溢的赞美。未见其人先闻声，随着一声声叮当脆响的铃声，一个英俊健美的猎人跑了出来。孟子所说“听车马之音，见羽毛之美”，说的便是这种艺术效果。

三章反复咏唱，仅有几个字的差别，分别用“美且仁”“美且鬈”“美且偲”，勾勒出男子身材健硕的形象，又点出他的美好品德，仁义又兼具才华。

敝笱

敝笱在梁[1]，其鱼鲂鳏[2]。齐子归止[3]，其从如云[4]。
敝笱在梁，其鱼鲂鱮[5]。齐子归止，其从如雨。
敝笱在梁，其鱼唯唯[6]。齐子归止，其从如水。

注释

①敝笱 gǒu：破旧的渔网。梁：鱼梁，捕鱼的水坝。

②鲂 fáng：鳊鱼，它和鲤鱼同被当时的人认为是最好的鱼。鳏 guān：鲲鱼。

③齐子：指文姜。归：回娘家。止：语气助词。

④其从如云：指跟从文姜的人很多。下文"如雨""如水"同义。

⑤鱮 xù：鲢鱼。

⑥唯唯：游鱼互相追随自由自在的样子。

译文

破渔网搁在鱼坝上，鳊鱼鲲鱼游来游去。齐国文姜回娘家，随从人员多如云。

破渔网搁在鱼坝上，鳊鱼鲢鱼自由自在。齐国文姜回娘家，随从人员多如雨。

破渔网搁在鱼坝上，鱼儿游来游去自由自在。齐国文姜回娘家，随从人员多如水。

赏析

在一个男权为中心的社会中，女子地位低下，人身自由被束缚，情感被拘束。而这首诗歌中大胆而违背伦常的行为，实在是让人震惊。诗中女子——文姜，竟背着自己的丈夫鲁桓公与同父异母之兄齐襄公相好。两人肆无忌惮通奸，违背伦常。她胆大妄为的底气最主要还是来自于齐国的强大，鲁桓公即使知道，也对她无可奈何。果真，齐国成了鲁桓公的葬身之地，鲁桓公到达齐国之后，齐襄公把他杀死了。

诗歌所写的便是文姜与鲁桓公一起回娘家的场面，随从众多，场面盛大。诗歌以破渔网起兴，暗指文姜就如同那自由自在的鱼儿一样，不受鲁桓公的管制，具有讽刺意味。

载　驱

载驱薄薄①，簟笰朱鞹②。鲁道有荡，齐子发夕③。
四骊济济④，垂辔沵沵⑤。鲁道有荡，齐子岂弟⑥。
汶水汤汤⑦，行人彭彭⑧。鲁道有荡，齐子翱翔⑨。

汶水滔滔，行人儦儦⑩，鲁道有荡，齐子游敖。

注释

①载：发语词。驱：马车疾驰。薄薄：象声词，车快速行驶的声音。

②簟 diàn：竹席，此处指车篷。茀 fú：车帘。一说是车后的门。朱鞹 kuò：红漆兽皮制成的车盖。古人用漆上红色的兽皮蒙在车厢的前面，上面用山鸡的羽毛装饰。鞹，光滑的皮革。

③齐子：指文姜。发夕：从傍晚出发到天亮。夕，宿，住处。

④骊 lí：铁青马，黑马。济济：美好的样子。

⑤辔：马缰。沵 nǐ 沵：柔和的样子。

⑥岂弟 kǎitì：同“恺悌”，和乐平易。

⑦汤 shāng 汤：水势浩荡。

⑧彭彭：盛多貌。

⑨翱翔：指遨游，比喻兄妹两人恣意取乐。

⑩儦 biāo 儦：行人往来行走的样子。一说众多的样子。

译文

马车急速向前跑，竹帘低垂红皮门。鲁国大道平又宽，齐国文姜夜启程。

四匹黑马真健壮，辔绳柔软飘荡荡。鲁国大道平又直，齐国文姜纵欲乐。

汶水汤汤向前流，文姜侍从来来去去多又多。鲁国大道平又坦，齐国文姜乐逍遥。

汶水滔滔向前流，文姜侍从熙熙攘攘多又多。鲁国大道平又宽，齐国文姜去取乐。

赏析

继上一首诗歌《敝笱》后，这首诗歌继续讽刺文姜与齐襄公的幽会。据《春秋》记载，在鲁桓公被杀之后，两人继续不远千里约会私通，成为一桩丑闻。

全诗采用赋体，讽刺委婉。车装饰得豪华美丽，马车中坐着急不可耐的文姜，为了与齐襄公一见，连夜启程。两人约会地点是那汤汤的汶水边，宽阔的大道上。竟然在这样光天化日之下，真是肆无忌惮，路人皆知啊。接着，诗歌以“翱翔”“游敖”两个词写出文姜会见齐襄公后怡然自得的神态，以美写丑，起到了强烈的讽刺效果。

猗　嗟

猗嗟昌兮[①]，颀而长兮[②]。抑若扬兮[③]，美目扬兮[④]。

巧趋跄兮[5]，射则臧兮[6]。

猗嗟名兮[7]，美目清兮[8]。仪既成兮[9]，终日射侯[10]。不出正兮[11]，展我甥兮[12]。

猗嗟娈兮[13]，清扬婉兮[14]。舞则选兮[15]，射则贯兮[16]。四矢反兮[17]，以御乱兮[18]。

注释

①猗 yī 嗟：叹息声。昌：盛，美。

②颀：身材修长的样子。

③抑：通“懿”，美好。扬：额角丰满。

④扬：明亮的样子。

⑤巧趋：轻巧地疾走。趋，疾行的样子。跄：行走有节奏的样子。

⑥臧：善。

⑦名：明，昌盛。一说称，身材匀称。

⑧清：眼睛黑白分明。

⑨仪：箭靶的中心，这里指代箭靶。

⑩侯：靶。

⑪正 zhēng ：靶中心。

⑫展：诚然，确实。甥：姊妹之子为甥。一说指女子的丈夫。

⑬娈：美好的样子。

⑭清：眼睛美。扬：眉毛美。

⑮选：齐，指舞蹈合着音乐节拍。

⑯贯：射中，射透。

⑰反：复，每射四箭，都从一个洞中穿过。

⑱御：抵抗，抵御。

译文

啊呀你年华正盛真健壮，身材高挑呀。额角多丰满，眼睛炯炯有神呀。走路真矫健呀，射箭真擅长。

啊呀你年华正盛真英俊呀，眼睛清澈明亮呀。射靶已经摆好，每日里射箭靶呀。每每射中箭靶心，真是我理想的好郎君。

啊呀你年华正盛真潇洒呀，眼神熠熠有光彩呀。合乐起舞呀，射透靶心呀。箭箭都射中，足可以抵御敌人呀！

赏析

诗歌对一个才貌双全的男子热情赞美。第一章着重写男子的外貌，第二、三章写男子高强的射箭技艺。

东晋顾恺之特别擅长人物画，他在画画时尤其注重眼睛，有了眼睛，人物才会鲜活。诗歌也不例外，在这里诗人还特写了美男子的眼睛，那一双美目，眼神炯炯发光，更显得美男子神采飞扬。若没有那一双晶莹清澈、闪着光彩的眼睛，射箭男子的神态还会这么栩栩如生地呈现在我们眼前么？

国风·魏风

葛屦

纠纠葛屦①，可以履霜②？掺掺女手③，可以缝裳④？要之襋之⑤，好人服之⑥。

好人提提⑦，宛然左辟⑧。佩其象揥⑨，维是褊心⑩。是以为刺⑪。

注释

①纠纠：纠缠交错貌。葛屦：用葛麻编织的鞋子。

②可以履霜：何以履霜，指无棉鞋过冬。

③掺 xiān 掺：同“纤纤”，纤弱。

④可以缝裳：何以缝裳。裳，泛指衣服。

⑤要 yāo ：“腰”的古体字，衣腰。这里作动词用，缝衣腰。襋 jí ：衣领，这里作动词用，缝衣领。

⑥好人：美人，此处指贵族女主人。

⑦提提：安舒貌。

⑧宛然：回转的样子。左辟：避让于道左，以示谦让。

⑨揥 tì ：搔头的簪子。

⑩维：因。一说发语词，无实义。褊 biǎn 心：指心胸狭窄。

⑪刺：讥刺，讽刺。

译文

破烂草鞋穿脚上，怎能走在结霜地上？纤纤柔弱的双手，怎能给人缝制衣裳？缝衣腰啊缝衣领，给那贵人试穿上。

贵人散步好安逸，遇到转身左闪避，又把那象牙簪子头上戴。因为贵人心太坏，所以我要讽刺把歌唱！

赏析

诗歌以一个社会地位低下的缝衣女的口吻，讽刺了贵族奢华安逸的生活。

缝衣女整日辛勤忙碌，自己却穿着一双破破烂烂用葛草编织的鞋，到了冬天仍然踩着那双露出脚指头的破草鞋踩在结霜的地上。她饥寒交迫，手指枯瘦柔弱，身体弱不禁风，却要给主人赶着缝制衣裳。

家里的主人又是什么样子？肆意剥削他人的劳动成果，自己却意态闲适，穿上缝衣女缝织的衣服后，看也不看她一眼，转身径自戴着头饰，搔首弄姿地打扮着自己，神态傲慢，冷漠如冰，极其自私，激起缝衣女的憎恶与怨恨，她要抒发愤愤不平的怨气，讽刺这个人！

汾沮洳

彼汾沮洳[1]，言采其莫[2]。彼其之子[3]，美无度[4]。美无度，殊异乎公路[5]。

彼汾一方，言采其桑。彼其之子，美如英[6]。美如英，殊异乎公行[7]。

彼汾一曲[8]，言采其蕢[9]。彼其之子，美如玉。美如玉，殊异乎公族[10]。

注释

①汾：水名。在今陕西省。沮洳 jùrù：低湿的地方。

②言：发语词。莫：野草名。即酸模，又名羊蹄菜。多年生草本植物，有酸味。

③其：语气助词。之子：那个人。

④美无度：美得难以衡量。度，衡量。

⑤殊异：特别出众。公路：与下面的“公行”“公族”同义，皆指当时的官名。

⑥英：花。一说指玉石。

⑦公行：官名，主管兵车行列。

⑧曲：水流弯曲的地方。

⑨蕢 xù：药用植物，即泽泻草，具地下球茎。

⑩公族：官名，主管宗族、教子弟敬祖先等事。

译文

汾水边上低洼滩，手将莫菜把把采。那个人哟，相貌堂堂难衡量。相貌堂堂难衡量，公路哪里比得上！

汾水边上小河旁，手将桑葚把把采。那个人哟，英俊秀美像花一样。英俊秀美像花一样，公行哪里比得上！

汾水边上河湾旁，手将荬草把把采。那个人哟，玉树临风像玉一般。玉树临风像玉一般，公族哪里比得上！

赏析

诗歌以女子的口吻，热情赞美她心仪的男子。在秀美如画的河边，女子将野菜把把采摘，然而并无心于手上的活计，不远处的那个人，已经完全占据了她的心房。他的美就如盛开的花一样夺目耀眼，他的俊就像是美玉一般温润，这样一个人品与仪表兼美的人用什么东西都无法衡量，王公贵族虽有高官厚禄，虽有华美衣裳，但与他根本没法相比。

这样一种健康而积极的审美标准，放在今天也同样适宜；这样一种洒脱、率性而纯真的爱恋，放在今天也让人称赞！

园有桃

园有桃，其实之殽[①]。心之忧矣，我歌且谣[②]。不知我者，谓我士也骄。彼人是哉[③]，子曰何其[④]？心之忧矣，其谁知之！其谁知之！盖亦勿思[⑤]！

园有棘[⑥]，其实之食。心之忧矣，聊以行国[⑦]。不知我者，谓我士也罔极[⑧]。彼人是哉，子曰何其？心之忧矣，其谁知之！其谁知之！盖亦勿思！

注释

①之：犹“是”。殽：同“肴”，吃。

②歌、谣：用作动词，指歌唱。有乐器伴奏为歌，无乐器伴奏为谣。

③彼人：那个人。是：对。

④其：语气助词，无实义。

⑤盖：通“盍”，何不。亦：语气助词。

⑥棘：酸枣树，落叶灌木。

⑦聊：姑且。行国：离开城邑，到处流浪。国，指城邑。

⑧罔极：恣情纵欲，无视规范。

译文

园中有桃树，摘下果子去充饥。心中烦闷愁难解，姑且把那歌谣唱。不了解我的人，说我狂妄而骄矜。那人说得对不对？你该说些什么好？我心中的忧伤啊，还有谁能知道！还有谁能知道！还去想它做什么？

园中有枣树，摘下果子去充饥。心中烦闷愁难解，姑且出城去游荡。不了解我的人，说我狂妄没准则。那人说得对不对？你该说些什么好？我心中的忧伤啊，还有谁能知道！还有谁能知道！还去想它做什么？

赏析

诗歌情感含蓄沉郁，诗人是一个不得志、没有知己的士子，抒发了对现实强烈的不满。

诗歌以尝鲜果园里的桃子开头，既可以理解为这个士子穷困潦倒、饥寒交迫，只能以果实充腹，又可以理解他愿意隐匿园林之中，有着不与俗世同流合污的高洁心志。他心中充满惆怅，只能歌唱悠游去排遣。社会颠倒黑白，混淆是非，想到那些不理解“我”的人，还说“我”是狂妄之人，心中便反感憎恶。不被人理解的郁郁之情长久萦绕，诗人想摆脱这样的烦恼，告诫自己，还是不要去想这些烦心事吧！

陟岵

陟彼岵兮[①]，瞻望父兮。父曰：“嗟！予子行役[②]，夙夜无已[③]。上慎旃哉[④]！犹来[⑤]！无止[⑥]！”

陟彼屺兮[⑦]，瞻望母兮。母曰：“嗟！予季行役[⑧]，夙夜无寐。上慎旃哉！犹来！无弃[⑨]！”

陟彼冈兮，瞻望兄兮。兄曰：“嗟！予弟行役，夙夜必偕[⑩]。上慎旃哉！犹来！无死！”

注释

①陟 zhì：登。岵 hù：多草木的山。

②予子：回忆或想象中家人对自己的称呼。

③夙：早。已：止。

④上：通“尚”，希望。慎：小心，当心。旃 zhān：之，语助词，无实义。

⑤犹：仍然，还。

⑥无：通“毋”，表示劝阻或禁止。

⑦屺 qǐ：无草木的山或山冈。

⑧季：小儿子。

⑨无弃：不要放弃（生命）。

⑩偕：俱，共同。

译文

登上草木丛生的山哟，远远地望着父亲。父亲说："哎，我的儿子，远去打仗，日日夜夜没有停息。儿子，希望你千万要保重啊，还是要回来，不要滞留远方。"

登上光秃秃的山哟，远远地望着母亲。母亲说："哎，我的小儿子，要去打仗，日日夜夜没有休息。儿子，希望你千万要保重啊，还是要回来，莫要忘记你的娘亲。"

登上高高的山哟，远远地望着兄长。兄长说："哎，我的弟弟呀，要去打仗，白天黑夜一个样。弟弟，希望你千万要保重啊，还是要回来，莫要死在异乡。"

赏析

在边塞服战役的士兵，抒发自己缱绻的思乡之情，可以说，这首诗歌开创我国边塞诗歌的先河。

边疆苦寒，战场残酷，征夫们承受着身体和心灵的双重压迫，随时都有可能战死沙场。同时，也饱受思乡的折磨。

征夫站在那高高的山冈上，遥望着家的方向，还记得家人们对他的叮咛嘱托，那充满温暖的话语让人怀恋又心酸。家人知道他此去凶多吉少，一再叮嘱他多多保重，要活着回家乡。这一幅几近生离死别的图景表达了征夫们极强的厌战情绪。

十亩之间

十亩之间兮①，桑者闲闲兮②，行与子还兮③。
十亩之外兮，桑者泄泄兮④，行与子逝兮⑤。

注释

①十亩：指桑田。

②桑者：采摘桑叶的人，这里指桑女。闲闲：歇息的时候悠闲的样子。

③行：将要。还：归，回去。

④泄泄：同“闲闲”，悠闲和乐的样子。

⑤逝：去，往。

译文

桑田十亩真广阔，停工歇息桑女闲，咱们一起回家吧！

走向宽阔桑田外，桑女说笑真和乐，咱们一起回家吧！

赏析

这是一首快乐的劳动之歌，洋溢着生活气息。看那一片绿油油的桑树林里，众多女子穿梭其中，欢声笑语，采摘桑叶，一片青翠绿色中攒动着五彩衣裳，不正是一幅生动美丽的画么？

采摘完桑叶，在紧张的劳动后，是一片丰收的和乐景象。此刻，夕阳西下，炊烟袅袅，大家在树荫下休憩，说说笑笑，呼唤着田头还在贪恋着劳动的女伴："一起回家吧！"

诗歌节奏明快，紧凑有力，显出古谣的本色。

伐　檀

坎坎伐檀兮①，寘之河之干兮②，河水清且涟猗③。不稼不穑④，胡取禾三百廛兮⑤？不狩不猎⑥，胡瞻尔庭有县貆兮⑦？彼君子兮，不素餐兮⑧！

坎坎伐辐兮⑨，寘之河之侧兮⑩，河水清且直猗⑪。不稼不穑，胡取禾三百亿兮⑫？不狩不猎，胡瞻尔庭有县特兮⑬？彼君子兮，不素食兮！

坎坎伐轮兮⑭，寘之河之漘兮⑮，河水清且沦猗⑯。

不稼不穑，胡取禾三百囷兮[17]？不狩不猎，胡瞻尔庭有县鹑兮？彼君子兮，不素飧兮[18]！

注释

①坎坎：象声词，伐木的声音。

②寘 zhì：放。干：涯岸，水边。

③涟：水面被风吹起的波纹。猗：相当于现代汉语中的“啊”“呀”，语气词。

④稼：播种。穑 sè：收获谷物。

⑤胡：为什么。取：夺取。禾：谷物。廛 chán：束。

⑥狩：冬天打猎。猎：打猎，捕捉禽兽。一说在晚上打猎。

⑦瞻：望。尔：你。县：古“悬”字。貆 huán：獾。

⑧素餐：吃白饭，不劳而获。

⑨辐：车辐条。插入轮毂以支撑轮圈的细条。

⑩侧：边缘，河边。

⑪直：直流。

⑫億 yì：束。

⑬特：三岁的兽。这里泛指小兽。

⑭轮：车轮子，亦称“车轱辘”。

⑮漘 chún：水涯，水边。

⑯沦：小的波纹，漩涡。

⑰囷 qūn：圆形的谷仓。一说束。

⑱飧 sūn：晚食，此处泛指吃饭。

译文

檀树被伐坎坎响，将它放在河岸上，河水清清波荡漾。不播种呀不收割，为何夺取禾谷三百捆？不到山上去打猎，为何你家庭院挂貛兽？那些老爷君子啊，不是天天吃闲饭？

檀树被伐做车辐，将它放在河岸边，河水清清波荡漾。不播种呀不收割，为何夺取禾谷三百束？不到山上去打猎，为何你家庭院挂小兽？那些老爷君子啊，不是天天吃闲饭？

檀树被伐做车轮，将它放在河岸边，河水清清起波纹。不播种呀不收割，为何取得禾谷三百仓？不到山上去打猎，为何你家庭院挂鹌鹑？那些老爷君子啊，不是天天吃闲饭？

赏析

《伐檀》是脍炙人口的名篇，不仅仅因为它朗朗上口，一咏三叹，更是因为它唱出了广大劳动人民的心声，辛辣揭露了统治者剥削的本质和无耻的行径！

这首诗的主旨和《相鼠》一样，但是它采用委婉反诘的语气，不带一个骂字，却一针见血地道出了统治者寄生的本质，并尖刻地问道：明明没有见“你”劳动，为何取得那么多粮食？最后一句算是给出了答案：那些优哉游哉的老爷们，并不是天天吃闲饭的啊！明明就是不劳而获、巧取豪夺，却偏偏如此称美之，用的恰恰是反语，强烈的讽刺尽显其间。

硕　鼠

硕鼠硕鼠[①]，无食我黍[②]！三岁贯女[③]，莫我肯顾。逝将去女[④]，适彼乐土。乐土乐土，爰得我所[⑤]。

硕鼠硕鼠，无食我麦！三岁贯女，莫我肯德[⑥]。逝将去女，适彼乐国。乐国乐国，爰得我直[⑦]。

硕鼠硕鼠，无食我苗[⑧]！三岁贯女，莫我肯劳[⑨]。逝将去女，适彼乐郊。乐郊乐郊，谁之永号[⑩]？

注释

①硕鼠：肥大的老鼠。一说田鼠。

②无：毋，不要。黍：黍子，谷类，也叫黄米，这里指代粮食。

③三岁：非实指，指多年。贯：事，侍奉。

④逝：通“誓”，发誓。去：离开。女：同“汝。”

⑤所：处所。

⑥德：恩德。

⑦直：同“值”。

⑧苗：禾苗，这里指粮食。

⑨劳：慰劳。

⑩永号：长叹。号，呼喊。

译文

大老鼠呀大老鼠，不要吃我的黍子！辛苦侍奉你多年，你却不肯顾念我。发誓从此离开你，去那安乐好家园。乐土啊乐土，那里才是我的好去处！

大老鼠呀大老鼠，不要吃我的麦子！辛苦侍奉你多年，你却不肯感激我。发誓从此离开你，去那安乐好城市。令人快乐的城市啊，那里体现我的劳动价值！

大老鼠呀大老鼠，不要吃我的小苗！辛苦侍奉你多年，你却不肯慰劳我。发誓从此离开你，去那安乐好郊野。令人快活的郊野啊，谁在叹息长悲号？

赏析

诗歌以硕鼠比兴，比喻剥削者像那贪得无厌的大老鼠一样，专门偷吃别人的劳动果实。从心底发出“逝将去女”的疾号！

劳动者对剥削者的贪婪本性终于有了清醒的认识，不再抱有任何幻想，这群吃白食的大腹便便的人除了榨取还是榨取，是不可能去感激慰劳劳动者的！意识到这一点后，劳动者发誓要跟这样的人决裂！他们畅想着一个没有压迫的乐园，在那乐园里，自食其力，快乐生活。

可是这样的乐园存在吗？诗歌最后一句告诉我们，在残酷的阶级压迫下，是很难找到那样一片乐土的，面对现实只能悲凉长叹！

国风·唐风

蟋蟀

蟋蟀在堂[①]，岁聿其莫[②]。今我不乐，日月其除[③]。无已大康[④]，职思其居[⑤]。好乐无荒[⑥]，良士瞿瞿[⑦]。

蟋蟀在堂，岁聿其逝[⑧]。今我不乐，日月其迈。无已大康，职思其外。好乐无荒，良士蹶蹶[⑨]。

蟋蟀在堂，役车其休[⑩]。今我不乐，日月其慆[⑪]。无已大康，职思其忧。好乐无荒，良士休休[⑫]。

注释

①堂：堂户。

②聿 yù：语气助词。莫：同“暮”，晚。

③日月：岁月，日子。除：过去。后两章的“逝”“迈”“慆”与之同义。

④已：甚。大 tài 康：安康，泰乐。

⑤居：指人的处境。

⑥好乐：娱乐。无荒：不要过度放纵。

⑦瞿 jù 瞿：惊视不安貌。一说警惕貌。

⑧逝：去，往。

⑨蹶 guì 蹶：机敏迅疾，引申为勤快的意思。

⑩役车：车名。供役之车，庶人所乘。

⑪慆 tāo：逝去。

⑫休休：善良。一说警惕的样子。

译文

蟋蟀在堂屋天气凉，一年就快要过去。现在如果不行乐，岁月一去不复返。不可太贪求康乐，还当想想当前处境。不要过分沉浸娱乐中，贤士要警惕。

蟋蟀在堂屋蛐蛐叫，一年就快要过去。现在如果不寻乐，岁月一去不复返。不可太贪求安乐，也应想想其他事。不要过分沉浸娱乐中，贤士要勤奋。

蟋蟀在堂屋天渐冷，役车将收藏。现在如果不寻乐，岁月一去不复返。不可太贪求安逸，还当想想忧患。不要过分沉浸娱乐中，贤士要向善。

赏析

诗歌《蟋蟀》是《唐风》的第一篇，它是一首劝勉歌。

三章都以堂屋里的蟋蟀开头，蟋蟀的声音提醒着人们一年的时光已经过去了一多半，天气转冷，马上又到年末了，要做的事情还没有做完，诗人不免感到紧迫。他感叹时光如白驹过隙一般，一去不复返，告诫人们要惜时，珍惜美好光阴。不要只顾贪图安逸享乐，还要瞻前顾后，想想可能出现的忧患，为未来谋算，谆谆劝告人们要谨慎、勤奋。

诗歌发自肺腑，语气恳切，这些教诲无论在过去，还是在今天，都有着积极的意义。

山有枢

山有枢①，隰有榆②。子有衣裳，弗曳弗娄③。子有车马，弗驰弗驱。宛其死矣④，他人是愉⑤。

山有栲⑥，隰有杻⑦。子有廷内⑧，弗洒弗埽⑨。子有钟鼓，弗鼓弗考⑩。宛其死矣，他人是保⑪。

山有漆⑫，隰有栗⑬。子有酒食，何不日鼓瑟⑭？且以喜乐，且以永日⑮。宛其死矣，他人入室。

注释

①枢 shū：树名。一种枝干有刺的树木。

②隰：低洼的湿地。

③弗曳弗娄：有好衣裳而不穿。

④宛：枯萎的样子。

⑤愉：和悦，快乐。

⑥栲 kǎo：树木名。一说是椿树。

⑦杻 niǔ：树木名。梓树的一种，一说为檍树。

⑧廷：通“庭”，庭院，院子。内：厅堂和内室。

⑨埽：同“扫”。

⑩考：敲打、敲击。

⑪保：占据，占有。

⑫漆：漆树。

⑬栗：板栗树。

⑭瑟：二十五弦乐器。

⑮永日：谓消磨时日。

译文

山上有枢树，湿地有榆树。你有好衣服，为何不穿身上？你有车又有马，为何不乘不驾？有朝一日你死了，别人乐得去享受。

山上有栲树，湿地有杻树。你有庭院和厅堂，为何不打扫？你有编钟和大鼓，为何不敲打？有朝一日你死了，别人乐得去占有。

山上有漆树，湿地有栗树。你有好酒与美食，为何不鼓瑟享用？姑且去享乐，姑且消磨时日。有朝一日你死了，别人住进你屋里。

赏析

古今中外的文学作品中，多有像“严监生”“葛朗台”“泼留希金”这样视财如命、悭吝小气的人物，这首诗歌，正是对这样的人进行讽刺。

诗歌讽刺的对象是一个贵族，靠巧取豪夺，获得了大量钱财，有衣有裳，有车有马，有酒有食，有钟有瑟，他占据着这些财物，却丝毫舍不得用。诗人嘲笑道：你不去享用的话，哪天你死了，全留给别人吗？

扬之水

扬之水，白石凿凿[①]。素衣朱襮[②]，从子于沃[③]。既见君子，云何不乐[④]？

扬之水，白石皓皓[⑤]。素衣朱绣[⑥]，从子于鹄[⑦]。既见君子，云何其忧[⑧]？

扬之水，白石粼粼[⑨]。我闻有命[⑩]，不敢以告人。

注释

①凿凿：鲜明貌。

②素衣：白绸衣。襮 bó：绣有花纹的衣领。

③从：跟从。沃：曲沃，在今山西曲沃县南。

④云：语气助词，无实义。

⑤皓皓：洁白貌；高洁貌。

⑥绣：红衣领上绣上五彩花纹。

⑦鹄：古地名。在今山西曲沃县附近。

⑧云何其忧：即“何云其忧”，哪来的忧愁。

⑨粼粼：水流清澈貌；水石闪映貌。

⑩命：命令；政令；教令。

译文

河水缓缓在流淌，清澈河水更显白石鲜亮。白衣衫红领子，跟随你到曲沃城。要是见到你，怎不感到乐洋洋？

河水缓缓在流淌，清澈河水更显石头洁白。想起了白衣衫红领子，跟随你到鹄城。要是见到你，哪里还会忧伤？

河水缓缓在流淌，清澈河水更显白石晶莹。当我听说有政令，不敢对人说实情！

赏析

《诗序》和《诗集传》均认为，这首诗歌为晋昭公时所作，时桓叔在曲沃深得民心，百姓离晋去曲沃，诗歌表现百姓见桓叔的喜悦。

另一说认为，这首诗表现的是一位思妇对丈夫的深沉思念。春秋时期，社会大动荡，奴隶制向封建制过渡，各种矛盾冲突不断，诸侯兼并征战，战乱频繁。苦的是广大百姓，壮丁被抓去从军。这首诗里，妻子送丈夫从军一直到曲沃城、鹄城，一路上紧紧相随，恋恋不舍。想象中，如果丈夫远征而归再度相见，将会是怎样地欣喜若狂呢？第三章写妻子打听前线传来的消息，整颗心都悬着，尽见妻子对远役丈夫的缱绻思念和深深担忧。

椒 聊

椒聊之实①，蕃衍盈升②。彼其之子③，硕大无朋④。椒聊且⑤，远条且⑥。

椒聊之实，蕃衍盈匊⑦。彼其之子，硕大且笃⑧。椒聊且，远条且。

注释

①椒：花椒，又名山椒，果实丛生成穗，繁密多刺，有香气。聊：果实成串的意思。实：果实。

②蕃衍：繁盛众多。盈：满。

③彼、之：复指代词，那人。

④无朋：无匹。朋，比。

⑤且：语气助词，无实义。

⑥远条：指香气远扬。一说长长的枝条。

⑦匊 jū：两手合捧。

⑧笃：壮实。一说诚实敦厚。

译文

花椒果实连成串，结子繁盛满一升。那个人呀，身材高大无可比。花椒籽儿一串串，气味远扬扑鼻香。

花椒果实连成串，结子繁盛满一捧。那个人呀，身材高大又健壮。花椒籽儿一串串，气味远扬扑鼻香。

赏析

这首诗歌借花椒赞美妇人，以花椒比喻她多子，以远扬沁人的花椒香气赞誉了她多福气。汉代即因此以“椒房”来称呼皇后所居的宫殿，用椒和泥涂墙壁，有温暖、芳香、多子的意思。

诗歌对女子的体态进行了描写，“硕”字概括了女子高大丰腴、健康壮实的外在形象。“硕”字在《诗经》中不仅用来形容男子，也指女子的丰腴健美，体格强壮，反映了那个时代的审美理想。

绸缪

绸缪束薪[1]，三星在天[2]。今夕何夕[3]，见此良人[4]？子兮子兮，如此良人何[5]？

绸缪束刍[6]，三星在隅[7]。今夕何夕，见此邂逅[8]？子兮子兮，如此邂逅何？

绸缪束楚[9]，三星在户。今夕何夕，见此粲者？子兮子兮，如此粲者何？

注释

①绸缪 chóumóu：缠绕，捆束。束薪：捆柴。《诗经》常用“束薪”来比喻夫妻同心好合。

②三星：参星，主要由三颗星组成。

③何夕：多么美好的黄昏。

④良人：对人的美称，称男女皆可，这里是女子对丈夫的美称。

⑤如此良人何：对这良人爱得无可奈何。

⑥束刍 chú：与“束薪”同义。刍，喂牲口的青草。

⑦隅：角落。

⑧邂逅：欢悦貌。

⑨束楚：与“束薪”同义。楚，荆条。

译文

将柴枝儿紧紧捆束，天上的参星明灿灿。今晚是哪一夜？见到了你，新郎。新娘啊新娘，对这新郎该怎么亲？

将柴草儿紧紧捆束，天上的参星对房角。今晚是哪一夜？见到了你，新郎。新娘啊新娘，真心喜欢这位新郎！

将荆条儿紧紧捆束，天上的参星在门前。今晚是哪一夜？见到了你，新郎。新娘啊新娘，对这良人该怎么好？

赏析

古人说人生有四喜，分别是久旱逢甘霖，他乡遇故知，洞房花烛夜，金榜题名时。这首诗写的便是洞房花烛之夜，良辰美景之时。

《诗经》中，常以“束薪”来比喻夫妻恩爱缠绵、同心同德，这首诗以“束薪”“束刍”“束楚”起兴，营造出一片喜气洋洋的气氛。新娘子忐忑不安，心中涟漪阵阵，当见到那英姿勃发的新郎时，喜欢得不知如何是好，情挚语真，毫无扭捏作态。

杕 杜

有杕之杜[①],其叶湑湑[②]。独行踽踽[③]。岂无他人?不如我同父[④]。嗟行之人[⑤],胡不比焉[⑥]?人无兄弟,胡不佽焉[⑦]?

有杕之杜,其叶菁菁[⑧]。独行睘睘[⑨]。岂无他人?不如我同姓[⑩]。嗟行之人,胡不比焉?人无兄弟,胡不佽焉?

注释

①杕 dì:独特,孤零零的样子。杜:又名"杜梨""棠梨",落叶乔木,果实圆而小,味涩可食。

②湑 xǔ 湑:草木茂盛的样子。

③踽 jǔ 踽:形容单身独行、孤独无依。

④同父:同胞兄弟。

⑤嗟:叹。

⑥比:亲近。

⑦佽 cì:同情,帮助。

⑧菁菁:草木茂盛的样子。

⑨睘 qióng 睘:同"茕茕",孤零貌。

⑩同姓:指同祖的兄弟。

译文

一棵杜棠孤零零，树叶繁密又茂盛。独自行走真孤单。路上怎会没他人？不如同胞骨肉亲。感叹啊行路之人，为何不与我亲近？没有兄长与小弟，为何不来帮衬我？

一棵杜棠孤零零，树叶青青又繁茂。独自行走真孤单。路上怎会没他人？不如同胞兄弟亲，感叹啊行路之人，为何不与我亲近？没有兄长与小弟，为何不来帮助我？

赏析

路途遥遥，行路上踽踽独行着一位衣衫褴褛、饥渴的路人，他无依无靠，长歌当哭，世态炎凉、人情淡漠，让人不禁为他掬一把同情泪。

诗歌从棠梨树写起，棠梨树虽然也是孤独一棵，但是枝叶繁茂，生机勃然，而诗人自己呢？却是天涯一人，竟然连那树都不如，想到此，诗人不禁黯然神伤，触景自怜。但诗人真的是一个人吗？诗歌话锋一转，原来路上还有其他人，只不过这些人与他非亲非故，谁也不愿意同情他，谁也不愿意济助他。在这样清冷的世态里，也难怪诗人会感到深沉的孤独和悲哀。

羔　裘

羔裘豹祛[①]，自我人居居[②]！岂无他人[③]？维子之故[④]。

羔裘豹褎[⑤]，自我人究究[⑥]！岂无他人？维子之好。

注释

①羔：小羊。豹祛 qū：袖口上用豹皮制成的装饰。指古代卿大夫的衣服。祛，袖口。

②居居：憎恶，不相亲近之貌。

③他人：指别的人。

④故：旧识，旧交；一说为爱。

⑤褎 xiù：同“袖”。指衣襟宽大。

⑥究究：憎恶貌。

译文

羔皮大衣豹皮袖，对我们倨傲又无礼。难道没有别人可交？只是为你顾念旧情。

羔皮大衣豹皮袖，对我们恶劣又嚣张。难道没有别人可亲？只是为你顾念旧交！

赏析

对于这首诗歌的主旨，争论较大，一说是失恋女子对爱人表白心迹，一说是一个寒门子弟与贵族原是好友，后关系出现罅隙而作此诗。

“羔裘豹袪”特指卿大夫的穿着，指出此人是身份地位较高、官高禄厚的人，是当时统治阶级的一员。他对“我们”态度倨傲、气焰嚣张，实在让人厌恶。“难道是我们没有别的贤人可以交好亲近？如果不是看在多年的情分上，早就下定决心与你决裂了。”可见诗人的心情复杂，既难以割舍情分，又难以忍受对方的傲慢跋扈。

鸨羽

肃肃鸨羽①，集于苞栩②。王事靡盬③，不能艺稷黍④。父母何怙⑤？悠悠苍天！曷其有所⑥？

肃肃鸨翼，集于苞棘⑦。王事靡盬，不能艺黍稷。父母何食⑧？悠悠苍天！曷其有极⑨？

肃肃鸨行⑩，集于苞桑。王事靡盬，不能艺稻粱。父母何尝？悠悠苍天！曷其有常⑪？

注释

①肃肃：鸟翅扇动的响声。鸨 bǎo：鸟类的一属，比雁略大，背上有黄褐色和黑色斑纹，不善于飞，而善于走，能涉水。群居于水草地。羽：翅膀。

②集：群鸟聚集。苞栩：丛密的柞树。苞，草木茂盛，丛生。栩，柞树。

③王事：国家征兵和徭役。靡：无，没有。盬 gǔ：休止，停止。

④艺：种植，栽植。稷：高粱。黍：黍子，谷类，也叫黄米。

⑤怙 hù：依靠，凭恃。

⑥曷：何，什么。所：住所。

⑦棘：酸枣树，落叶灌木。

⑧何食：吃什么。

⑨极：尽头、终结。

⑩行：飞成行。

⑪常：正常。

译文

大鸨沙沙抖翅膀，落在丛密柞树上。君王发动战争不停息，不能种植黍子和高粱。父母依靠谁？苍天啊苍天，何时才能回家乡？

大鸨簌簌展翅飞，成群落在棘树上。君王徭役没尽头，不能去种黍子和高粱。父母吃什么？苍天啊苍天，这种日子什么时候到尽头？

大鸨肃肃飞成行，落在繁密桑树上。王室差事无休止，不能栽种稻子和高粱。父母尝什么？苍天啊苍天！生活何时能正常？

赏析

诗歌主人公承担的兵役、徭役繁重，苦不堪言，因为不能侍奉年老父母而对天长叹。

鸨鸟不善站在树枝上，只能时刻扇动翅膀来保持平衡，让鸨栖息在树枝上，可见其辛苦。让百姓去服役，可见其劳累。诗人想到的并不是自己，而是养育自己的父母。没有时间去种植粮食，田园荒芜，年迈的父母靠谁来赡养呢？他们又能吃什么呢？不能尽孝，眼睁睁看着爹娘挨饿却无能为力，诗人只能对天祈祷，这样的日子赶快结束吧！

无　衣

岂曰无衣[①]？七兮[②]，不如子之衣[③]，安且吉兮[④]！

岂曰无衣？六兮[⑤]，不如子之衣，安且燠兮[⑥]！

注释

①岂曰：难道说。

②七：一说七章之衣，诸侯的服饰。一说是虚数，形容衣服之多。

③子：对人的尊称，此处指制衣的人。

④安：舒服，舒适。吉：美，善。

⑤六：一说音 lù，六节衣。一说是虚数，形容衣服之多。

⑥燠 yù：温暖。

译文

难道没有衣服穿？衣服有七件。不如你的衣，舒适又美观。

难道没有衣服穿？衣服有六件。不如你的衣，舒适又温暖。

赏析

睹物思人，愁上心头。这首诗表达的便是这样一种情绪。

古人常以衣物之类来表达深情厚谊。这首诗大概是一个男子对已故亡妻的悼念，怎么会说他没有衣服穿呢？他的衣服有很多，只是没有一件比得上妻子所做的衣裳，穿着妻子所做的衣服，那是一种舒适温暖的感觉，这种温暖融入了妻子的深情，是暖到心里去的。这首诗可与《邶风·绿衣》比较赏析。

这首诗是诗人对妻子的深情呼唤，是思念之情的真挚表达。

有杕之杜

有杕之杜①,生于道左②。彼君子兮,噬肯适我③?中心好之④，曷饮食之⑤?

有杕之杜，生于道周⑥。彼君子兮，噬肯来游⑦?中心好之，曷饮食之?

注释

①杕 dì：孤零零的样子。

②道左：指道路旁。

③噬 shì：发语词，无实义。适：到，往。

④中心：心中。好：喜好，喜欢。

⑤曷：何不。

⑥道周：义同“道左”，指道路旁边。

⑦游：游览，游玩，优游逍遥。

译文

孤零零的一株棠梨，长在道路的左边。我心中的那个人啊，可会到我这里来？心中喜爱他，何不一起来共食？

孤零零的一株棠梨，长在道路的右边。我心中的那个人啊，可会来看我？心中喜爱他，何不一起来相会？

赏析

诗人以棠梨树自比。那孤零零的棠梨树长在路边偏僻处，被人冷落，就像诗人的处境，形单影只，倍感孤单。她看中了那个人，渴望心中的那个人来到她的住所，用美酒佳肴款待他，可是又十分忐忑，不知道他是否肯来。

“噬肯适我？”一个“肯”字形象道出了诗人充满期望又不确定的心理活动，“我”对郎有意，不知郎对“我”是否有“情”？

葛 生

葛生蒙楚[1]，蔹蔓于野[2]。予美亡此[3]。谁与独处！

葛生蒙棘[4]，蔹蔓于域[5]。予美亡此。谁与独息！
角枕粲兮[6]，锦衾烂兮[7]。予美亡此。谁与独旦[8]！
夏之日，冬之夜[9]。百岁之后[10]，归于其居[11]！
冬之夜，夏之日。百岁之后，归于其室！

注释

①葛：多年生草本植物，纤维可织布，块根肥大。蒙：覆盖。楚：落叶灌木名，鲜叶可入药。枝干坚劲。

②蔹 liǎn：有白蔹、赤蔹、乌蔹等。草本植物，根可入药。蔓：蔓延生长。野：山野。

③予美：我的好人。指亡夫。

④棘：酸枣树，落叶灌木。

⑤域：坟地。

⑥角枕：角制的或用角装饰的枕头。粲：灿烂。

⑦锦衾：锦制的被子。烂：义同“粲”，灿烂。

⑧旦：指从黑夜到天明。

⑨夏之日，冬之夜：夏天白日长，冬天夜晚长，此处指时间长。

⑩百岁：死的讳称。

⑪其居：与下文的“其室”均指死者所居之地，此指亡夫的墓穴。

译文

葛藤生长覆满楚荆，蔹草蔓延在原野上。我爱的人葬在这里，独自与谁再相处？

葛藤生长覆满荆树，蔹草蔓延在坟冢上。我爱的人葬在这里，独自与谁再寝息？

方枕灿烂真好看，锦被斑斓真灿烂。我爱的人葬在这里，独自与谁到天亮？

夏天白日长悠悠，冬天夜晚长漫漫。熬到百年之后，与你黄泉再相会。

冬天夜晚长漫漫，夏天白日长悠悠。熬到百年之后，与你合葬共休眠。

赏析

这首诗采取内心独白的方式，倾诉诗人对亡夫的深切悼念，血泪心声铸悲词，悲伤之情感人至深。我们仿佛看见一个女子久久扑倒在亡夫的墓碑上，伤心哭泣，哽咽不绝。

杂草丛生的野外，葛草已经覆盖住了灌木丛荆，既是对坟冢周边凄清环境的描写，也是女子内心的真实写照，情景相融，荒芜悲怆。方枕依然灿烂，锦被依旧斑斓，可是心爱的人已经不在了。女子形影相吊，多么寂寞孤单，她希望百年之后，自己能和他合葬于此，相会于黄泉之下。

采苓

采苓采苓[①]，首阳之巅[②]。人之为言[③]，苟亦无信[④]。舍旃舍旃[⑤]，苟亦无然[⑥]。人之为言，胡得焉[⑦]？

采苦采苦[⑧]，首阳之下。人之为言，苟亦无与[⑨]。舍旃舍旃，苟亦无然。人之为言，胡得焉？

采葑采葑[⑩]，首阳之东。人之为言，苟亦无从。舍旃舍旃，苟亦无然。人之为言，胡得焉？

注释

①苓：甘草。

②首阳：山名，一称雷首山，相传为伯夷、叔齐采薇隐居处。巅：山的顶端。

③人：进谗言的人。为言：诈伪之言，谎言。为，通“伪”。

④苟亦无信：不要轻信。苟，确实。

⑤旃 zhān：语助词，之。

⑥无然：无是，不正确。然，是。

⑦胡得：何所取。胡，何，什么。

⑧苦：苦菜。

⑨无与：指不要轻信谣言。

⑩葑 fēng：即芜菁，又名蔓菁。一种一年或二年生草本植物。

译文

采甘草啊采甘草，在那首阳的山巅。别人说的假话，实在不可信。别信它呀别信它，那些实在不真实。人的谗言尽虚假，如何能相信！

采苦菜啊采苦菜，在那首阳的山下。别人说的假话，实在不要理会。别信它呀别信它，那些实在不可靠。人的谗言尽虚假，如何能相信！

采葑菜啊采葑菜，在那首阳的东边。别人说的假话，千万不要听从它。别信它呀别信它，那些实在不可信。人的谗言尽虚假，如何能相信！

赏析

这首诗歌谆谆劝导人们不要听信流言，用质朴的语言唱出了人生的哲理。

有学者认为，三章开头“采苓”“采苦”“采葑”的起兴与思想内容并无相关意义，但起到了定韵的作用，使得诗歌韵律流畅，充满节奏感。

对于谣言，诗人劝诫人们不要信以为真，要有自己的判断，不要相信，不要理会，更不要盲从，语义渐进，语气加强。大家都不去信它，那么谣言就无立足之地，别有用心的造谣者也就不能实现其目的。

国风·秦风

车　邻

有车邻邻[①]，有马白颠[②]。未见君子，寺人之令[③]。

阪有漆[④]，隰有栗[⑤]。既见君子，并坐鼓瑟。今者不乐，逝者其耋[⑥]。

阪有桑，隰有杨。既见君子，并坐鼓簧[⑦]。今者不乐，逝者其亡。

注释

①邻邻：象声词，指马车行驶的声音。

②白颠：额头有白毛。颠，顶。

③寺人：近侍小臣。寺，借作“侍”。

④阪：山坡。

⑤隰：低洼之地。

⑥逝：往。耋 dié：本义指年老，指七八十岁的年纪，此处泛指老人。

⑦簧：本指笙管中的铜叶，这里代指笙管。

译文

马车奔驰辚辚响，驾车马儿白额头。来访君子未见面，只因寺人未传达。

山坡上有漆树，湿地里有栗树。已经见到了君子，坐在一起鼓琴瑟。现在行乐不及时，转眼衰老空悲戚。

山坡上有桑树，湿地里有杨树。已经见到了君子，坐在一起鼓笙簧。现在行乐不及时，转眼死亡见阎王。

赏析

关于这首诗的主旨，有多种说法。一说是赞美秦仲，颂扬他的车马、礼乐、侍御隆盛。一种说法是，这首诗写贵族朋友相聚，喟叹人生短暂，互相劝勉及时行乐。

首章写奔驰的骏马拉着车子，额头有白斑的马是当时一种名贵的宝马，叫“的卢”，指出了乘坐马车的人是达官贵人，他听着辚辚的声响，颇有些自得。第一次拜访友人，因为侍者没有传达，没有顺利见到。经过了一些波折后，终于见面，两人一起弹瑟吹笙，十分快乐。

但及时行乐的思想，不免有些消极，有学者认为它是文学作品中伤怀情绪的滥觞。

驷　驖

驷驖孔阜[①]，六辔在手[②]。公之媚子[③]，从公于狩[④]。

奉时辰牡[5]，辰牡孔硕。公曰左之[6]，舍拔则获[7]。

游于北园[8]，四马既闲[9]。𬨎车鸾镳[10]，载猃歇骄[11]。

注释

①驖 tiě：黑马，毛色似铁的好马。孔：很，非常。阜：肥硕。

②辔：马缰绳。

③公：指秦君。媚子：亲信、宠爱的人。

④狩：冬猎。

⑤奉：献。时："是"的假借，这个。辰：大鹿。一说母鹿。牡：公兽。

⑥左之：从左面射它。

⑦舍拔：放箭。舍，发。拔，箭末。获：猎获。

⑧北园：在北面的园林和园圃。

⑨闲：通"娴"，娴熟。

⑩𬨎 yóu：古代天子的使臣所乘用的轻便车。鸾：铃。镳：马嚼子两端露出嘴外的部分。

⑪猃 xiǎn：长嘴的猎狗。骄：猲獢，短嘴的猎狗。

译文

四匹黑马真健壮，六条缰绳握在手。秦君宠臣一帮人，跟随秦君齐狩猎。

驱来这群大兽，大兽膘肥又体壮。秦君下令从左射，放箭之后均抓获。

狩猎归来游北园，四匹马儿真悠闲。轻便马车铃铛响，车上载着众猎狗。

赏析

这首诗歌描写君王狩猎的场面。首章写准备狩猎，第二章写激烈紧张的狩猎场面，第三章写狩猎归来。

诗歌节奏舒缓与紧张交替。第一章是序曲，一匹匹黑马奔驰如飞，缰绳潇洒扬起，众臣子和君王浩浩荡荡地开向狩猎园囿，一种兴奋紧张的情绪在积聚。

第二章推向高潮，众人一起吆喝驱赶着成群大兽，人、马和猎物们飞驰在林中，呼喊声此起彼伏，一幅壮阔的狩猎画面如在眼前，秦君一声令下，弓箭齐齐发出，肥硕的猎物全部抓获。

第三章节奏舒缓，狩猎进入了尾声，马儿意态闲适，看那猎狗也在车上，骄傲地吠叫着。众人猎获后的满意之情通过简短几字便表现出来。

小戎

小戎俴收[①]，五楘梁辀[②]。游环胁驱[③]，阴靷鋈续[4]。文茵畅毂[5]，驾我骐异[6]。言念君子[7]，温其如玉[8]。在其板屋[9]，乱我心曲[10]。

四牡孔阜[11]，六辔在手。骐骝是中[12]，䯄骊是骖[13]。龙盾之合[14]，鋈以觼軜[15]。言念君子，温其在邑[16]。方何为期[17]？胡然我念之[18]。

俴驷孔群[19]，厹矛鋈錞[20]。蒙伐有苑[21]，虎韔镂膺[22]。交韔二弓[23]，竹闭绲縢[24]。言念君子，载寝载兴[25]。厌厌良人[26]，秩秩德音[27]。

注释

①小戎：周代的一种兵车。孔颖达疏："先启行之车谓之大戎，从后者谓之小戎。"俴 jiàn 收：浅的车厢。俴，浅。收，轸，车后的横木。

②楘 mù：古代用皮带绑扎加固车辕而成的装饰。梁辀 zhōu：古代用以驾马的曲辕。

③游环：古代马车驾具的一部分。用铜环制造，滑动在四驾马车当中的两匹马的背上，中穿旁边两匹骖马的缰绳，其作用是防止骖马外逸。胁驱：一种驾马用的设备系统。

④阴：车轼前的横板。靷 yǐn：引车前进的皮带。鋈 wù 续：给马车饰以白色金属的革带环。鋈，镀。

续，连续。这句是说小戎装饰考究，就连阴板处的铜环都用鋈白金装饰。

⑤文茵：车上的虎皮坐垫。畅毂 gǔ：长毂。指兵车。

⑥骐：青黑色的马。馵 zhù：后左蹄为白色的马。

⑦言：语气助词，无实义。

⑧温其如玉：指丈夫性情温和，如玉一般。

⑨板屋：用木板建造的房屋。

⑩心曲：心窝，心灵深处。

⑪阜：肥硕。

⑫骝 liú：黑鬣、黑尾巴的红马。

⑬騧 guā：黑嘴的黄马。骊：黑马。

⑭龙盾：亦作“龙楯”，画有龙的盾牌。

⑮觼軜 juénà：驾车之具。觼，有舌之环。軜，两骖内侧的辔绳。觼用以系軜，因称。

⑯邑：西戎之邑。

⑰方：将。

⑱胡然：为何。

⑲俴驷 jiànsì：驾一辆兵车的四匹披薄甲的马。孔群：很协调。

⑳厹 qiú 矛：有三棱锋刃的长矛。

㉑苑：花纹。

㉒虎韔 chàng：虎皮弓囊。镂膺：在弓囊上刻金。

㉓交韔二弓：两弓交叉放在弓囊中。

㉔绲：本义指织成的带子，这里指绳子。縢 téng：缠捆。

㉕载寝载兴：又寝又兴，睡着又醒来，指心中有事，睡不安稳。

㉖厌厌：安逸，安静。

㉗秩秩：聪明多智貌，一说有礼节的样子。

译文

轻小兵车车厢浅，五道皮带缠曲辕。马背有环胁有扣，牵引绳考究白金饰。虎皮坐垫长车毂，青黑马儿白蹄扬。深深想念那君子，性格温和玉一般。从军前往西戎处，使得我心乱如麻。

四匹壮马真健硕，六条缰绳握在手。红马黑马在中间，黄马黑马在两边。龙纹盾牌合车前，舌环鋈金马辔绳。深深想念那君子，性情温和在城中。什么时候回到家？叫我怎不想念他。

四马披甲很协和，三棱矛戟白金套。羽纹盾牌多斑斓，虎皮弓囊镂金纹。两弓交错插囊中，竹制弓檠绳缠捆。深深想念那君子，睡下坐起心不宁。温和贤良那君子，彬彬有礼好品德。

赏析

据《史记》记载，秦襄公十二年，襄公伐西戎。这次战役是正义的战争，得到了人们的支持。

诗歌极写战车的装饰之精致，这是女子对丈夫出征的想象。爱屋及乌，温润的君子，所乘坐的战车也一定是装备精良、五彩斑斓的吧。这里从各个角度去赞誉马车之美，是这首熠熠发光的诗歌最主要的特色。方玉润在《诗经原始》里点评说："刻画典奥瑰丽已极，西京诸赋不能及。"女子带着炽热之情去铺陈马车之美，实际上写出了她对夫君深深的爱意和仰慕之情。

虽然对夫君奔赴战场非常支持，可到底还是抵不过对他的缱绻思念，夜里难寐，睡下又忽然坐起，这一动作将思妇那种思念之情写得妙极！

蒹 葭

蒹葭苍苍[①]，白露为霜。所谓伊人[②]，在水一方[③]。溯洄从之[④]，道阻且长[⑤]；溯游从之[⑥]，宛在水中央[⑦]。

蒹葭萋萋，白露未晞[⑧]。所谓伊人，在水之湄[⑨]。溯洄从之，道阻且跻[⑩]；溯游从之，宛在水中坻[⑪]。

蒹葭采采，白露未已[⑫]，所谓伊人，在水之涘[⑬]。

溯洄从之，道阻且右[14]；溯游从之，宛在水中沚[15]。

注释

①蒹葭：芦苇。苍苍：茂盛，众多的样子，一说指颜色，青色，芦苇到了秋天便成了青苍色。与下章的“萋萋”“采采”同义。

②伊人：此人，指意中所指的人。

③一方：那一边。

④溯洄 sùhuí：逆着河流往上游走。

⑤阻：崎岖。

⑥溯游：顺着河流往下走。

⑦宛：宛然，好像。

⑧晞：晒干。

⑨湄：岸边，水和草交接的地方。

⑩跻 jī：登，升。

⑪坻 chí：水中的小块高地。

⑫已：止。

⑬涘：水边。

⑭右：指道路弯曲。

⑮沚：水中的小块陆地。

译文

河边芦苇青色苍苍，晶莹的露水凝着霜。我思慕的那个人啊，在河水遥远的那边。逆流而上去寻觅她，道路崎岖又漫长。顺流而下去寻找她，仿佛在那水中央。

河边芦苇繁密茂盛，晶莹的露水还未干。我思慕的那个人啊，在河水那边的草地上。逆流而上去寻觅她，道路崎岖又陡峭。顺流而下去寻找她，仿佛在那沙洲上。

河边芦苇青苍繁茂，晶莹的露水还未收。我思慕的那个人啊，在河水遥远的那边。逆流而上去寻觅她，道路崎岖又曲折。顺流而下去寻找她，仿佛在那小洲上。

赏析

这首诗歌是《诗经》中的名篇，妇孺皆知。不仅仅因为它的韵律朗朗上口，有一种字字圆润的美感，更因为它所营造的近乎虚幻而又惆怅、缥缈的意境深得人们喜爱和赞扬。

《诗经》是我国文学的光辉起点，是中国现实主义诗歌传统的源头。它关注于现实，“饥者歌其食，劳者歌其事”是它的特点。而这首诗则是一种朦朦胧胧的幻想。它的特别之处在于一种情绪的渲染，一种怅惘的喟叹，一种气氛的营造。

秋水茫茫，芦苇荡荡，白露未干。这应该是一个有些凉意的秋日早晨，那个伊人，我们不知道她是什么样子，只知道她隐隐约约候在河水边、小洲上，似乎隔了层层雾霭，待到诗人去寻觅时，又如海市蜃楼般消失不见，一场寻觅求索，惹得人无果而叹！

终　南

终南何有①？有条有梅②。君子至止③，锦衣狐裘④。颜如渥丹⑤，其君也哉。

终南何有？有纪有堂⑥。君子至止，黻衣绣裳⑦。佩玉将将⑧，寿考不忘⑨。

注释

①终南：属秦岭山脉。在今陕西西安市南。

②条：山楸。一说柚树。梅：楠树。

③止：语气词，无实义。

④狐裘：用狐皮制的外衣。

⑤颜：颜面。渥丹：润泽光艳的朱砂。

⑥纪、堂：假借字，即杞、棠。一说纪为山洼。一说堂为山之宽平处，如宽敞的房屋。

⑦黻 fú，古代礼服上的黑色与青色相间的花纹。绣，用彩色线在布帛上刺成花、鸟、兽等图案。

⑧将 qiāng 将：佩玉相碰发出的声音。

⑨寿考不忘：万寿无疆。

译文

终南山有什么？有山楸来有楠树。君子来到此，身穿锦衣与狐裘。脸色红润如朱砂，真是一国之君主！

终南山有什么？有枸杞来有棠树。君子来到此，绣花衣袍绣花裳。佩玉玲珑叮当响，祝颂君主寿无疆！

赏析

一种说法认为这是一首情诗，但是诗中的男子身穿华服，地位尊贵，不似一般的民间男子，而且全诗只有赞慕和祝颂，并没有爱情的表白。因此说它是情诗证据不足。

一般认为这是一首平淡的庙堂诗歌，祝祷的对象是秦襄公，他晋见周天子时，路过终南山，威仪震慑众臣子，与那雄伟的终南山相得益彰。秦大夫们以终南山起兴，盛赞君主。

黄　鸟

交交黄鸟[1]，止于棘[2]。谁从穆公[3]？子车奄息[4]。维此奄息[5]，百夫之特[6]。临其穴[7]，惴惴其慄[8]。彼苍者天，歼我良人[9]。如可赎兮，人百其身[10]！

交交黄鸟，止于桑[11]。谁从穆公？子车仲行。维此仲行，百夫之防[12]。临其穴，惴惴其慄。彼苍者天，歼我良人。如可赎兮，人百其身！

交交黄鸟，止于楚[13]。谁从穆公？子车鍼虎。维此鍼虎，百夫之御。临其穴，惴惴其慄。彼苍者天，歼我良人。如可赎兮，人百其身！

注释

①交交：鸟鸣声。黄鸟：黄雀，或黄鹂。

②棘：酸枣树。

③从：从死，杀人以殉；殉葬。穆公：即秦穆公，春秋五霸之一。

④奄息：与下文的“仲行”“鍼虎”均为人名。

⑤维：发语词。

⑥特：杰出。一说匹敌。

⑦临：到。

⑧惴 zhuì 惴：恐惧不安。慄：战栗。

⑨歼：消灭，杀死。良人：贤者，善良的人。

⑩人百其身：一人替他死百次都愿意。一说以百人性命换其一人。

⑪桑：桑树。

⑫防：抵挡。

⑬楚：荆条。

译文

黄鸟交交鸣声哀，休憩在酸枣树上。谁从穆公去殉葬？是这好人子车奄息。就是这个奄息，百个男儿比不上。身临墓穴坑，胆战心惊在发抖。青天老爷啊！为何要杀好人？如果可以代他死，宁愿百人换一人。

黄鸟交交鸣声哀，休憩在桑树上。谁从穆公去殉葬？是这好人子车仲行。就是这个仲行，百个男儿防不住。身临墓穴坑，胆战心惊在发抖。青天老爷啊！为何要杀好人？如果可以代他死，宁愿百人换一人。

黄鸟交交鸣声哀，休憩在荆树上。谁从穆公去殉葬？是这好人子车鍼虎。就是这个鍼虎，百个男儿挡不住。身临墓穴坑，胆战心惊在发抖。青天老爷啊！为何要杀好人？如果可以代他死，宁愿百人换一人。

赏析

《黄鸟》一诗，哀秦国三良，这三良就是奄息、仲行、鍼虎，他们都是秦国不可多得的佼佼者，然而这样杰出的人才却要殉葬，让人们不禁发出悲怆之声。

《黄鸟》具有时代意义，殉葬习俗是奴隶制社会中一种十分残忍和恐怖的习俗，在春秋时代的秦国仍然保留着这没有人性的习俗，广大人民对此深深痛恶。

诗歌以黄鸟哀鸣声起兴，营造了一种阴森可怖、凄凉悲惨的气氛，以“棘”“桑”“楚”这样的双关语暗示这是一场残虐屠杀。人们看见了那准备埋葬活人的墓穴就忍不住战栗心惊，他们忍不住向老天发出呼喊：老天爷！为什么要杀死这样的好人？如果能代替他死，我们一百个人愿意换他的一条命。他们发自内心的呼喊让诗歌格调激越凄婉。

晨　风

鴥彼晨风[①]，郁彼北林[②]。未见君子，忧心钦钦[③]。如何如何？忘我实多！

山有苞栎[④]，隰有六驳[⑤]。未见君子，忧心靡乐[⑥]。如何如何？忘我实多！

山有苞棣[7]，隰有树檖[8]。未见君子，忧心如醉。如何如何？忘我实多！

注释

①鴥 yù：鸟疾飞的样子。晨风：鸟名，鹯。

②郁：树木丛生。北林：林名。一说北面的森林。

③钦钦：忧思难忘貌。

④苞栎：丛生的栎树。

⑤六：多数之义。驳 bó：树名。即梓榆树。

⑥靡乐：没有欢乐。

⑦棣 dì：树木名。即棠棣，花黄色，果实黑色。

⑧树：直立的意思。檖 suì：树名。果实像梨而较小，味酸，可以吃。

译文

鹞鹰疾飞而去，北边树林郁郁葱葱。没有见到君子，我的内心忧忡忡。怎么办呐怎么办？把我忘记实在多！

山上栎树丛丛生，湿洼地里有梓榆。没有见到君子，我的内心不快乐。怎么办呐怎么办？把我忘记实在多！

山上棠棣丛丛生，湿地挺立着山梨。没有见到君子，内心忧愁如酒醉。怎么办呐怎么办？把我忘记实在多！

赏析

《诗经》常以树木、鸟儿起兴，有时与文章的意义并不相关，没有“比”的意思在内。这首诗歌与唐风中的《有杕之杜》有异曲同工之妙，两首诗都表达了女子对心上人的思念之情，都怀有忐忑揣测的心思。《有杕之杜》中的女子没那么确定心上人是否会到她那里来。而这首诗的女子在揣测：那个人是不是已经把我忘了！不幸的是这个男子已经变心了，不再来看她，女子意识到残酷的现实后，一时不知如何是好，只觉得心神恍惚，如酒醉一样，神魂颠倒，是不愿意在酒醉般的麻痹中醒过来，还是痛苦太强烈？

无　衣

岂曰无衣？与子同袍①。王于兴师②，修我戈矛③，与子同仇④！

岂曰无衣？与子同泽⑤。王于兴师，修我矛戟⑥，与子偕作⑦！

岂曰无衣？与子同裳。王于兴师，修我甲兵[8]，与子偕行[9]！

注释

①袍：长衣的统称。

②王：周王。一说指秦君。于：助词。兴师：发兵打仗。

③戈、矛：皆指古代长柄兵器。在此泛指兵器。

④同仇：齐心合力，打击敌人。

⑤泽：通“襗”，内衣，易染汗垢。

⑥戟 jǐ：古代兵器，长一丈六尺，镶有分支的锋刃。

⑦偕作：共同行动。

⑧甲：铠甲。兵：兵器。

⑨偕行：一同前往。

译文

怎会说没有衣服穿？与你同穿一件战袍。大王起兵去打仗，修理好我们的戈与矛，与你一起攻打敌人。

怎会说没有衣服穿？与你同穿那件里衣。大王起兵去打仗，修整好我们的矛与戟，与你一起共同作战。

怎会说没有衣服穿？与你同穿一件战裙。大王起兵去打仗，修治好我们的铠甲与兵器，与你一起共同前行。

赏析

秦国地处陕甘一带，经常受到外来侵略。春秋时秦国抵御外侮之战，是正义的战争。这首诗便是当时的一支军歌，生动地描绘出当时紧张热烈、意气风发的战前准备图景。

诗章以反问开头，一股咄咄逼人的气势扑来，为诗歌奠定短促、高亢的基调。战士们共穿衣服，反映了战士之间友谊深厚，团结一致。修理戈矛兵甲则展现出大家紧张准备的宏大场面，一切都准备好了，那么就一起去战斗吧！一呼百应、士气振奋的气氛让人激动！

渭　阳

我送舅氏①，曰至渭阳②。何以赠之③？路车乘黄④。

我送舅氏，悠悠我思⑤。何以赠之？琼瑰玉佩⑥。

注释

①我：指秦穆公。舅氏：舅父，此指晋文公重耳。

②曰：语助词，无实义。渭：水名。阳：山之南或水之北。

③何以：以何，用什么。

④路车：大车。乘黄：四匹黄色的马。

⑤悠悠：指思绪悠长。

⑥琼：美玉。瑰：次于玉的美石。

译文

我送舅舅回家，送到渭水北边。用什么赠给他？送他一辆黄马大车。

我送舅舅回家，思绪悠悠想念妈。用什么赠给他？送他宝石与玉佩。

赏析

全诗采用赋体，开头简单明了地点出送别的人物和地点。离别在即，伤感涌上心头，送什么好呢？就送那黄马大车吧，希望他平安到达。

第二章使得送别更有一层深意，这里学者一般认为思念的是秦穆公已经亡故的母亲秦姬。秦姬生前曾经盼望重耳能早点回国，但是未能如愿，现在重耳终于要回国，可是伊人已逝，想到此，秦穆公心中不免怅惘缅怀。送给舅舅宝石玉佩，既是对他美好品德的赞誉，也是对他即将当上国君的祝贺。

权 舆

於我乎[1]，夏屋渠渠[2]。今也每食无馀[3]。于嗟乎，不承权舆[4]。

於我乎，每食四簋[5]。今也每食不饱。于嗟乎，不承权舆。

注释

①於 wū：此处用为叹词。

②夏屋：大俎，大的食器。渠渠：丰盛的样子。

③食：吃。

④承：继。权舆：起始。

⑤四簋 guǐ：形容礼食丰盛。簋，古代食器，青铜或陶制。

译文

唉，我呀！曾经大碗饭菜很丰盛。现在每餐没有剩余。唉！不像曾经那般光景。

唉，我呀！曾经每天可吃四顿饭。现在每餐都吃不饱。唉！不像曾经那般光景。

赏析

全诗共十句，句式参差变化，但仅仅是叹词就用了四句，占了快半个篇幅，可见诗人无可奈何花落去的那种悲凉心境。

今日不比当年啊，那种奢华富贵的生活已经一去不复返了！如今要为米粮发愁，吃了上顿没下顿。

诗歌反映了当时没落奴隶主贵族在社会变动前后生活的反差，奴隶制已经不适合生产力的发展，必然要被更为先进的封建制取代，被历史淘汰的奴隶主贵族的生活也就成为诗歌表现内容之一了。

国风·陈风

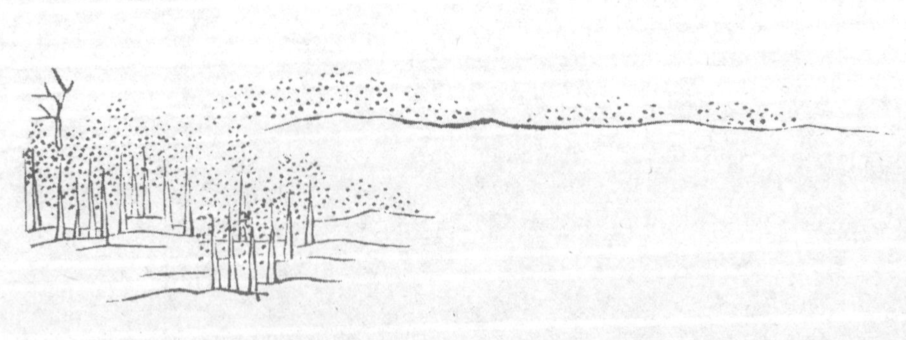

宛丘

子之汤兮[①]，宛丘之上兮[②]。洵有情兮[③]，而无望兮[④]。

坎其击鼓[⑤]，宛丘之下。无冬无夏[⑥]，值其鹭羽[⑦]。

坎其击缶[⑧]，宛丘之道。无冬无夏，值其鹭翿[⑨]。

注释

①子：指舞女。

②宛丘：四周高中间低的土山。一说为古地名，为陈国都城，在今河南淮阳。

③洵：诚然，确实。有情：有情谊。

④望：希望。

⑤坎：象声词，乐器敲击的声音。

⑥无冬无夏：无论冬天和夏天。

⑦值：持。鹭羽：用鹭羽做的一种跳舞道具和装饰品。

⑧缶 fǒu：瓦器，打击乐器。

⑨翿 dào：古代羽舞所用的旌旗。

译文

她的舞蹈摇曳生姿，在那宛丘高地上。诚然爱上她了呀，可是却没希望。

坎坎敲打鼓声响，在那宛丘城之下。无论冬天和夏天，手持鹭羽翩翩舞。

坎坎敲打缶声响，在那宛丘道路上。无论冬天和夏天，手持鹭羽舞翩翩。

赏析

在春秋时期，为祈祷安居乐业，风调雨顺，巫祀依然盛行，诗歌中所盛赞的女子便是一名翩翩舞蹈的巫女。

中国古典文学用字善于推敲，《诗经》中常常以凝练之笔透出无穷无尽的韵味，比如“颜如渥丹”，颜色如丹还觉不够，又以“渥”字修饰，“渥”有润泽鲜亮的意思，有一种动态的美，透露出主人公英气勃发的姿态。又比如“桃之夭夭，灼灼其华”，“夭夭”与“灼灼”浑然天成，勾发人无数想象，鲜明灼热的桃花之景异常动人。

这首歌以“汤”字来概括舞女的舞姿，亦是如此。接着便点明了巫女舞蹈的地点，在“宛丘”，“宛丘”相当于现今的广场或是古代的庙会，是公共活动场所。巫祀的时候，必有众多人观赏，而诗人就是这其中的一名男子，被女郎那曼妙的舞姿吸引住了，不论寒冬与夏日，她那无休无止的舞姿都萦绕在诗人心头，挥之不去。

东门之枌

东门之枌[1],宛丘之栩[2]。子仲之子[3],婆娑其下[4]。
榖旦于差[5],南方之原[6]。不绩其麻,市也婆娑。
榖旦于逝[7],越以鬷迈[8]。视尔如荍[9],贻我握椒[10]。

注释

①枌 fén:树木名。白榆树。

②栩 xǔ:柞树。

③子仲:陈国的姓氏。子:女儿。

④婆娑:回旋舞蹈,舞姿动人。

⑤榖 gǔ:良辰,好日子。旦:日。于:语气助词,无实义。差:择。

⑥南方:指城南。原:宽阔平坦的地方。

⑦逝:去,到,往。

⑧越以:作语助词,即"于以"。鬷 zōng:屡次,多次。

⑨荍 qiáo:锦葵。草本植物,夏季开紫色或白色花。

⑩贻:赠送。握:一束、一把。椒:花椒。

译文

东门路边有榆树,宛丘之上有柞树。子仲家的好姑娘啊,大树底下婆娑起舞。

选择一个良辰吉日，同往城南平原之地。停下手中纺麻的活计，去那闹市当中婆娑起舞。

良辰吉日去前往，来来去去多次跑。看你美丽如锦葵，你却送我一把花椒表情意。

赏析

由《诗经·陈风》可看出陈国巫祀盛行，陈国女子长袖善舞。

这是一首不折不扣的充满甜蜜滋味的恋爱诗，以男子的口吻，叙写了一见钟情、相约在舞会、情定终身的爱情历程。

诗歌以榆树、柞树起兴，赞叹树下女子飘飘如仙的舞蹈倩影，选一个好日子，拉住还在纺纱的她，飞奔在原野上，来到热闹的舞会中，欢歌舞蹈。

在微风习习的原野上，男子忍不住痴痴地看着对方，认真地说：你的美，如锦葵花。女子似被对方看得不大好意思，低头拿出手中的一把香花椒塞在男子手中，羞涩地跑开。

衡　门

衡门之下[①]，可以栖迟[②]。泌之洋洋[③]，可以乐饥[④]。

岂其食鱼，必河之鲂[⑤]？岂其取妻[⑥]，必齐之姜[⑦]？
岂其食鱼，必河之鲤？岂其取妻，必宋之子[⑧]？

注释

①衡门：横木为门，简陋的门。

②栖迟：游息。

③泌：山边曰“密”，水边曰“泌”，这里泛指一般的河流。洋洋：水流浩荡的样子。

④乐饥：清泉供赏，可以忘饥。一说满足情欲为乐饥。

⑤鲂：鱼名，又名鳊鱼。

⑥取：通“娶”。

⑦姜：齐国的贵族姓氏，这里是泛称齐国的美女。

⑧宋：宋国的贵族姓氏，这里是泛称宋国的美女。

译文

支起横木做简陋的门框，可以在下栖息而逗留。河溪浩浩荡荡流淌，欣赏清泉可以忘忧愁。

难道要吃鱼，就一定要吃黄河的鲂鱼？难道要娶妻，就一定要娶齐国姜姓的美女？

难道要吃鱼，就一定要吃黄河的鲤鱼？难道要娶妻，就一定要娶宋国子姓的美女？

赏析

诗人知足常乐，安贫乐道，不以奢华为喜，不以潦倒为悲。斜倚在简陋横木做的门框前，也能悠然自得地玩赏门前的一湾清泉。以娶妻不必娶宋国和齐国的美女而作比（相传齐国和宋国出美女），表明自己不需要锦衣玉食、轻裘肥马也能过一种安逸舒适、洋洋自得的生活。一种洒脱飘逸的气息若有若无地飘散在诗中。

东门之池

东门之池[①]，可以沤麻[②]。彼美淑姬[③]，可与晤歌[④]。
东门之池，可以沤纻。彼美淑姬，可与晤语。
东门之池，可以沤菅[⑤]。彼美淑姬，可与晤言。

注释

①池：护城河。一说池塘。

②沤 òu 麻：将麻茎或已剥下的麻皮浸泡在水中，使之自然发酵，达到部分脱胶的目的。沤，用水浸泡。

③淑姬：美善的姑娘。

④晤歌：用歌声互相唱和。下文的“晤语”“晤言”

与之同义。

⑤菅 jiān：菅草。多年生草本植物，叶子、根茎细长。

译文

东门之外的护城河，用来把大麻浸泡。那个美丽善良的女子哟，可以与她一起歌咏对唱。

东门外的护城河，用来把纻麻浸泡。那个温婉娴静的女子哟，可以与她一起谈情对答。

东门外的护城河，用来把菅草浸泡。那个端庄温柔的女子哟，可以与她一起相叙谈话。

赏析

诗歌洋溢着纯朴欢乐的气息，有着山林池水的旷野之味。在那护城河边上浸泡大麻，忙碌的青年男女们并不是在枯燥的劳动中自怨自艾，虽然大麻臭烘烘、黏糊糊的，劳动也很艰苦，但是他们心情愉悦。青年男女们有说有笑、一唱一和，更有那大胆热烈的男子，唱出了火辣辣的情歌，惹得女子娇羞一笑。

水花振荡，河水清澈，沤麻时节正好是夏七月，树荫底下野花遍地，清凉爽快，男男女女在河边嬉戏欢畅，是一幅多么优美的画面！

东门之杨

东门之杨，其叶牂牂[①]，昏以为期[②]，明星煌煌[③]。

东门之杨，其叶肺肺[④]，昏以为期，明星晢晢[⑤]。

注释

①牂 zāng 牂：风吹树叶的响声。一说葱茏茂盛的样子。

②昏：黄昏。

③明星：启明星，即金星。煌煌：明亮闪耀的样子。

④肺肺：象声词，义同“牂牂”。

⑤晢 zhì 晢：义同“煌煌”。

译文

东门的白杨树，晚风拂动，树叶簌簌地响。约好黄昏来见面，等到启明星儿亮闪闪。

东门的白杨树，晚风拂动，树叶沙沙地响。约好黄昏来见面，等到启明星儿明灿灿。

赏析

诗歌表现男女约会，其中一方违背约定，负约不至。

《诗经》中的诗歌常常不见男女主角，性别也难以辨别，有时候仅仅是一幅画面、一个场景，也正因为如此，才有了可供人们想象的蕴藉。

太阳渐渐沉没，天色越来越暗，启明星越来越亮，诗人此时的心情已经由不安转为有些失落了，心上人怎么还不来呢？是忘记了他们的约定么？或者仅仅是一番戏弄之言而被自己当真？

树叶沙沙作响，似乎在轻轻安慰树下长久伫立为情所困的人儿。

墓　门

墓门有棘①，斧以斯之②。夫也不良③，国人知之。知而不已④，谁昔然矣⑤。

墓门有梅⑥，有鸮萃止⑦。夫也不良，歌以讯之⑧。讯予不顾，颠倒思予⑨。

注释

①墓门：墓道门。一说陈国城门。棘：酸枣树，比喻奸佞之人。

②斯：劈，砍。

③夫：指那个人。

④不已：不改恶行。已，止。

⑤谁昔：往昔，过去。然：这样。

⑥梅：梅树。

⑦鸮 xiāo ：猫头鹰。萃 cuì ：草丛生的样子。引申为聚集，群栖。止：语气助词。

⑧讯：借为“谇”，责骂，叱责。

⑨颠倒：跌倒。一说陷于困境，狼狈不堪的样子。思予：思我之言。

译文

墓门酸枣树在挡道，举起斧头砍断它。那人不是好东西，大家全都知道他。被人知晓，他却不改恶习，还是以往那么坏。

墓门酸梅树在挡道，猫头鹰栖息在枝头上。那人不是好东西，唱支歌儿怒斥他。被人讽刺他却听不进，陷于窘困才会把我们的话想起。

赏析

这是一首政治讽刺诗。讽刺诗在《诗经》中独树一帜，既有反话正说，又有揶揄夸张，更有咄咄逼人、铿锵怒骂。有学者指出是讽刺陈桓公的弟弟的陈佗，又有学者说是讽刺陈桓公，到底刺谁，无一定论。

诗歌第一章以墓前挡道的酸枣树起兴，比喻那个奸佞恶人如同酸枣树一般，只有将其砍掉才能清理大道！这个人臭名昭著，举国百姓都知道他的恶行劣迹，但纵使被人知道，这个人依然我行我素，不知悔改，所谓的道德约束对这样的恶人来说根本就不起作用。

第二章更加激昂，批判之笔更为凌厉。猫头鹰这样的恶鸟占据着墓门之道，为人们所不容，人们对他讽刺和斥责，他听不进去，不愿悬崖勒马，那么对于这样的人，大家终会推翻他！那时候，他才会想起"我们"的忠告！

防有鹊巢

防有鹊巢①，邛有旨苕②。谁侜予美③？心焉忉忉④。

中唐有甓⑤，邛有旨鹝⑥。谁侜予美？心焉惕惕⑦。

注释

①防：水坝、堤坝。一说是"枋"的借字，指一种常绿乔木。

②邛 qióng：土丘、山丘。旨：味道美。苕 tiáo：一年生或二年生草本植物，亦称"野豌豆"。

③侜 zhōu：谎言，欺骗。予美：我爱的人。

④忉 dāo 忉：忧思貌。

⑤唐：古代庙堂前和宗庙门内的大路。甓 pì：古代的砖块，用作瓦沟。

⑥鹝 yì：草名，即绶草，多年生矮小草本。夏季开花，花小，白而带紫红色。

⑦惕惕：担心害怕、心神不安的样子。

译文

堤坝上怎会有鹊巢？山丘上怎会长水草？谁诳骗了我爱的人？让我心中烦恼又担忧。

大道上怎会铺瓦块？山丘上怎会有绶草？谁欺骗了我爱的人？让我心中不宁又担忧。

赏析

流言蜚语要人命，孔子最憎恶流言蜚语，“恶紫之夺朱也，恶郑声之乱雅乐也，恶利口之覆邦家者”，《诗经》中不止一首诗歌在控诉流言，历史上被流言陷害而无从剖白的故事数不胜数。这首诗歌的男子也是一个受害者。

有认为这是一首政治诗歌，诗歌中的士子被人离间谗害，他郁郁不乐，因此歌唱以抒怀。但由诗歌的“予美”二字来看，将这首诗认为是政治诗歌并不妥帖。

诗歌大概是讲“我”的情人被人蒙骗离间，从“我”身边离开，投入他人怀抱，“我”心中忉忉惕惕，十分痛苦，因此唱出了这首剖白之歌。

月　出

月出皎兮①，佼人僚兮②。舒窈纠兮③，劳心悄兮④。
月出皓兮⑤，佼人懰兮⑥。舒忧受兮，劳心慅兮⑦。
月出照兮⑧，佼人燎兮⑨。舒夭绍兮，劳心惨兮⑩。

注释

①皎：月光明洁的样子。

②佼人：美人。佼，美好。僚：美丽，美好。

③舒：舒缓悠闲的样子。窈纠：形容步履舒缓，体态优美。下文的“忧受”“夭绍”意思相同。

④劳心：忧心，指思念很深。悄 qiǎo：忧愁。

⑤皓：洁白、明亮。

⑥懰 liú：妩媚的样子。

⑦慅 cǎo：忧愁。

⑧照：明亮，光明。

⑨燎：照明。

⑩惨：忧愁，烦躁。

译文

月亮出来皎皎明亮，映照美人面容姣好。身材窈窕又曼妙，让我深深思念心忧愁。

月亮出来皓皓明亮，映照美人神态妩媚。身姿舒缓又婀娜，让我缱绻想念心难安。

月亮出来朗朗明亮，映照美人容色娇美。体态轻盈又柔美，让我深深思念心不宁。

赏析

《诗经》中不乏赞美美女的篇章，比如《硕人》，极尽铺陈，成为颂扬美人的开山之篇，“千古颂美人者，无出其右，是为绝唱。”这篇同为赞扬美人，特别之处在于将美人置于月光之下，朦胧皎洁的月光与美人娇美的容颜互为映衬，美人闲适婀娜的身姿在月光下甚为安娴。且诗篇用月亮的皎洁来形容女子的肤色，这是中国文学史上的首创。

月光下的女子摇曳生姿，如雾里看花般，颇有《蒹葭》中神秘的气氛，可望而不可即，渺渺茫茫间只觉清美脱俗。

株　林

胡为乎株林[①]？从夏南兮[②]？匪适株林[③]，从夏南兮！

驾我乘马[④]，说于株野[⑤]。乘我乘驹，朝食于株[⑥]。

注释

①胡为：做什么。株林：夏氏的食邑，指夏姬的住地。林，郊野。

②从夏南：追随夏南。夏南，夏姬儿子夏徵舒。这里隐指灵公以此为借口，去追逐夏南之母夏姬。

③匪：同“非”，以下一句借为陈灵公之言。适：前往，到。

④驾：指驾车、坐车。我：此指陈灵公。

⑤说 shuì：通“税”，息，休止。

⑥朝食：早晨进餐，吃早饭。

译文

他为什么要到株林的郊外？是去追寻夏南吗？“我（陈灵公）不是要前往株林的郊外，是要追寻夏南啊！”

他驾着大马车，在株林的郊外停车夜宿。他驾着大马车，在株林的郊外享用早餐！

赏析

夏姬为郑穆公的女儿，生得妖娆美丽，更兼有狐媚之术。诸多大夫甚至是国君都拜倒在她的石榴裙下。她的夫君死后，便与儿子夏南隐于株林的郊外，因难耐寂寞，与孙宁、仪行父、陈灵公同时私通。《列女传》说她“三为王后，七为夫人”，又“灭国破陈，走二大夫，杀子之身，殆误楚庄，败乱巫臣”。

陈灵公是个昏聩贪色的人，他听闻夏姬的美色后，馋涎欲滴，于是打着追寻夏南的幌子，去幽会夏姬。

诗歌的第一章明知故问，第二章给出含蓄的答案，讽刺手法十分高妙。停车休息实际上是在夏姬那里过夜，“朝食”也是指私通之事，古人常以饮食饥饱来隐喻男女情欲之事。

《诗经》中多有诗歌反映历史，但并不是客观记录。在反映历史真实方面，诗不如史记录得翔实，但手法却更为高明，祛除了史的枯燥，产生强烈又深远的艺术效果。

泽　陂

彼泽之陂①，有蒲与荷②。有美一人③，伤如之何④？

寤寐无为[⑤]，涕泗滂沱[⑥]。

彼泽之陂，有蒲与蕑[⑦]。有美一人，硕大且卷[⑧]。寤寐无为，中心悁悁[⑨]。

彼泽之陂，有蒲菡萏[⑩]。有美一人，硕大且俨[⑪]。寤寐无为，辗转伏枕[⑫]。

注释

①陂 bēi：堤防，堤岸。一说水池的边沿，湖滨。

②蒲：一种水草，叶子狭长柔软，可制作席子或蒲团等用品。

③有美一人：有一美人。

④伤如之何：苦苦思念，不知道如何是好。伤，忧思。

⑤寤寐无为：醒着做梦都在想。

⑥涕泗：眼泪和鼻涕。滂沱：形容雨下得很大，这里形容泪如雨下的样子。

⑦蕑 jiān：莲子，指莲花。一说为兰草。

⑧卷：通“鬈”，容貌美丽。

⑨悁 yuān 悁：忧闷貌。

⑩菡萏 hàndàn：荷花。

⑪俨：端庄大方。一说是下巴丰满。

⑫辗转伏枕：躺着辗转反侧，睡不着，形容思念很深。

译文

在那湖滨的水边，长满了菖蒲与荷花。那个美人哟，思念她却不知如何是好。醒着做梦脑海里都是她，想得我眼泪直流下。

在那湖滨的水边，长满了菖蒲与莲蓬。那个美人哟，身材丰腴面容姣好。醒着做梦脑海里都是她，想得我心中郁郁不乐。

在那湖滨的水边，长满了菖蒲与荷花。那个美人哟，身材丰腴又端庄。醒着做梦脑海里都是她，辗转反侧睡不着。

赏析

这首诗到底是一个男子思念女子呢，还是一个女子思念男子呢？众说纷纭，很多人认为是女子对一个美男的爱恋之词。但“硕”字既可以形容男子，也可以形容女性，所以将它看成是一个男子对美丽女子的思念，也解得通。

此诗与《月出》类似，在那湖滨上，菖蒲和荷叶微微荡漾在清澈湖水中，碧水澄澄，有一美人。又与《蒹葭》类似，朦朦胧胧中，见那绝世美人在水一方。

诗歌既写到美景，又写到美人，再写心中的忧伤，层层递进，表现丰富，意境优美。

国风·桧风

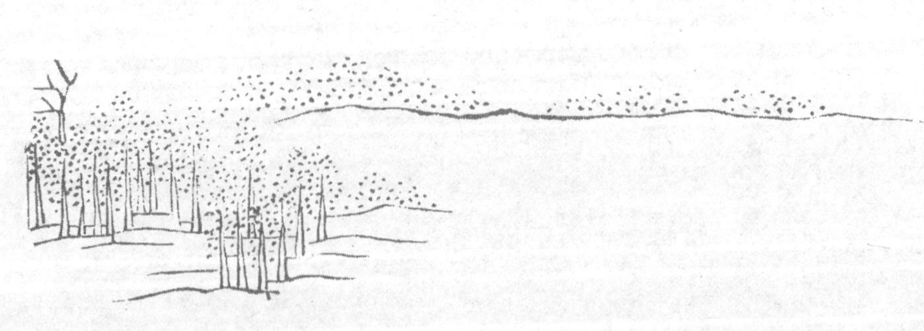

羔　裘

羔裘逍遥[1]，狐裘以朝[2]。岂不尔思[3]？劳心忉忉[4]。
羔裘翱翔，狐裘在堂[5]。岂不尔思？我心忧伤。
羔裘如膏[6]，日出有曜[7]。岂不尔思？中心是悼[8]。

注释

①羔裘：用紫羔制的皮衣，为诸侯、卿大夫的朝服。逍遥：与下文“翱翔”同义，任意游逛。

②狐裘：用狐皮制的外衣。朝：上朝。

③不尔思：不思尔。思，思虑。

④忉 dāo 忉：忧思貌。

⑤堂：殿堂。

⑥膏：脂膏。

⑦曜 yào：发光。

⑧悼：哀伤，哀念。

译文

穿着羊羔皮袍悠闲游宴，穿着狐狸皮袍去上早朝。难道不肯眷念你？心中悲伤又忧愁。

穿着羊羔皮袍四处游逛，穿着狐狸皮袍去上公堂。

难道不肯眷念你？心中忧伤又愁苦。

羊羔皮袍犹如脂膏闪闪发光，太阳照射鲜亮润泽。难道不肯眷念你？心中哀伤多烦恼！

赏析

羊羔皮袍本来是上朝时穿的朝服，狐狸皮袍是举行盛大祭祀典礼才穿的华服。而诗中的君王却是穿着羊羔皮袍游玩，穿着狐狸皮袍去上早朝。可见其逐于游戏、昏聩无德。

这首诗歌讽刺桧国君主视政治如儿戏，只顾自己嬉戏游乐，荒诞淫乐，而不自强于政事。

当时桧国是个小国，它旁边的强国郑国正虎视眈眈。面临大国压境、国小而迫的危难境况，桧国大臣感到忧心忡忡，劝说国君，但是国君一意孤行，并不听取政见。“难道不肯眷念你吗？”是国君不肯自强，说得再多又有何用呢？大夫们只好择良木而栖，纷纷离开了他。

素　冠

庶见素冠兮①？棘人栾栾兮②，劳心怿怿兮③。

庶见素衣兮？我心伤悲兮，聊与子同归兮[④]。
庶见素韠兮[⑤]？我心蕴结兮[⑥]，聊与子如一兮。

注释

①庶：幸。素冠：素冠之人。一说清贫之人。素，白色生丝绢。

②棘人：急于哀戚之人。栾 luán 栾：枯瘦憔悴的样子。

③传 tuán 传：忧愁不安的样子。

④聊：愿意。一说姑且，聊且。同归：同死，同赴黄泉。下文“如一”义同。

⑤韠 bì：蔽膝，古代一种遮蔽在身前的皮制服饰。

⑥蕴结：忧愁不安、愁思难解的样子。

译文

幸而见到我素冠的爱人，枯槁憔悴瘦弱嶙峋，我心忧伤满怀痛苦。

幸而见到我素衣的爱人，我心哀恸无限伤悲，只愿与你共赴黄泉。

幸而见到我素韠的爱人，我心凄凄万分悲痛，只愿与你一起离开人间。

赏析

诗歌描绘了一个沉痛的葬礼场面，是让人不忍卒读的哀戚悲歌。

诗中哀号的女子能见到丈夫最后一面，哀呼“有幸”！可见乱世当中，又有多少人音信杳杳，死无葬身之地？这次见面却是人世间的最后一面，下一刻，她与丈夫便要阴阳相隔，永不得见。当她奔到棺木边的时候，看到的是戴着白冠的丈夫那枯瘦憔悴、苍白的容颜，一刹那悲从中来，疾痛惨怛，号啕大哭，只愿跟随丈夫一同赴黄泉。

此情可谓顽艳而惊心。“情不深则无以惊心动魄”，从《孔雀东南飞》“徘徊庭树下，自挂东南枝”的双双殉情，到英台扑向坟冢化蝶而去，三千年过去，至真至纯的情感至今仍让人泫然。

隰有苌楚

隰有苌楚[①]，猗傩其枝[②]，夭之沃沃[③]，乐子之无知[④]。
隰有苌楚，猗傩其华[⑤]，夭之沃沃，乐子之无家[⑥]。
隰有苌楚，猗傩其实[⑦]，夭之沃沃，乐子之无室。

注释

①隰：低湿的地方。苌 cháng 楚：植物名，又名羊桃、猕猴桃。

②猗傩 ěnuó：同“婀娜”，轻盈柔美、摇曳多姿的样子。

③夭：嫩美。沃沃：光泽的样子。

④乐：喜乐，羡慕。子：你，指苌楚。无知：无知觉，无烦恼。一说无妻。

⑤华：古“花”字。

⑥无家：同“无室”，没有家室。

⑦实：果实。

译文

湿地上长着羊桃树，枝条随风轻轻摇曳，青绿叶子真润泽。羡慕你啊无烦恼。

湿地上长着羊桃树，花朵婀娜随风摇，小小花儿真鲜艳。羡慕你啊无家室。

湿地上长着羊桃树，果实随风轻轻摇荡，小小果子真可爱。羡慕你啊无家室。

赏析

诗歌洋溢着浓郁的厌世情绪。居维叶云：“植物不为痛苦所困，只有恋爱而无妒忌，有美丽而无炫耀，有强力而无横暴，有死亡而无痛楚，与人类绝不相同。”

诗人羡慕羊桃树的欣欣向荣，它那鲜活又润泽的生命赤条条来去无牵挂，无知无觉，无痛苦无烦恼，无家室之累。想必诗人在现实生活中琐事缠身，心中劳苦，郁郁不乐，想要摆脱，但又无可奈何。

诗歌以乐景写哀情，不同于《诗经》以前篇章，写作手法别具一格。

匪 风

匪风发兮①，匪车偈兮②。顾瞻周道③，中心怛兮④。
匪风飘兮⑤，匪车嘌兮⑥。顾瞻周道，中心吊兮⑦。
谁能亨鱼⑧？溉之釜鬵⑨。谁将西归⑩？怀之好音⑪。

注释

①匪：“彼”的借字。发：风疾呼的样子。

②偈 jié：疾驰的样子。

③周道：大路。

④怛 dá：悲伤、忧愁。

⑤飘：飘旋，飞舞。

⑥嘌 piāo：轻快。

⑦吊：指心犹如悬在半空，忧伤的样子。

⑧亨：通“烹”，烹饪。

⑨溉 gài：洗。釜鬵 xín：古代的炊具，锅。

⑩西归：回到西方去。

⑪怀：归。一说带，捎带。好音：佳音。

译文

北风呼呼在疾号，大车匆忙在飞赶。回头不舍看着那大道，心中真悲戚。

北风呼呼在飞舞，大车匆忙在飞驰。回头不舍看着那大道，心中真忧伤。

谁能烹鱼做菜？洗刷锅子让我来。谁要回转到西方故里？托您带个平安好音信。

赏析

诗歌以呼号的北风、疾行的马车开篇，起句突兀，造成一种紧张惊惧的气氛，给人以强烈的视觉印象。而正是这种没有任何情感酝酿和积蓄的突兀开头，才将人迅速带入到那种惊心动魄的气氛中。

诗人乘坐马车远去，大概是阔别家乡的征夫，心中无限不舍与悲楚，他希望马车能走得慢一点儿，再慢一点儿，可是在旷野中，借助于风力，马车旋即飞一般地离去，他回头瞻望，大风中，家乡的一草一木，熟悉的山水都渐渐淡出视野。

侥幸的是，竟然在途中遇到归去的人，他欣喜若狂，以烹鱼做菜来交换，希望那个人能给家里捎去平安消息，心中惴惴不安，生怕那个人不答应。

“意在笔先，神怆言外。”思归之情，感人至深。

国风·曹风

蜉蝣

蜉蝣之羽[①]，衣裳楚楚[②]。心之忧矣，于我归处[③]？
蜉蝣之翼[④]，采采衣服。心之忧矣，于我归息[⑤]？
蜉蝣掘阅[⑥]，麻衣如雪[⑦]。心之忧矣，于我归说？

注释

①蜉蝣：昆虫名，幼虫生活在水中，有四翅，生存期极短，朝生暮死，诗中以蜉蝣的羽毛形容衣服的光泽耀眼。

②楚楚：鲜明貌。下文“采采”义同。

③于：表所在之方位，有“在何处”的意思。

④翼：蜉蝣的翅膀。

⑤归息：归息之处，在何处。下文“归说”同义。

⑥掘阅：掘穴，谓昆虫始生时穿穴而出。

⑦麻衣：形容蜉蝣蜕变后的薄翅。

译文

蜉蝣的翅膀啊，像那衣裳一样鲜亮光泽。我心忧伤烦恼啊，哪里是我的安身之处？

蜉蝣的翅膀啊，像衣裳一样光彩照人。我心忧伤烦恼啊，哪里是我的安身之所？

蜉蝣掘穴飞出来，像衣裳一样洁白如雪。我心忧伤烦恼啊，哪里是我的安身之地？

赏析

春秋时期，奴隶制分崩瓦解，新的地主阶级兴起，旧的奴隶主贵族没落，面对社会大变动，贵族们无所适从，他们感到精神家园坍塌，对人生充满了怅惘迷惑。

蜉蝣是一种生命期限短暂的生物，朝生暮死，诗人借此喟叹时间短暂，人生易老。写到蜉蝣虽生命短暂，但是翅膀鲜亮，这种小虫子尚且知道在极其短暂的时间内展示价值，更何况人呢？竟不如朝生暮死的虫豸。

诗歌透露出朦胧的失意，传达了一种难以言说的审美情感。

候　人

彼候人兮[1]，何戈与祋[2]。彼其之子[3]，三百赤芾[4]。
维鹈在梁[5]，不濡其翼[6]。彼其之子，不称其服[7]。
维鹈在梁，不濡其咮[8]。彼其之子，不遂其媾[9]。
荟兮蔚兮[10]，南山朝隮[11]。婉兮娈兮[12]，季女斯饥[13]。

注释

①候人：迎宾送客的小武官。

②何 hè：通“荷”，扛在肩上。祋 duì：古兵器。棍棒类有棱无刃，即“殳”。

③之子：是子，这个人。

④三百赤芾 fú：言穿赤芾的人很多，而这位姑娘却只爱那一个。赤芾，赤色蔽膝，用熟皮制成，穿起来遮盖着两膝，为大夫以上所服。

⑤维：发语词。鹈 tí：水鸟名，鹈鹕，喜欢吃鱼。梁：鱼坝。

⑥濡：沾湿。翼：鸟的翅膀。

⑦称：匹配、合适。服：服饰。

⑧咮 zhòu：鸟喙。

⑨遂：成全。媾 gòu：结合，交合。

⑩荟、蔚：本指草木茂盛，这里指云雾弥漫的样子。

⑪隮 jī：升起。

⑫婉、娈：美好的样子。

⑬季女：少女。饥：指少女怀春。

译文

那个迎送官啊，扛着长兵器。那个人啊出类拔萃，在那三百个身穿蔽膝的人中。

鹈鹕在鱼坝上休憩，没有沾湿它的翅膀。那个人啊，跟他的衣服不匹配。

鹈鹕在鱼梁上休憩，没有沾湿它的嘴。那个人啊，不能成全我的相思之苦。

云雾弥漫真朦胧，云朵从那南山升起。美丽啊温婉啊，那个少女怀春正饥渴。

赏析

一种观点认为这首诗歌是政治讽刺诗，讽刺了那些昏聩的贵族无能无才，他们的才干与他们身上的华服不相匹配。

又有一说是少女思春之诗。这里姑且选取第二种说法。《诗经》中不乏表现男女情欲之作，比如说《野有死麕》，具有委婉含蓄的艺术之美。因爱生欲，古人并不回避这样的美好情感，反将它们率真质朴地唱出来。

诗歌中的少女爱上了那个魁梧英俊的迎送官，春心荡漾，有心要跟他好，只可惜那个人不解风情，有些木讷，没有遂少女的心愿。诗歌以鹈鹕在鱼坝上休憩，没有沾湿嘴和翅膀，来暗喻男子不向姑娘求爱。《诗经》中常以求鱼比喻求偶，鱼水比喻男女欢合。姑娘心中又急又恼，遂唱出了心声。

鸤　鸠

鸤鸠在桑[1]，其子七兮[2]。淑人君子[3]，其仪一兮[4]。其仪一兮，心如结兮[5]。

鸤鸠在桑，其子在梅[6]。淑人君子，其带伊丝[7]。其带伊丝，其弁伊骐[8]。

鸤鸠在桑，其子在棘[9]。淑人君子，其仪不忒[10]。其仪不忒，正是四国[11]。

鸤鸠在桑，其子在榛[12]。淑人君子，正是国人[13]。正是国人，胡不万年[14]？

注释

①鸤 shī 鸠：布谷鸟。桑：桑树。

②其子七兮：指布谷鸟有多个雏鸟。这里的“七”是虚数。

③淑人君子：指好人。淑，善，好。

④仪：容颜仪态。一：专一。

⑤结：固而不散。

⑥梅：梅树。

⑦带：大带，束衣的腰带。伊，是。一说是语气助

词，无实义。

⑧弁 biàn：古代的一种皮制冠冕。

⑨棘：荆棘。一说酸枣树。

⑩忒 tè：差错。

⑪正是四国：为此四国之法则。正，法则。

⑫榛：榛树。

⑬正是国人：为国人的榜样。国人，犹国民。

⑭胡不万年：何不长寿万年。

译文

布谷鸟在桑树上，它哺育着众多雏鸟。淑人君子啊，行为准则坚守一致。行为准则坚守一致，心如磐石一般坚定。

布谷鸟在桑树上，它的小崽在梅树上。淑人君子啊，大带用素丝缘边。大带用素丝缘边，皮弁青黑熠熠光鲜。

布谷鸟在桑树上，它的小崽在枣树上。淑人君子啊，行为准则没有差错。行为准则没有差错，以此作为四国之法则。

布谷鸟在桑树上，它的小崽在榛树上。淑人君子啊，是国民的好榜样。是国民的好榜样，怎会不万年长寿？

赏析

每到春耕播种季节，田间山头总会听见“布谷、布谷”的声音，像是在催促农时，且这种鸟秉性仁厚，哺育众多小鸟，公正无私。诗歌每章都以布谷鸟起兴，写它所哺育的小鸟一会儿飞到梅树上，一会儿飞到枣树上、榛树上，一派祥和欢乐的场景，借以比兴淑人君子美好仪德。

《诗经》对人的赞美向来是内外同赞，这首诗歌既写到君子德行优秀，公正宽厚，又写到他身穿华服头戴美帽，风度翩翩，如此良德之人，怎不受到百姓的爱戴，万寿无疆呢？同是赞美君子，但若与《卫风·淇奥》相比，内容较为空洞。

下　泉

冽彼下泉[①]，浸彼苞稂[②]。忾我寤叹[③]，念彼周京[④]。
冽彼下泉，浸彼苞萧[⑤]。忾我寤叹，念彼京周。
冽彼下泉，浸彼苞蓍[⑥]。忾我寤叹，念彼京师。
芃芃黍苗[⑦]，阴雨膏之[⑧]。四国有王，郇伯劳之[⑨]。

注释

①冽 liè：寒冷。下泉：山泉奔流而下。一说是地下涌出的泉水。

②浸：浸泡。苞：草木茂盛，丛生。稂 láng：童粱，即狼尾草。

③忾 kài：叹息；感慨。寤：睡醒。

④周京：周之京城。以下“京周”“京师”同义。

⑤萧：植物名。蒿的一种，即青蒿。

⑥蓍：筮草，叶小，可用来占卜。

⑦芃 péng 芃：草木茂盛茁壮的样子。

⑧阴雨：雨水，雨露。膏：润泽，滋润。

⑨劳：慰劳。

译文

寒冷的泉水奔流而下，浸泡丛生的童粱。睡醒后连声叹息啊，只为怀念周朝的京都。

寒冷的泉水奔流而下，浸泡丛生的艾蒿。睡醒后连声叹息啊，只为思念周朝的京都。

寒冷的泉水奔流而下，浸泡丛生的蓍草。睡醒后连声叹息啊，只为想念周朝的京都。

黍子的小苗正茁壮茂盛，雨水雨露滋养它们。四方之国朝见天子，只为郇伯慰劳诸侯之功劳。

赏析

国风一百六十首，重章叠句的诗篇不在少数，这首诗歌作为《诗经》中最晚的一首，典型地运用重章的手法，前三章内容相近，为押韵只更改几字。反复诵咏，一股悲凉之情愈来愈浓郁。

周平王东迁之后，王室地位一落千丈，诸侯国已然失控，小国被周边大国虎视眈眈，随时都有被吞并的危机。

前三章均以寒冷的泉水浸泡丛草来比喻大国侵犯小国，情势危急。诗人忧国心切，一醒来便想到国家垂危的混乱时局，不由长吁短叹。

第四章并不是对前三章的重复，它格调一转，柳暗花明又一村，喜庆韵味顿生。只见黍苗郁郁葱葱，雨水过后，更是拔节生长，田野间芳香四溢，一派宁静美好的景象。因为有雨水的润泽，才会有芃芃的黍苗啊！因有郇伯这样的名相辅佐周王，才会有四国来朝的盛况啊！这种卒章显志的突转，是不多见的。

国风·豳风

七 月

七月流火[1]，九月授衣[2]。一之日觱发[3]，二之日栗烈[4]。无衣无褐[5]，何以卒岁[6]？三之日于耜[7]，四之日举趾[8]。同我妇子[9]，馌彼南亩[10]，田畯至喜[11]！

七月流火，九月授衣。春日载阳[12]，有鸣仓庚[13]。女执懿筐[14]，遵彼微行[15]，爰求柔桑[16]。春日迟迟[17]，采蘩祁祁[18]。女心伤悲，殆及公子同归[19]。

七月流火，八月萑苇[20]。蚕月条桑[21]，取彼斧斨[22]，以伐远扬[23]，猗彼女桑[24]。七月鸣鵙[25]，八月载绩[26]。载玄载黄[27]，我朱孔阳[28]，为公子裳[29]。

四月秀葽[30]，五月鸣蜩[31]。八月其获[32]，十月陨萚[33]。一之日于貉[34]，取彼狐狸，为公子裘。二之日其同[35]，载缵武功[36]。言私其豵[37]，献豣于公[38]。

五月斯螽动股[39]，六月莎鸡振羽[40]。七月在野，八月在宇[41]，九月在户，十月蟋蟀入我床下。穹窒熏鼠[42]，塞向墐户[43]。嗟我妇子[44]，曰为改岁[45]，入此室处[46]。

六月食郁及薁[47]，七月亨葵及菽[48]。八月剥枣[49]，十月获稻。为此春酒[50]，以介眉寿[51]。七月食瓜，八月断壶[52]，九月叔苴[53]，采荼薪樗[54]，食我农夫。

九月筑场圃[55]，十月纳禾稼[56]。黍稷重穋[57]，禾麻菽麦[58]。嗟我农夫，我稼既同[59]，上入执宫功[60]。昼尔于茅[61]，宵尔索绹[62]。亟其乘屋[63]，其始播百谷[64]。

二之日凿冰冲冲[65]，三之日纳于凌阴[66]。四之日其蚤[67]，献羔祭韭[68]。九月肃霜[69]，十月涤场[70]。朋酒斯飨[71]，曰杀羔羊。跻彼公堂[72]，称彼兕觥[73]：万寿无疆[74]！

注释

①七月：周正七月，实际为农历五月。流：下行。火：星宿名，六七月之后逐渐偏向西方，这里表明天气开始转凉。

②授衣：给予寒衣，用来御寒。一说女工裁制寒衣。

③一之日：犹言一月之日。一月指夏历十一月，周历正月，亦即农历十一月。觱发 bìbō：风寒。

④栗烈：义同“凛冽”，寒冷的样子。

⑤褐：以粗麻制成的衣服。

⑥卒岁：终岁，年底。

⑦于耜 sì：整修农具，用来耕种。于，为，这里是修理的意思。耜，农具，犁的一种。

⑧举趾：指举足下田耕耘。

⑨同：会同。妇子：妇女和小孩。

⑩馌 yè：送饭食到田间。南亩：指田间。

⑪畯 jùn：管农事的管家，又叫农正或田大夫，古代领主派往田间敦促劳动的小官吏。喜：饮酒食馔，这里指农正在田间吃吃喝喝。

⑫载：则。一说始，开始。阳：温暖。

⑬仓庚：黄莺。

⑭女：女子，女奴。懿筐：采桑用的深筐。

⑮遵：循，沿着，顺着。微行：小路。

⑯爰：前去，到，往。一说为语气助词。求：指采摘桑叶。柔桑：柔嫩的桑叶。

⑰迟迟：缓慢。指春日渐长。

⑱蘩：白蒿。蚕可在白蒿上做蚕茧。祁祁：众多的样子，指采桑的女子众多。一说采摘的白蒿众多。

⑲殆：恐，怕。一说将、开始的意思。公子：贵族公子。一说指豳公的女儿。同归：嫁。一说女子被公子抢回去。

⑳萑 huán 苇：芦苇一类的植物，初生时称蒹、葭。

㉑蚕月：养蚕的三月。条：修剪。一说通“挑”，挑拣。

㉒斨 qiāng：斧，带方孔的斧头。

㉓伐：砍伐，修剪。远扬：指又长又高的桑枝。

㉔女桑：初生的嫩桑叶。

㉕鵙 jú：鸟名，又名伯劳、杜鹃。羽毛色彩华丽，嘴大喙利，鸣声响亮。

㉖载绩：开始纺麻。

㉗玄：黑红色。

㉘朱：大红色。孔：甚，大。阳：鲜明。

㉙裳：下衣，裙装。

㉚秀：草结籽儿。葽 yāo：草名，即远志。

㉛蜩 tiáo：蝉。

㉜获：收获。

㉝陨萚 tuò：草木的叶子陨落。

㉞于：为，这里是捕获的意思。貉 hé：兽名。

㉟同：会同，聚集。

㊱缵 zuǎn：继续。武功：指狩猎。

㊲言：语气助词，无实义。私：占据，私有。豵 zōng：一岁的小猪，这里指小兽。

㊳豜 jiān：三岁的猪。这里指大兽。

㊴螽 zhōng：虫名，蝗虫类。

㊵莎鸡：虫名，又名络纬，俗称纺织娘、络丝娘。

㊶宇：屋檐。

㊷穹窒 qióngzhì：把墙洞堵上。穹，空洞。窒，堵塞。熏鼠：熏老鼠。

㊸塞：堵塞。向：朝北的窗户。墐 jìn：用泥涂抹。

㊹嗟：感叹。

㊺曰：助词。改岁：除岁，指过年。

㊻处：居住。

㊼郁：木名，郁李。一说樱桃。一说山楂。薁 yù：野葡萄。

㊽葵：蔬菜名，即滑菜。菽 shū：豆类。

㊾剥 pū：通“扑”，扑打。

㊿为：酿造。春酒：冬酿春熟之酒；亦称春酿秋冬始熟之酒。

(51)眉寿：豪眉，人老眉长，指长寿。

(52)断壶：摘葫芦。壶，葫芦。

(53)叔：拾取。苴 jū：青麻，或为麻籽。

(54)荼 tú：苦菜。薪：用作动词，砍伐。樗 chū：树名，臭椿树。

(55)场：平坦的空地，农家用来晒谷打谷的场地。圃：种植蔬菜、花草、瓜果的园子。

(56)纳：收，藏，指将粮食收入粮仓。禾稼：泛指庄稼、粮食。

(57)黍：黍子，谷类，也叫黄米。稷：高粱。重：同“穜”，早种晚熟的作物。穋 lù：晚种早熟的谷类。

(58)禾：小米。麦：麦子。

(59)同：聚集，集中。

(60)上：同“尚”。执：执行、操作。宫功：指修筑宫殿土木。

(61)昼：白天。尔：语气词，无实义。于茅：割取茅草。于，取，获取。

(62)宵：晚上。索：绳子，这里作动词用，搓绳子。绹 táo：绳子。

(63)亟：急迫。乘屋：修治房屋。乘，修治，整治。

(64)其始播百谷：来年又要播种百谷。

(65)凿冰：凿取冰块。冲冲：象声词，凿冰的声音。

(66)纳：收，藏。凌阴：冰窖。

(67)蚤：通“早”，指一种祭祀仪式。

(68)献羔祭韭：以羔羊、韭菜进献于宗庙。

(69)肃霜：下霜。一说天气高爽。

(70)涤场：打扫场上的粟麦。

(71)朋酒：两坛酒，两樽酒。一说供奉的美酒。飨：通“享”，享受，享用。

(72)跻 jī：登，升。公堂：家族的共用房屋。一说贵族阶级的堂室。

⑬称：举起。兕觥 sìgōng：状如犀牛角的酒杯。

⑭万寿：长寿。无疆：没有尽头。

译文

七月黄昏大火星偏向西，九月天寒授予御寒衣。十一月里寒气逼人，十二月里寒风凛冽。粗麻布衣也没有一件，如何度过这漫长寒冬？正月里修整农具，二月里举足下田去耕地。约好妻子儿女会同一起，送饭到耕作的田间，田中农正吃喝尽兴。

七月黄昏大火星偏向西，九月天授予御寒衣。春天太阳暖洋洋，黄鹂鸣叫声声脆。女子拿着深筐去采桑，沿着那崎岖小路往前走，前去把那柔嫩桑叶采。春天迟缓日渐长，采来白蒿一丛丛。女子心中伤悲，怕被公子胁迫与他归。

七月黄昏大火星偏向西，八月荻苇成熟去割取。阳春三月剪修桑枝，取来那把方孔斧头。砍断又长又高粗壮枝，攀引枝条采摘嫩桑叶。七月伯劳鸣声脆，八月开始纺麻了。布料颜色鲜亮有黑有黄，我的朱红灿烂最鲜明，为公子制作下裳。

四月葽草结籽了，五月闻得蝉声鸣。八月收获庄稼了，十月叶子落下来。十一月里将貉捕，取得狐狸一身毛，为公子制作裘衣。十二月里来聚集，继续打猎去追捕。小猎物收归自己有，大猎物进献给王公。

五月蚂蚱弹腿发声，六月莎鸡振翅鸣唱。七月在田野，八月在屋檐，九月在家门口，十月里的蟋蟀在我床下叫。堵塞墙洞熏跑老鼠，塞好北窗涂泥封好柴门。可叹我的妻子和子女，旧岁将尽新年将至，入住这样的破房屋。

六月里吃李子和野葡萄，七月里烹煮滑菜和大豆。八月里打得枣子遍地落，十月里收获了水稻。酿造春酒，用来祈祷人长寿。七月里吃瓜果，八月里摘葫芦，九月里拾取青麻，采摘苦菜砍臭椿当柴火，农夫日子就这样过。

九月里修筑打谷场圃，十月里粮食入仓。黍稷晚稻和早稻，禾麻豆麦种类多又多。可叹我这农夫啊，庄稼粮食都收完，又进宫中修工程。白天去采收茅草，晚上把绳索来搓。急急忙忙登上屋顶，来年又要播种百谷。

十二月里凿冰冲冲响，正月里集齐收入冰窖中。二月里行祭祀，将那羊羔韭菜献宗庙。九月里肃杀萧条下了霜，十月里打扫那打谷场。密封美酒来享用，宰杀羔羊大家尝。登上祝颂的大公堂，举起犀牛角杯，祝祷：“万寿无疆！”

赏析

“饥者歌其食，劳者歌其事”，《诗经》以它质朴的语言，展现了久远时代的社会风貌。

关于此诗争议非常之大，一种是阶级说，反映了周代农夫们的艰苦农事，既歌颂了他们伟大的创造力，也抨击了贵族对劳动人民敲骨吸髓的压榨和剥削。一种认为这首诗歌的历史背景并不是奴隶制社会，基调平和，有苦有乐。这里采取第一种说法。

《七月》以时序组织文理，每章重点叙一种农事，形式变化多样，将各个空间组接得让人目不暇接、眼花缭乱。清人姚际恒对这首诗做出了最好的评价。他在《诗经通论》中说道：“鸟语虫鸣，草荣木实，似《月令》；妇子入室，茅绹升屋，似风俗书；流火寒风，似《五行志》；养老慈幼，跻堂称觥，似庠序礼；田官染职，狩猎藏冰，祭献执宫，似国家典制书。其中又有似采桑图、田家乐图、食谱、谷谱、酒经。一诗之中，无不具备，洵天下之至文也！”因此，它除了具有极高的文学价值外，还有很高的史学价值。

诗歌第一章以寥寥数笔告诉我们耕与织、食与穿是决定先民们生死存亡的大事。

第二章着重写“衣”的问题。它以优美朴实的笔触细写采桑女的劳动，采摘白蒿多又多，女子心里却悲伤，害怕被那公子哥儿看见自己的美丽容颜，胁迫带回家。并从触觉、听觉、视觉、动作、人物心理等全方位地进行描述，即使桑叶也特意用“柔”字修饰，诗中有画，色彩明艳。然而诗歌却是以乐景写哀情，在春光灿烂、和煦温暖的日子里，采桑女面色郁悒，内心惶恐。

诗歌第三、四章继续第二章的内容。女子们修剪桑枝，采摘桑叶，纺织麻纱，光鲜亮丽的衣裳最终穿在了公子们的身上。捕猎得来的兽衣皮毛变成穿在公子身上的轻裘，小的猎物给自己，大的留给了王公。

第五章是“住”的内容，以虫豸鸣唱的远近（最初是在野，然后是在宇，最后是在户，连虫子都感觉到冷，躲进屋子）来表示寒凉的天气渐渐到来，并且越来越冷，写法饶有趣味。穷苦农夫打扫屋室，准备迎接苦冬，堵塞住千疮百孔，以阻塞呼啸北风。

第六、七、八章主要是“食”的内容，是“食谱”“谷谱”“酒经”。那个时候，勤劳的劳动人民创造出丰富的劳动果实，可一年到头没有片刻喘息的时间，好不容易把粮食收进粮仓、清扫好谷场，又被迫入宫廷行土木之事，日夜无止。

鸱鸮

鸱鸮鸱鸮[1]，既取我子[2]，无毁我室[3]。恩斯勤斯[4]，鬻子之闵斯[5]！

迨天之未阴雨[6]，彻彼桑土[7]，绸缪牖户[8]。今女下民[9]，或敢侮予？

予手拮据[10]，予所捋荼[11]，予所蓄租[12]，予口卒瘏[13]，曰予未有室家！

予羽谯谯[14]，予尾翛翛[15]，予室翘翘[16]，风雨所漂摇，予维音哓哓[17]！

注释

①鸱鸮 chīxiāo：鸟名。一说猫头鹰。这里比喻统治阶级。

②取：夺取。

③毁：毁坏。

④恩：恩爱。斯：语气助词，无实义。勤：辛勤。

⑤鬻 yù：同“育”，养育。闵 mǐn：同“悯”。

⑥迨：及，趁着。

⑦彻：撤，剥取。桑土：桑树根。

⑧绸缪：缠绵，这里是缠绕的意思。

⑨下民：指树下过往的人。

⑩拮据：劳苦操作，辛劳操持。

⑪捋：捋取，采集。荼：荼茅，一种开白花的茅草。

⑫蓄：积聚。租：积聚。

⑬卒瘏 tú：疲劳致病。瘏，病苦。

⑭谯 qiáo 谯：羽毛凋敝貌。

⑮翛 xiāo 翛：羽毛枯焦萎缩。

⑯翘翘：高而危殆貌。

⑰哓 xiāo 哓：因惊恐而发出的凄苦鸣声。

译文

猫头鹰啊猫头鹰，已经夺取了我的孩子，就不要再毁坏我的家室。恩爱他们又辛勤抚养，养育他们自己却病倒。

趁着还没有下雨，剥取桑树根，缠绕在门窗上。如今你们树下的人，有谁敢欺辱我？

我的双手因为劳累已不能伸屈，我辛辛苦苦去采集荼茅作窝垫，去积攒筑巢的草茎，我的嘴巴因为劳累而皴裂，可我还没有修好我的巢。

我的羽毛干枯残破，我的尾巴枯焦萎缩。我的巢室极其危险，风雨飘摇摇摇欲坠，我的鸣声哀伤又凄苦。

赏析

古人认为猫头鹰是恶鸟，因此在《诗经》中用它来比喻恶人。这首诗歌别出心裁，以巢室被鸱鸮所占的鸟儿凄苦的境遇，来比喻现实生活中被压制的奴隶们心力交瘁的悲惨命运，具有深沉的悲剧情感。

诗歌采取第一人称，具有寓言故事的特色。

诗歌第一章便是鸟儿悲恸地质问和哀号：猫头鹰啊猫头鹰，你已经夺取了我的孩子，为何还要来强占我的巢穴？

第二章写鸟儿以薄弱力量为自己争来一点儿生存的权利，趁着天还没有下雨，赶紧修理好残破的巢穴。

第三章是对曾经辛苦劳动的回忆，情感悲戚，让人不忍卒读。

第四章着重写鸟儿憔悴枯槁的形象，经受长年累月的劳累和丧子之痛的鸟儿无家可归，眼看巢穴在风雨摧残下摇摇欲坠，只能悲呼疾鸣，令人心悸。

东　山

我徂东山[①]，慆慆不归[②]。我来自东，零雨其濛[③]。我东曰归，我心西悲。制彼裳衣，勿士行枚[④]。蜎蜎者蠋[5]，烝在桑野[6]。敦彼独宿[7]，亦在车下[8]。

我徂东山，慆慆不归。我来自东，零雨其濛。果赢之实[9]，亦施于宇[10]。伊威在室[11]，蟏蛸在户[12]。町畽鹿场[13]，熠耀宵行[14]。不可畏也，伊可怀也[15]。

我徂东山，慆慆不归。我来自东，零雨其濛。鹳鸣于垤[16]，妇叹于室。洒扫穹窒[17]，我征聿至[18]。有敦瓜苦[19]，烝在栗薪[20]。自我不见，于今三年。

我徂东山，慆慆不归。我来自东，零雨其濛。仓庚于飞[21]，熠耀其羽。之子于归，皇驳其马[22]。亲结其缡[23]，九十其仪[24]。其新孔嘉[25]，其旧如之何[26]？

注释

①徂 cú：到，往。东山：战场。

②慆 tāo 慆：长久。

③濛：蒙蒙细雨。

④士：作动词，事。行枚：士兵行军口中衔枚（似筷），以免出声喧哗。这里泛指战役之事。

⑤蜎 yuān：形容虫子爬行时蜷曲蠕动的样子。蠋 zhú：毛虫，桑蚕。

⑥烝 zhēng：乃。一说放，放置。野：野外。

⑦敦：蜷缩成一团。

⑧车下：战车的下面。

⑨果蠃 luǒ：瓜蒌，蔓生葫芦科植物。

⑩施：蔓延。

⑪伊威：虫名，潮虫、鼠妇，在壁根下瓮底土中生。一说俗称土鳖。

⑫蟏蛸 xiāoshāo：长脚蜘蛛。

⑬町畽 tǐngtuǎn：田舍旁的空地。鹿场：被鹿踏过的地方。

⑭熠 yì 耀：明亮闪光貌。宵行：萤火虫。

⑮伊：是。

⑯鹳：一种水鸟，羽毛灰白色或黑色，嘴长而直，形似白鹤，生活在江湖池沼近旁，捕食鱼虾等。垤 dié：蚂蚁壅的小土丘，小土堆。

⑰穹窒：这里指塞住老鼠洞。穹，洞。窒，堵塞。

⑱征：行。聿：语气助词，无实义。

⑲敦：圆形。瓜苦：苦瓜。

⑳栗薪：即束薪，常用来比喻夫妻恩爱、同心同德。

㉑仓庚：鸟名，黄鹂，黄莺。

㉒皇：黄白相间。驳：红白相间。

㉓缡 lí：古时嫁女的一种仪式。女子临嫁，母为之系结佩巾。

㉔九十其仪：形容新婚的礼仪烦琐众多。

㉕新：新人，指新夫妻。孔：甚。嘉：美好。

㉖其旧：旧人。一说久别。

译文

自从我远征到东山，已经长久没有回家。我从东山回家乡，天空细雨濛濛。我从东山回家乡，我心却悲伤西方。做好那件新衣裳，再也不愿服征役。蚕虫蜷曲着身子，在那桑田旷野上。我独自蜷缩宿荒郊，在那兵车之下。

自从我远征到东山，已经长久没有回家。我从东山回家乡，天空细雨濛濛。瓜蒌结满了果实，蔓延在屋檐下。潮虫在屋内爬，蜘蛛网结在门户上。田舍旁的空地被野鹿践踏，萤火虫熠熠发光。难道不可怕吗？这反让我更想家。

自从我远征到东山，已经长久没有回家。我从东山回家乡，天空细雨濛濛。水鸟在土堆上鸣唱，爱妻在家里长吁短叹。打扫庭院堵塞鼠洞，我即将回到家乡。圆圆的苦瓜，结在束薪上。自从没有见到我，到今已经有三年。

自从我远征到东山，已经长久没有回家。我从东山回家乡，天空细雨濛濛。黄莺双飞双栖，羽毛金光灿灿。当年爱妻出嫁时，乘坐着美丽的大花马拉的车。母亲把佩巾给她系上，结婚礼仪烦琐又隆重。新婚夫妻甚美好，三年之后她怎么样？

赏析

久戍战士，幸而还乡，瞻首回望，悄然已过三年。遥想田园将芜，她可还好？这其中的酸甜苦辣，一言难尽。

诗歌共四章，都在反复歌咏“我徂东山，慆慆不归。我来自东，零雨其濛。”奠定了行者在路上漂泊的悲凉氛围。首章交代背景，在一个小雨濛濛的日子里，一个刚刚从东山战场幸而归来的战士，想起作战的日子，仍心有余悸。对于行役如何之苦，诗歌并未详写，只是撷取了一个细节，以桑树上蜷曲的蚕虫，比喻只能蜷缩在战车下的士兵。

第二章中，男子在归家途中不免胡思乱想，三年没回家，田园一定荒芜了，藤蔓蔓延，屋里面虫子来回爬，门上也一定结满了蜘蛛网，田野被动物践踏，晚上更有萤火虫闪烁不定，多么可怕！男子一直处在心神不安的情绪中，但就是如此破败的景象，男子仍很想念。

第三章写到对妻子的思念，想象中妻子应该也是在长吁短叹吧。

第四章男子回想起曾经美好的新婚场景，不知道三年之后，她是不是还那般娇美呢？

破　斧

既破我斧[①]，又缺我斨[②]。周公东征[③]，四国是皇[④]。哀我人斯[⑤]，亦孔之将[⑥]。

既破我斧，又缺我锜[⑦]。周公东征，四国是吪[⑧]。哀我人斯，亦孔之嘉[⑨]。

既破我斧，又缺我銶[⑩]。周公东征，四国是遒[⑪]。哀我人斯，亦孔之休[⑫]。

注释

①破：损坏，将斧头弄破。

②缺：缺损，损坏，将斧头弄缺。斨 qiāng：方柄孔的斧子。

③周公东征：周武王死后，成王年幼继位。不久，管叔、蔡叔等统领的东国、殷国等十七国叛乱。面对这一形势，周公起兵东征，历时三年多，镇压了叛乱，巩固了统治。

④四国：指周边多个小国。皇：通“匡”，匡正。

⑤哀：可怜，哀叹。我人：我们这些人。斯：助词，无实义。

⑥孔：甚，很。将：大，引申为大幸。

⑦锜 qí：凿属。一说矛属。

⑧吪 é：化，教化。一说指以武力促其变化。

⑨亦孔之嘉：死里逃生，也算是很美好的事情。嘉，美好。

⑩銶 qiú：凿属。一说用来穿刺的兵器。

⑪遒 qiú：固，安。

⑫休：义同“嘉”，美好。

译文

已经毁坏了我的斧头，又斩断了我的斨。周公起兵东征，威震周边众多小国。可叹我们这些人啊，死里逃生也算是庆幸之事。

已经毁坏了我的斧头，又斩断了我的凿子。周公起兵东征，教化周边众多小国。可叹我们这些人啊，死里逃生也算是美好之事。

已经毁坏了我的斧头，又斩断了我的銶。周公起兵东征，镇服周边众多小国。可叹我们这些人啊，死里逃生也算是有幸之事。

赏析

周公东征，平定叛乱，是周初的重要政治事件。这一场历时长达三年的战争安定了四国秩序，感化了四国，理应是一场正义的战争，然而士兵们口中，并非一味颂扬。

这首诗中，表现了参战士兵们一种真实而复杂的心理。“既破我斧，又缺我斨”，战斧都已经破损，可见战争是何等残酷，何等激烈。“哀我人斯，亦孔之将”，又对能侥幸回来感到莫大庆幸。诗歌既有对周公东征平定四方的称颂，又有明显的厌战情绪。

伐柯

伐柯如何[①]？匪斧不克[②]。取妻如何[③]？匪媒不得。
伐柯伐柯，其则不远[④]。我觏之子[⑤]，笾豆有践[⑥]。

注释

①伐：砍伐。柯：树枝。一说是斧柄。

②匪：非，不是。克：能，胜。

③取：同“娶”。

④其则不远：合乎礼法。则，法则，标准。

⑤觏 gòu：见，遇。

⑥笾 biān：古代用以盛果品的竹制器皿。豆：古代用以盛肉或其他食品的木制器皿。践：陈列整齐。

译文

怎么砍伐树木？没有斧头办不到。怎么娶妻子？没有媒人做不到。

砍树啊砍树，合乎法则把妻娶。我遇见那个心上人啊，食具排列成行把妻娶。

赏析

这是婚礼上所唱之歌。《诗经》中“束薪”“伐薪”等常用来比喻夫妻永结同心，白首到老。诗歌便以伐柯起兴，合乎这首诗歌的意蕴。

《诗经》时代的婚姻要告知父母、通于媒妁才算是合乎礼仪，才能得到众人的认可与祝福。我们在“国风”中已经见到不少并不循规蹈矩的恋爱诗篇，像这样歌颂合乎礼仪的新婚，在《诗经》中较少出现。这一段天赐良缘让诗人感到满意和欣喜，良辰美景，喜庆气氛浓郁。

九 罭

九罭之鱼[1]，鳟、鲂[2]。我觏之子，衮衣绣裳[3]。
鸿飞遵渚[4]，公归无所[5]，於女信处[6]。
鸿飞遵陆[7]，公归不复[8]，於女信宿。
是以有衮衣兮[9]，无以我公归兮[10]，无使我心悲兮。

注释

①九：虚数，指很多。罭 yù：一种带有囊袋以捕小鱼的细网。

②鳟 zūn：鱼名。鲂：鱼名，鳊鱼。它和鲤鱼同被当时的人认为是最好的鱼。

③衮 gǔn 衣：古代帝王及王公穿的绘有卷龙的礼服。绣裳：绣有彩色图纹的下衣。

④鸿：水鸟名，天鹅。一说大雁。渚：水中小沙洲。

⑤无所：没有定处。

⑥女：同“汝”。信处：与下文的“信宿”同义，再处，再宿。

⑦陆：陆地。

⑧复：再来。

⑨衮衣：以衣代人，指穿衮衣的人。

⑩无以：无使。

译文

细网捕获的鱼儿，是鳟、鲂之类的大鱼。我遇见的你啊，身穿衮衣和绣裳。

天鹅沿着沙洲飞，你若回去无住处，愿与你同宿一处。

天鹅沿着陆岸飞，你若回去不再来，愿与你同宿一处。

那个穿衮衣的人啊，不要让他回去啊，不要让我心悲伤啊！

赏析

一说诗歌写贵客前来，主人极力挽留。一说写情人缠绵，女子极力挽留情郎。这里取第一种说法。

诗歌以小鱼网捕获到肥美的大鱼，比喻自己不曾料想到贵宾临门，欣喜之情难以言表。这位公卿贵客身穿衮衣和绣裳，可见其地位、身份极其尊贵，主人平常可是难有机会亲近的，多想留他在家住一晚。如果客人就此离去，主人不知道会有多失望，多悲伤！

狼　跋

狼跋其胡[①]，载疐其尾[②]。公孙硕肤[③]，赤舄几几[④]。

狼疐其尾，载跋其胡。公孙硕肤，德音不瑕[⑤]！

注释

①跋：踩，践踏。胡：老狼颌下垂肉。

②载：则，又。疐 zhì：踩。

③公孙：周公。一说泛指贵族。硕肤：大肚子。

④赤舄 xì：红鞋，为贵族所穿。舄，复底鞋。几几：美盛的样子。一说弯曲的样子，鞋尖儿向上翘。

⑤德音：声望，名誉。不：语气词。一说义同“嘉”，美好。瑕：过错。

译文

狼前行踩着它的颌下赘肉，后退又踩到了它的尾巴。公孙强壮俊美，红色复底鞋真美丽。

狼后退踩到了它的尾巴，前行又踩到了它的颌下垂肉。公孙强壮俊美，名誉声望没瑕疵。

赏析

对于本诗的主旨，有完全相反的两种看法，一种认为是赞美诗，《诗序》中说道：“《狼跋》，美周公也……周大夫美其不失其圣也。”诗歌以进退两难的狼，比喻周公身处窘境，但他沉稳如山，掌握最高行政权，在众多非议中起兵东征，平定叛乱，稳固四方。天下信服，德音远播。

一种认为是讽刺诗。以狼来比喻王公贵族的贪婪本性，以狼进退的窘态，对公孙笨重可笑的形态进行辛辣讽刺。公孙们养尊处优，吃饱喝足，腆着大肚子，穿着华丽的翘尖鞋，模样可笑至极。

小雅

鹿　鸣

呦呦鹿鸣[①]，食野之苹[②]。我有嘉宾，鼓瑟吹笙。吹笙鼓簧[③]，承筐是将[④]。人之好我[⑤]，示我周行[⑥]。

呦呦鹿鸣，食野之蒿[⑦]。我有嘉宾，德音孔昭[⑧]。视民不恌[⑨]，君子是则是效[⑩]。我有旨酒[⑪]，嘉宾式燕以敖[⑫]。

呦呦鹿鸣，食野之芩[⑬]。我有嘉宾，鼓瑟鼓琴。鼓瑟鼓琴，和乐且湛[⑭]。我有旨酒，以燕乐嘉宾之心[⑮]。

注释

①呦 yōu 呦：拟声词，鹿鸣叫的声音。

②苹：草名，艾蒿。一说萍。

③簧：笙中的舌片，这里指乐器。

④承：在下面托着。将：献上，送上。

⑤好：爱，关爱。

⑥周行：大路。

⑦蒿：草名，香蒿。

⑧德音：品德名誉。孔：很，非常。昭：明。

⑨视：示，指示。恌 tiāo：同“佻”，轻浮。

⑩则：法则。效：仿效，模仿。

⑪旨酒：美酒。

⑫式：语气助词，无实义。燕：同“宴”，宴饮。敖：同“遨”，游乐，游玩。

⑬芩 qín：指芦苇一类的植物。

⑭湛：深，深沉。朱熹《诗集传》：“湛，乐之久也。”

⑮燕乐：安乐。

译文

野鹿呦呦不停地鸣叫，在野外吃着苹草。我有贤能的宾客，弹着琴瑟，吹着笙箫。吹笙鼓簧间，将币帛礼品送上来。众多贵宾关切我，给我指示治国的正道。

野鹿呦呦不停地鸣叫，在野外吃着青蒿。我有贤能的宾客，品德名誉都非常美好。对人厚爱不轻佻，君子也要效仿他们的规矩美德。我有美酒佳肴，宾客欢宴其乐融融。

野鹿呦呦不停地鸣叫，在野外吃着芩草。我有贤能的宾客，弹琴鼓瑟，弹琴鼓瑟啊，甚为和乐欢愉。我有甘洌的美酒啊，众嘉宾请尽情欢宴。

赏析

君子宴请贤能宾客，在古代是一种礼仪。诗歌表现了周王宴请众贵宾的情景，再现了主客其乐融融的热烈场面，音韵优美，节奏和谐。采用反复咏叹和比兴的手法，既写出了欢宴的场景，也写出了嘉宾满堂时君王乐陶陶的心理。君王以礼、以诚厚待群臣宾客，激发众臣感怀之心，以忠贞效力周王。君臣合心合力，则国家昌荣、周室兴盛。

《鹿鸣》作为《小雅》的首篇，影响深远，由先秦时周王宴请宾客的乐歌，到后来的王公贵族招待嘉宾，乃至偏远乡村的欢宴，都歌咏《鹿鸣》。曹操在《短歌行》中，更是直接袭用前四句，表达自己对贤能之士的渴求之情。

伐　木

伐木丁丁①，鸟鸣嘤嘤②。出自幽谷③，迁于乔木④。嘤其鸣矣，求其友声。相彼鸟矣，犹求友声，矧伊人矣⑤，不求友生？神之听之⑥，终和且平⑦。

伐木许许⑧，釃酒有藇⑨。既有肥羜⑩，以速诸父⑪。宁适不来⑫，微我弗顾⑬。於粲洒扫⑭，陈馈八簋[15]。既有肥牡[16]，以速诸舅[17]。宁适不来，微我有咎[18]。

伐木于阪[19]，酾酒有衍[20]。笾豆有践[21]，兄弟无远[22]。民之失德，干糇以愆[23]。有酒湑我[24]，无酒酤我[25]。坎坎鼓我[26]，蹲蹲舞我[27]。迨我暇矣[28]，饮此湑矣。

注释

①丁丁：象声词，伐木的声音。

②嘤嘤：鸟和鸣声。

③幽谷：幽静、深邃的山谷。

④迁：迁徙。乔木：高大的树木。

⑤矧 shěn：况且，何况。

⑥神：谨慎。一说天上的神明。听之：听从。

⑦终：既。

⑧许许：象声词，锯木的声音。

⑨酾 shī：滤酒。藇 xù：酒水味道美，甘洌清澈。

⑩羜 zhù：出生五个月的小羊。这里泛指羊羔。

⑪速：邀请。诸父：古代天子对同姓诸侯、诸侯对同姓大夫，皆尊称为“父”，多数就称为诸父。

⑫宁适：假使，假设。

⑬微：非，不是。弗顾：不顾念。

⑭於：叹词。粲：光明灿烂的样子。

⑮陈：陈列，排列。馈：食物。八簋 guǐ：指陈列的美食很多。簋，古代盛食物的器皿。

⑯牡：公兽，这里指公羊羔。

⑰诸舅：古代天子对异性诸侯、诸侯对异性大夫，皆尊称为“舅”，多数就称为“诸舅”。

⑱咎：过错。

⑲阪：山坡。

⑳衍：满溢。

㉑践：陈列整齐。

㉒无远：勿远，不要疏远。

㉓干糇 hóu：干粮。愆：过失。

㉔湑 xǔ：滤过渣滓的酒，即清酒。

㉕酤：买酒。一说速成的酒。

㉖坎坎：象声词，击鼓的声音。

㉗蹲 cún 蹲：起舞貌。

㉘迨：及，趁。暇：闲暇。

译文

丁丁伐木声响，嘤嘤鸟儿歌唱。从那幽深谷中飞出，迁徙到高大乔木。嘤嘤鸟儿歌唱，寻求好友声音。看那些鸟儿们，尚且寻求朋友声音，更何况于人？难道就不寻求他的朋友？谨慎听从，和乐而宁静。

许许伐木声响，滤过的酒清洌透明。准备了肥硕的羊羔，以招待同族诸位长辈。倘若他们没有来，不是我不顾念他们。庭院打扫真干净啊，陈列美食诸多盘。准备了肥硕的公羊肉，宴请异姓诸位长辈。假若他们没有来，不是我的过错。

在山坡上砍树，过滤的酒溢满杯。将盛载美味的食器排列，兄弟们不要彼此疏远。人们失去了恩情，食用干粮也会伤和气。有酒一起筛酒喝啊，无酒就去做速成的浊酒喝。鼓声坎坎响，舞姿翩翩起。趁我有闲暇，一起把清酒喝！

赏析

这首诗表现欢畅的宴饮。主人热情好客，宴饮前的准备做得充足，将庭院打扫得干干净净，宰杀肥美的羊羔，陈列各种美味佳肴，滤过浊酒的酒渣，邀请四方亲戚好友，既有同族的长辈，又有异姓的长辈，还有诸多兄弟。“我准备得这么周到，你们不来，可就别怪我咯！”

大家在宴会上开怀畅饮，有美酒就喝美酒，没有美酒喝那浊酒，关键不在酒，而在情意深，大家其乐融融，喝得痛快就行！大家欢聚一堂，飨宴的原因不过是为了团结和睦、拉近人与人的距离，看那鸟儿都在嘤嘤地鸣唱着呼朋唤友，更何况人呢？乐陶陶的宴会场面，透露出一股浓浓的人世温情。

鱼丽

鱼丽于罶①，鲿鲨②。君子有酒，旨且多③。
鱼丽于罶，鲂鳢④。君子有酒，多且旨。
鱼丽于罶，鰋鲤⑤。君子有酒，旨且有⑥。
物其多矣⑦，维其嘉矣⑧。
物其旨矣，维其偕矣⑨。
物其有矣，维其时矣⑩。

注释

①丽：通“罹”，遭受苦难或不幸。罶 liǔ：捕鱼的竹篓子，鱼能进去，不能出来。

②鲿 cháng：鱼名。黄鲿，黄颊鱼，身形厚而长大，颊骨正黄。鲨：这里指一种小鱼，似鲫鱼。

③旨：美味。

④鲂：鱼名。鳊鱼，它和鲤鱼同被当时的人认为是最好

的鱼。鳢 lǐ：鱼名。身体为圆筒形，头扁，有鳞片。

⑤鰋 yǎn：鲇鱼。鲤：鲤鱼。

⑥有：多。

⑦物其多矣：指食物齐全，有各种山珍海味。

⑧维：是。

⑨偕：俱，齐备。

⑩时：适时，及时。一说善。

译文

鱼儿落入捕鱼网，有鲿鱼有鲫鱼。君子有酒宴请宾客，美味又盛多。

鱼儿落入捕鱼网，有鲂鱼有鳢鱼。君子有酒宴请宾客，盛多又美味。

鱼儿落入捕鱼网，有鲇鱼有鲤鱼。君子有酒宴请宾客，美味又盛多。

美味佳肴何其多，那是多么美好啊！

山珍海味何其美味，那是多么齐备啊！

美味佳肴何其多，那是多么应时啊！

赏析

本篇是主人宴请宾客的欢歌，以捕获各色各种的鲜鱼来比兴，比喻主人家的珍馐美味应有尽有，旨酒美食让人应接不暇。喜庆意味让人有身临其境面对诸多美味的现场感。

用“物其多矣，维其嘉矣”等赋体直接表达对欢宴的赞叹。不仅增强了乐歌节奏，而且将贵族穷奢极侈、锦衣玉食的生活淋漓尽致地表现出来。

南有嘉鱼

南有嘉鱼①，烝然罩罩②。君子有酒，嘉宾式燕以乐③。

南有嘉鱼，烝然汕汕④。君子有酒，嘉宾式燕以衎⑤。

南有樛木⑥，甘瓠累之⑦。君子有酒，嘉宾式燕绥之⑧。

翩翩者雏⑨，烝然来思⑩。君子有酒，嘉宾式燕又思⑪。

注释

①南：江汉之地。一说南方。嘉鱼：美好的鱼。

②烝 zhēng：众多的样子。罩罩：捕鱼的渔具。一说游鱼摆动尾巴的样子。

③式：语助词，无实义。燕：宴饮。

④汕汕：捕鱼工具。一说鱼游动的样子。

⑤衎 kàn：乐，快乐。

⑥樛 jiū：树木向下弯曲。

⑦瓠 hù：一年生草本植物，茎蔓生，夏天开白花，果实长圆形，嫩时可食。累：缠绕。一说果实累累的样子。

⑧绥：安乐。

⑨鵻 zhuī：斑鸠，又名鹁鸠、鹁鸪。

⑩思：语尾助词。

⑪又：通"侑"，在筵席旁助兴，劝人吃喝。

译文

南方有味美之鱼，可捕获众多。君子有酒，宴请嘉宾，欢乐畅饮。

南方有味美之鱼，可捕获众多。君子有酒，宴请嘉宾，其乐融融。

南方有弯曲树木，葫芦果儿累累挂满藤蔓。君子有酒，宴请嘉宾，开怀畅饮。

斑鸠翩翩飞翔，成群飞到这边。君子有酒，宴请嘉宾，劝酒殷勤。

赏析

这首诗歌同上一篇《鱼丽》一样，反映了贵族宴饮的盛况，为研究周代社会风貌提供了史料依据。从《诗经》中不少诗歌可发现，在周代时，农业生产已经有了很大发展，物产富饶，美酒甘洌，诸多的宴饮诗也应运而生。

诗歌分别以众多捕获的鱼儿、果实累累的葫芦、翩翩飞舞的斑鸠起兴，意境优美，烘托出宴会中乐陶陶、喜洋洋的欢愉气氛。

彤　弓

彤弓弨兮①，受言藏之②。我有嘉宾，中心贶之③。钟鼓既设④，一朝飨之⑤。

彤弓弨兮，受言载之⑥。我有嘉宾，中心喜之。钟鼓既设，一朝右之⑦。

彤弓弨兮，受言櫜之⑧。我有嘉宾，中心好之⑨。钟鼓既设，一朝酬之⑩。

注释

①彤弓：朱红的弓。弨 chāo：松弛弓弦。

②言：语助词，无实义。藏：藏起来。一说放置在宗庙中。

③中心：心中，内心。贶 kuàng：爱戴。

④设：设置。

⑤一朝：终朝。飨：设盛宴招待宾客。

⑥载：陈设。

⑦右：通“侑”，在筵席旁助兴，劝人吃喝。

⑧櫜 gāo：隐藏。一说弓囊，古代盛衣甲或弓箭的囊，这里用作动词，收藏弓箭。

⑨好：喜悦。

⑩酬：劝酒。

译文

朱红的长弓弓弦松弛，受赐之后将它收藏。我有贤能宾客，心中着实爱戴他。钟鼓乐器已陈设，终朝设宴款待他。

朱红的长弓弓弦松弛，受赐之后将它陈设。我有贤能宾客，心中着实喜欢他。钟鼓乐器已经陈设，终朝摆席招待他。

朱红的长弓弓弦松弛，受赐之后将它珍藏。我有贤能宾客，心中着实喜爱他。钟鼓乐器已经陈设，终朝摆酒敬劝他。

赏析

此为天子赏赐诸侯、共同欢宴的乐歌。与其他的乐歌相比，它是以天子为写作角度，对诸侯以朱弓进行赏赐，钟鼓乐器、美酒佳肴，以飨众人。同时也写出了天子的心理：对诸侯说不出的喜爱和悦乐。这与前几篇乐歌中诸侯颂扬君主和蔼平易、仁德厚爱互为映照。

菁菁者莪

菁菁者莪[①]，在彼中阿[②]。既见君子，乐且有仪。
菁菁者莪，在彼中沚[③]。既见君子，我心则喜。
菁菁者莪，在彼中陵[④]。既见君子，锡我百朋[⑤]。
泛泛杨舟[⑥]，载沉载浮[⑦]。既见君子，我心则休[⑧]。

注释

①菁菁：草木茂盛的样子。莪é：莪蒿，多年生草本植物。叶像针，花黄绿色，生在水边。嫩茎叶可食。

②中阿：阿中，丘陵之中。阿，山丘凹曲处。

③沚：水中小洲。

④陵：大土丘，大土山。

⑤百朋：形容货币数目很多。朋，古货币单位，以贝壳为货币，五贝为串，两串为朋。

⑥泛泛：船在水上荡漾的样子。杨舟，用杨树木做的船。

⑦载：则。

⑧休：喜，乐。

译文

我蒿茂盛丛丛生，在那大的丘陵中。已经见到了君子，悦乐而且有礼仪。

我蒿茂盛丛丛生，在那水中的沙洲。已经见到了君子，我的心中多欢喜。

我蒿茂盛丛丛生，在那山陵之中。已经见到了君子，赠我钱财贝壳多。

小舟飘荡摇摇摆，随波沉浮在水上。已经见到了君子，我的心中多喜悦。

赏析

此诗一说是君臣欢宴的乐歌，将诗中“君子”理解为君王，“我”则指的是诸多宾客。一说是学子乐见君子、君子乐育人才的诗歌。还有一说是一首情歌，“君子”是女子对心中爱人的昵称。这里选择第三种说法。

女子在丘陵、沙洲、土山之间遇到男子，或是在这样山清水秀的景色中与之约会。这位仪表非凡、俊逸清朗的男子很快就叩开了女子的心扉，心中满满洋溢的都是幸福。两人泛舟荡漾在水上，相依相偎，呢呢喃喃，情意正浓。此情此景，怎不羡煞旁人？

祈　父

祈父①，予王之爪牙②。胡转予于恤③，靡所止居④。
祈父，予王之爪士。胡转予于恤，靡所厎止⑤。
祈父，亶不聪⑥。胡转予于恤，有母之尸饔⑦。

注释

①祈父：即“圻 qí 父”，官名。西周时期职掌封圻兵甲的司马。

②爪牙：比喻武士犹如兽的爪牙。下文“爪士”义同。

③胡：何。转：辗转。恤：忧愁。

④靡所止居：没有居所。靡，无，没有。所，语助词，无实义。止，息。居，居住。

⑤底 zhǐ：停止。

⑥亶 dǎn：诚，确实。聪：听觉灵敏。

⑦尸："失"的借字。一说主持，主管。饔 yōng：熟食。

译文

祈父，是我君王的爪牙。为何让我忧愁？让我没有处所安居。

祈父，是我君王的爪士。为何让我痛苦？让我忙碌不得休息。

祈父，的确是昏聩不聪。为何让我苦恼？让我家中老母无饭吃。

赏析

这首诗歌以士兵的口吻控诉了君王的爪牙——祈父征调不当，调遣王都禁卫士兵前去打仗，且不体恤下情，招致士兵怨愤不满。

诗歌直抒胸臆，快人快语，对祈父毫不留情地指责痛骂。为什么让我们身陷痛苦忧愁之境？为什么让我们背井离乡？为什么让我们日夜奔波不止？家中的老母没饭吃谁来养？你这个人真是昏聩糊涂！语气激烈，掷地有声。

白 驹

皎皎白驹[①]，食我场苗[②]。絷之维之[③]，以永今朝[④]。所谓伊人，于焉逍遥[⑤]。

皎皎白驹，食我场藿[⑥]。絷之维之，以永今夕。所谓伊人，于焉嘉客[⑦]？

皎皎白驹，贲然来思[⑧]。尔公尔侯[⑨]，逸豫无期[⑩]。慎尔优游[⑪]，勉尔遁思[⑫]？

皎皎白驹，在彼空谷[⑬]。生刍一束[⑭]，其人如玉。毋金玉尔音[⑮]，而有遐心[⑯]。

注释

①皎皎：洁白，光明。

②场：场圃，苗圃。苗：菜苗之类。

③絷 zhí：系绊马足。维：本义是系物的大绳，这里用作动词，拴住马。

④永：延长。

⑤于焉：在哪里。

⑥藿 huò：豆苗。

⑦嘉客：嘉宾。嘉，乐。

⑧贲 bēn：通“奔”，策马疾驰。

⑨公、侯：这里用作动词，为公、为侯。

⑩逸豫：闲适安乐。无期：无穷尽，无限度。

⑪慎：慎重。优游：悠然自得。

⑫勉：借为“免”，免于，抑制。遁：隐遁，隐逸。

⑬空谷：空旷幽深的山谷。

⑭生刍：鲜草。

⑮金玉：此处用作动词，以之为金玉，珍惜的意思。

⑯遐：远。

译文

马儿毛色洁白鲜亮，吃我苗圃中的菜苗。将它绊住将它拴住，欢乐长留在今朝。我的好人，你去往何处逍遥？

马儿毛色洁白鲜亮，吃我苗圃中的豆苗。将它绊住将它拴住，欢乐长留在今夕。我的好人，你去何处做嘉宾？

马儿毛色洁白鲜亮，疾驰飞奔来往匆匆。你理应为公侯，为何安乐无终期？悠游逍遥应慎重，勿要隐遁求安逸。

马儿毛色洁白鲜亮，在那深谷之中。喂给马儿一束青草，那人品德犹如美玉。不要吝惜你的音讯，莫要疏远我。

赏析

关于此诗的主旨，主要有三种说法：一说是挽留即将远行的客人；一说是王者欲留贤能之士而不得，放归山林所赐之诗；一说是独守空闺的女子思念远在天边逍遥游乐的人儿，自怜自叹之作。

这里取第一种说法。诗歌以白马指代客人，“快去吃我菜园中的豆苗吧，好以此绊住它拴住它，不要让它跑远了。”主人热情好客，想方设法挽留客人，希望欢乐长留在今朝今夕。主人还谆谆劝导客人，前去逍遥游乐可要慎重，切莫只图安逸。客人非等闲之辈，品德如玉，但心生退隐之意，还是远走了。

望着客人消失在茫茫山谷中的背影，主人仍不忘叮咛：千万不要吝啬你的音讯，不要疏远我这个朋友！

黄　鸟

黄鸟黄鸟①，无集于榖②，无啄我粟③。此邦之人④，不我肯榖⑤。言旋言归⑥，复我邦族⑦。

黄鸟黄鸟，无集于桑，无啄我粱。此邦之人，莫可与明⑧。言旋言归，复我诸兄。

黄鸟黄鸟，无集于栩[⑨]，无啄我黍[⑩]。此邦之人，不可与处。言旋言归，复我诸父。

注释

①黄鸟：黄雀，或黄鹂。

②穀：木名，即楮树。落叶乔木，叶子卵形，叶子和茎上有硬毛，花淡绿色，雌雌异株。树皮是制造桑皮纸和宣纸的原料。

③粟：北方称谷子，即小米。

④邦：国家。

⑤穀：善。

⑥言：语助词，无实义。旋：归，还归。

⑦复：还。

⑧明 méng：“盟”的借字。盟约，信约。

⑨栩：柞树。

⑩黍：即黍子。

译文

黄雀啊黄雀，不要群集在楮树上，不要啄我的粟米。这个国家的人，不肯善待我。回去吧，回去吧，回到我的国家去。

黄雀啊黄雀，不要群集在桑树上，不要啄我的粱米。

这个国家的人，不可与他们订盟约。回去吧，回去吧，回到我的兄弟身边。

黄雀啊黄雀，不要群集在柞树上，不要啄我的黍子。这个国家的人，不可与他们相处。回去吧，回去吧，回到我的叔伯身边。

赏析

这首诗以啄食他人作物的黄鸟来比喻不劳而获、如小偷般的奴隶主们。黄雀啊，请不要吃我的粟米，不要啄我的粱米，不要啄我的黍子！充满了悲切、愤懑的情绪。它同时也反映了周宣王后期，礼崩乐坏、社会风气日下、民风浇薄的社会现实。

大雅

文 王

文王在上[1]，於昭于天[2]。周虽旧邦[3]，其命维新[4]。有周不显[5]，帝命不时[6]。文王陟降[7]，在帝左右。

亹亹文王[8]，令闻不已[9]。陈锡哉周[10]，侯文王孙子[11]。文王孙子，本支百世[12]。凡周之士[13]，不显亦世[14]。

世之不显，厥犹翼翼[15]。思皇多士[16]，生此王国。王国克生，维周之桢[17]。济济多士[18]，文王以宁。

穆穆文王[19]，於缉熙敬止[20]。假哉天命[21]，有商孙子[22]。商之孙子，其丽不亿[23]？上帝既命，侯于周服[24]。

侯服于周，天命靡常[25]。殷士肤敏[26]，祼将于京[27]。厥作祼将，常服黼冔[28]。王之荩臣[29]，无念尔祖[30]。

无念尔祖？聿修厥德[31]。永言配命[32]，自求多福。殷之未丧师[33]，克配上帝[34]。宜鉴于殷[35]，骏命不易[36]。

命之不易，无遏尔躬[37]。宣昭义问[38]，有虞殷自天[39]。上天之载[40]，无声无臭[41]。仪刑文王[42]，万邦作孚[43]。

注释

①文王：周文王。在上：尊称帝王。

②於 wū：叹词。昭：光明。

③旧邦：旧国。

④命：天命。

⑤有：发语词。不："丕"的假借字，大。显：光明。

⑥帝命：犹天命。天帝的意志。时：是。

⑦陟降：升降。陟，升。

⑧亹 wěi 亹：勤勉不倦貌。

⑨令闻：善誉，美誉。

⑩陈锡：重赐，赐之多也。哉：则。周：周王朝。

⑪侯：唯。

⑫本：本宗。支：旁支。

⑬士：百官之名。

⑭不、亦：语助词。

⑮厥：其。犹：通"猷"，谋划。翼翼：恭谨勤勉的样子。

⑯皇：美好。

⑰桢：古代筑墙两端树立的木柱。引申为支柱。

⑱济济：众多貌。一说庄敬貌。

⑲穆穆：美，庄严。

⑳缉熙：光明，引申为光辉。
㉑假：伟大。
㉒有：语助词。
㉓丽：数。不亿：超过亿数，形容其数甚多。亿，指十万。
㉔周服：服周。服，臣服。
㉕靡常：无常，没有一定的规律。
㉖肤：美。敏：疾。
㉗祼 guàn：祭祀名。
㉘黼 fǔ：礼服上绣的半黑半白的花纹。冔 xū：冠冕。
㉙荩 jìn 臣：遗臣。一说忠臣。一说进用之臣。
㉚无：语助词，无实义。
㉛聿：发语词。
㉜永：长。言：语助词，无实义。配命：合天命。下文“配上帝”义同。
㉝丧师：丧失人心。师，众民。
㉞克：能。
㉟鉴：照，审察。
㊱骏命：大命。指上天或帝王的命令。不易：不容易。
㊲遏：止。尔躬：你自身。
㊳宣：宣扬。义问：好名声。

㊴有：又。虞：考虑。

㊵载：行事。

㊶臭 xiù：味道，气味。

㊷仪刑：效法，法式。

㊸万邦：万国。作：则，就。一说兴起。孚：为人所信服。

译文

文王神灵在上，赞叹天空耀眼明亮。周朝虽是旧国，天命却仍然很新。周朝显赫光明，上帝天命很好。文王之神升降，时刻伴在上帝左右。

文王勤勉奋进，美誉永传扬。上帝厚赐周朝，只给文王子孙。文王的子孙，本宗旁支传百世。凡周朝官员贵族，显赫光荣累世。

累世光荣显赫，处事恭谨勤勉。众多贤能人士，生于这个国家。国家成长发展，他们是周朝的栋梁之材。贤能人士多又多，文王得以心安宁。

文王美好而庄严，行为光明可敬。承伟大的天命，商的子孙来归降。商的子孙，数目岂止几十万？上帝已经命令，他们臣服于周朝。

他们臣服于周朝，天命没有常规。殷朝贵族美好敏捷，在京师将行祼祭。他们行祼祭，穿上礼服，戴上冠冕。大王遗臣，感念祖宗勿忘。

感念你的祖宗，修好你的品德。永久合天命，自然求得福禄来。殷朝没有失去民心，尚能顺应天命。审察殷朝以此鉴戒，天命不可改变。

天命不可变，你们自身不要去损害。宣扬好名声，又患殷朝本有天命。上天行事时，没有声音没有气味。效法文王，万国信服！

赏析

这是一首宣扬“天命观”的政治诗歌。

歌颂文王，是“雅”“颂”的基本主题，仅由此篇，即可见其大貌。文王被颂扬为圣人，是因为他有着丰功伟绩，为一代明君。文王是周武王的父亲，执政五十年，励精图治。在他的领导下，周从西北的一个小小农业国，发展为可与殷商抗衡的大国。他联合各民族，组成反对殷商暴政的政治联盟，为武王灭商奠定了坚实的基础。武王继位后，完成了他的遗志。文王一生功绩卓越，深得民心。即便在他死后，对他的歌咏仍然不断。“雅”“颂”以此告诫后人，不忘祖业，效法文王，顺应天命，才能福泽绵延。

诗歌首章指出，周文王受命为王，是神的化身，他建立周朝是上帝的意旨。第二章祝祷文王子孙，世代福禄，享用不尽。第三章赞美周朝人才济济，贤能良才辅佐周王。第四章写殷商灭亡，周朝兴盛，乃天命所为。第五章写天命无常，殷商已经臣服于周朝。第六章告诫周朝统治者要以殷商为鉴，遵行天命。末章强调要效法文王，敬天法祖，信服万邦，才能国泰民安，万世不易。

诗歌格调庄重肃穆，这是“雅”“颂”的共同的风格。

图书在版编目（CIP）数据

诗经评注 / 绿净评注. —北京：北京联合出版公司，2015.7（2023.8重印）

ISBN 978-7-5502-4142-8

Ⅰ.①诗… Ⅱ.①绿… Ⅲ.①古体诗－诗集－中国－春秋时代②《诗经》－注释 Ⅳ.①I222.2

中国版本图书馆CIP数据核字（2015）第144073号

诗经评注

评　　注：绿　净
出 品 人：赵红仕
选题策划：梁明德　邵鹏军
责任编辑：王　巍
特约编辑：苑浩泰
封面设计：格林文化
版式设计：格林文化

北京联合出版公司出版
（北京市西城区德外大街83号楼9层　100088）
天津丰富彩艺印刷有限公司　新华书店经销
字数124千字　960毫米×640毫米　1/16　印张27.5
2015年9月第1版　2023年8月第3次印刷
ISBN 978-7-5502-4142-8
定价：64.00元